감나무 속의 저녁노을

감나무 속의 저녁노을

발행일	2021년 8월 12일

지은이	김명수		
펴낸이	손형국		
펴낸곳	(주)북랩		
편집인	선일영	편집	정두철, 배진용, 김현아, 박준, 장하영
디자인	이현수, 한수희, 김윤주, 허지혜	제작	박기성, 황동현, 구성우, 권태련
마케팅	김회란, 박진관		
출판등록	2004. 12. 1(제2012-000051호)		
주소	서울특별시 금천구 가산디지털 1로 168, 우림라이온스밸리 B동 B113~114호, C동 B101호		
홈페이지	www.book.co.kr		
전화번호	(02)2026-5777	팩스	(02)2026-5747

ISBN	979-11-6539-909-2 03810 (종이책)		979-11-6539-910-8 05810 (전자책)

(주)북랩 성공출판의 파트너
북랩 홈페이지와 패밀리 사이트에서 다양한 출판 솔루션을 만나 보세요!
홈페이지 book.co.kr • **블로그** blog.naver.com/essaybook • **출판문의** book@book.co.kr

작가 연락처 문의 ▶ ask.book.co.kr
작가 연락처는 개인정보이므로 북랩에서 알려드릴 수 없습니다.

감나무 속의 저녁노을

김명수 에세이

북랩 book Lab

이 책을 동생 김명미金明美에게 드립니다.

- 2020년 코비디19 팬데믹 기간에 글을 끝맺음하면서 -

사람들마다 그들이 지나온 추억을 글로 적으면 한 권의 흥미 있는 책이 만들어질 것이다. 저마다 참신하고 독특한 이야기가 나올 수 있다.

2018년이 되었다. 미국에 이민 와서 벌써 40년이라는 시간이 흐른 걸 문득 깨달았다. 그때부터 하나둘 추억에 잠겨 글을 쓰게 되었다. 대부분 아이들을 키우며 일어났던 이야기다.

아이들을 키우며 즐겁고 행복했다. 그런데도 지나고 생각하니 엄마인 내가 잘못한 것도 많이 떠오른다. 그래서 아이들에게 미안한 마음이 든다. 엄마의 미숙함에도 불구하고 잘 자라준 아이들에게 고맙기만 하다. 어느 글은 지나간 사건을 떠오르며 그냥 순서대로 썼다. 어느 글은 왜 그런 일이 일어날까 하여 내 나름대로 책을 뒤적이며 부분적으로 번역한 것도 있다. 자녀들의 이야기뿐만 아니라 나의 어린 시절의 추억들, 전쟁 후 경제회복이 되기 전의 한국 사회의 모습들이 떠올라 글을 쓴 것도 있다.

이 책을 읽고 있는 그대가 미국에 이민 오겠다고 생각해본 적이 전혀 없다고 해도 나와 함께 미국에 와서 살고 있었다고 상상해 보자. 40년이라는 그 기나긴 시간을.

지금 어디에 있든지 내가 살아왔던 길을 같이 걸어가게 될 것이다. 그렇다면 왜 내가 이 글을 썼는지 무엇을 말하려고 하는지 알아차릴 것이다. 미국에 와서 40년이라는 긴 세월을 무척 열심히 살았다. 아이들을 위해서였나? 남편을 위해서였나? 가족을 위해서였나? 누구를 위해서 살았다는 건 마음속에 사랑이 있었기에 가능하였다고 본다.

이제 곧 날씨가 추워지면서 겨울이 다가올 것이다. 그리고 잎새가 다 떨어져 벌거벗은 앙상한 나뭇가지만 남겨질 것이다. 겨울의 초라한 나무로 변한 모습처럼 40년의 세월이 흐른 후의 지금 나의 모습도 그러하다. 비록 약해 보이는 나무라도 폭풍우 몰아치는 겨울의 비바람에 쓰러지지 않는다. 따뜻한 봄이 되면 마른 가지에 파릇파릇 새싹을 낼 소망을 품고 모진 추위를 견디고 있듯이 나 또한 40년을 열심히 버티며 지내온 것 같다.

이 책을 읽는 모든 독자들이 내가 지내온 40여 년의 여정을 같이 경험한 후 마른 가지 위의 파릇파릇한 새싹을 보는 감사와 기쁨을 함께 느꼈으면 한다.

PART 3

추억, 자녀와 함께 / 157

PART
4

나의 견해 / 243

PART
5

여행 & 글쓰기 / 307

PART 1

한국에서의
추억

◖ 걷 고 있 다 는 것

　　　　　한 번도 어려움을 겪지 않고 살았다면 그건 인생의 축복인가, 아니면 그 반대인가?

　어려움은 우연히 찾아온다. 어려움을 일부러 만들거나 원하는 사람은 없다. 그런데도 어려움이 스쳐 지나고 난 후 감사하는 일이 생긴다.

　초등학교 3학년 때였다. 학교를 처음 등교한 날 담임 선생님이 나에게 물었다.

　"어느 학교 다니다 이 학교로 전학 왔니?"

　"전학? 다른 학교 다닌 적이 없었는데요."

　물끄러미 쳐다보고 있는 나를 보고 선생님은 약간 당황스러워하며 장부를 뒤적였다.

　"그렇구나. 2학년 후반부터 계속 학교를 못 나오고 있었구나. 3학년이 시작된 것도 한참 지났는데. 그렇게 오랫동안 아파서 결석을 하다니."

　명륜동에 살고 있었던 집, 그 동네의 골목들, 그리고 큰 행길이 어렴풋이 떠오른다. 성균관대학교에서 멀지 않은 곳이었다. 그 시절 내 또래의 꼬맹이들과 함께 집 근처 동네 길에서 놀았지만 가끔 성균관대학교에 있었던 뒤 언덕을 뛰어다니며 놀았다. 낮은 구릉의 언덕엔 오래된 나무들이 많이 있었다.

그러던 어느 여름날이었다. 같은 동네의 내 또래의 아이들이 모두 아프기 시작했다. 그래서 학교에서는 결석하는 학생 수가 많아 일일이 체크를 못 하고 있었는지 모른다. 컴퓨터가 있는 지금 세상과는 달리 기록과 정리가 잘 안 되었을 것이다.

병원에 가 해열제와 진통제를 받아와 먹으면 땀을 흠뻑 흘린 후 열이 떨어졌으나 시간이 지나면 다시 열이 올랐다. 입맛이 없어 미음만 먹고 지냈다. 집안일이 여러모로 바쁜 엄마는 내 곁에서 항상 지킬 수는 없었다. 아무도 없는 방안에 혼자 오랫동안 누워 벽만 쳐다보는 시간이 많아지고 있었다. 미음과 죽만 먹고 여러 달을 지나서일까? 아니면 그 시절 원인 모를 병에 걸려 있었던 것일까? 그래서 몸 안에 있는 신경 세포와 근육들이 망가지고 있었던 것일까?

몇십 년이 지나 미국에 와 병원에서 일하고 있을 때 우연히 그곳에서 일하는 의사와 같이 병원 카페의 같은 테이블에 앉아 점심을 먹게 되었다. 대화 중에 그때의 원인 모를 병에 대하여 말한 적이 있다.

"혹시 오래된 나무가 있는 숲속이나 공원에 간 적이 있었습니까?"

그 질문을 받는 순간 오래된 고목이 많았던 성균관대학교 교정의 뒤 언덕에서 동네 동무들과 같이 뛰어다니던 내 모습이 스치고 있었다.

"제 추측으로는 오래된 나무에 서식하는 티크(Tick)라는 진드기 때문에 생긴 병인 것 같습니다. 라임(Lyme)병이라고 하지요. 그 티크 진드기에 물리면 열이 나고 심하면 근육이 마비되기도 합니다. 이건 단지 제 추측일 뿐입니다. 다른 원인일 수도 있으니까요."

어쩌면 지금은 잘 알려진 병이지만 그 시절엔 몰랐던 병에 걸렸던 것 같다.

하루는 아무도 없는 방안에 누워 있었다. 봄이 오는지 벽 윗부분에 붙은 창문 밖으로 따뜻한 햇살이 들어와 방안을 환하게 비추었다. 그 사이로 동네 조무래기 아이들의 떠드는 말소리와 웃음소리가 들려왔다. 일어서려면 비틀거리고 걷지도 못하는 나에 비하면 저 아이들은 얼마나 행복할까. 와자지껄 떠들며 웃는 웃음소리는 음악 소리보다 더 아름답게 들렸다. 저들에 비해서 움직이지 못하고 드러누워 있는 내가 한심하게 느껴졌다.

나는 마음속으로 나도 모르게 간절히 기도하고 있었다.

"저는 일어나서 걷고 싶습니다. 걷게 해 주세요. 제가 걸을 수 있다면 이 세상에서 제일 행복할 거예요. 걷게만 해 주시면 아무것도 부러워하지 않겠습니다."

기도하며 감은 눈 속으로 걷고 있는 내 모습이 나타났다. 그것을 바라보는 내 온몸이 전율에 떨며 형용할 수 없는 기쁨에 넘치고 있었다. 그러나 눈을 떴을 때는 아직도 나는 이불 밑에 누워있는 내 몸뚱어리를 보고 있었다. 나는 다시 눈을 감고 걷고 있던 내 모습을 되풀이하여 상기시키며 하나님께 간구하였다. 그때였다. 누군가가 나를 일으켜 내 손을 잡고 같이 걸었다. 얼마 후 눈을 떠보니 나는 실제로 걷고 있었다.

"하나님 감사합니다. 감사합니다. 저의 기도에 응답해 주셔서 감사합니다."

그리고 세월이 많이 흘렀다. 삶이 너무 피곤해서일까? 욕심이 많아 기대하는 게 너무 많아서일까? 어느 때는 어둠 속 영혼으로 지내며 허덕이고 허우적거리는 내 모습을 바라볼 때가 있다. 완벽하게 살려고 노력하는 나 자신에 한계를 느낀다. 그래서 그러지 못했던 나에게 절망한다. 산다는 인생의 의미 자체를 잃어버리며 쓰러질 때도 있다. 다른 사람 때문이 아니라 나 자신이 미워져 짜증이 나고 삶이 싫어질 때가 있다. 그럴 때 문득 내 다리와 종아리가 눈에 들어온다. 걸을 수만 있다면 최고로 행복할 거라고 했잖아. 왜 불평하는 거야? 그렇다. 나는 이렇게 걷고 있다. 감은 눈 속에서 나의 걷고 있는 모습을 보았을 때 짜릿하게 전해지던 행복감. 그렇게 전율을 느끼며 행복했던 느낌을 왜 다른 데서 찾고 있었던 것일까?

지금 나는 실제로 걷고 있지 않은가. 나의 가장 원하던 꿈이 실제로 이루어졌는데.

◗ 병실약국

　　　　　대학 졸업을 하자마자 병실약국에 취직이 되었다. 병원은 삶과 죽음의 갈림길이 교차하며 어둠과 밝음이 함께 존재하는 곳이라는 것을 체험했다. 하루 24시간 한 주 7일 동안 병원은 항상 열려 있기에 돌아가면서 밤에 혼자 남아 당직을 했다. 하루는 당직하는데 약국 문 두드리는 소리가 들렸다.

　문에 있는 조그만 창구를 열고 복도를 내다보았다. 처방을 건네주는 한 간호사가 보인다. 간호사 옆으로 여러 명의 사람들이 서 있다. 보통 이 늦은 저녁 시간에는 병원에서 일하는 간호사나 보조 간호사들만 나타나는데 어디서 이렇게 여러 명의 사람들이 나타나 병실약국 문 앞에 서 있는지 궁금했다. 간호사가 다가와 나직하게 말한다. 병실약국 옆 중환자실에서 한 분이 저녁에 사망했다고 한다. 조금 있으면 그분의 몸을 카트에 태우고 약국 앞 엘리베이터를 통해 영안실로 옮긴다고 했다. 그래서 가족들이 모두 이곳에 모여 기다리고 있다고 했다.

　그 가족 중에 10살 정도의 아들을 옆에 두고 서럽게 소리 내어

우는 젊은 여인이 보인다. 그 여인의 남편이 40살을 넘기자마자 혈압이 올라가 뇌의 혈관이 터져 오늘 저녁 스트로크로 죽은 것이다. 그런데 허리가 구부정하고 나이 들어 보이는 한 아주머니가 약국 앞 복도를 이리저리 거닐며 한 손으로 가슴을 탁탁 치고 있다. 울음도 나오지 않는지 한숨만 길게 내쉬며 손으로 가슴팍을 치고 있다. 나는 한 사람이 죽어가면서 남기는 가족의 모습을 보며 가슴속으로 비애가 젖어옴을 느꼈다. 내가 전혀 모르는 가족이다. 그런데도 남편이 죽어 울부짖는 아내의 모습도 마음 아팠지만 아들이 엄마인 자기보다 먼저 죽어 울지도 못하고 길게 한숨만 내쉬며 가슴팍을 치는 아주머니의 모습은 더 애처로웠다.

어린 아들은 무엇이 어떻게 돌아가는지 잘 모르는 표정이다. 아마도 나중에 시간이 지나야 아빠 잃은 아픔이 서서히 찾아올 것이다. 그 아이의 아빠가 내려다보고 있는 듯하다. 아들을 다 성장할 때까지 제대로 돌보지 못하고 떠나는 아빠의 아파하는 마음이 나에게 전해진다. 사랑하는 아들을 향하여, 아내를 향하여 그리고 어머님을 위하여 그도 울고 있다.

나는 약국 문에 붙은 조그만 창구를 닫고 안으로 들어왔다. 다시금 넓은 병실약국 안에 덩그러니 나 홀로 남았다. 포도당과 링거 주사약 박스들은 바닥에 쌓여있고 줄줄이 벽을 따라 올라간 선반에 알파벳 순서로 놓여있는 수많은 주사약들 그리고 경구용 알약들이 눈에 들어온다. 이렇게 여러 종류의 약들이 많이 있어도 소용이 없구나. 머리 안에 있는 가느다란 핏줄 하나 터져도 사람을 구하지 못하는구나 생각하니 안타깝다. 병실약국 밖으로 밤 거리의 명동 거리가 눈으로 들어온다. 2층에서 내려다보이는 명동 거리는 반짝이는 빌딩 간판 불빛으로 인해 화려하기만 하다. 쌍쌍 이 손을 붙잡고 걸어가는 연인들이 여기저기 보인다. 나는 하얀 가운을 입고 한동안 물끄러미 창밖을 내려다보고 있다. 내가 서 있는 이곳을 중심으로 저쪽에서는 집안의 가장을 잃은 한 가족의 슬픔이 전해지며 삶의 어두운 면이 보였고, 다른 쪽에서는 연인들 의 애정이 전해지며 삶의 밝은 면이 보였다. 하얀 가운을 입고 창 가에 서서 명동 거리를 내려다보는 나는 무척 쓸쓸하였다.

40년이 지나 프리몬트에 있는 엘리자베스 공원을 걷고 있다. 옆 에는 남편이 같이 걷는다. 가끔 내 손을 꼭 잡아준다. 혼자 쓸쓸 해하던 예전의 내 모습이 떠올라선지 듬직하게 잡은 남편 손의 힘 에서 행복을 느낀다. 언젠가는 앞서거니 뒤서거니 하면서 한 사람 만 다시 남을 것이다. 그러나 그때가 온다 할지라도 지금 이 순간 내 옆에 동행하는 사람이 있다는 데 고마움을 느낀다. 병실약국 에서의 기억 때문에 상대적으로 어둠과 밝음의 대조를 더 느끼고 있는지도 모른다. 혼자서 외로워했던 느낌이 너무 강하였기에 지 금 이 순간의 행복을 가슴 가득하게 음미하고 있다.

버드나무 잎새들이 호수 가장자리에 늘어져 아름답게 다가온 다. 나무 잎새로 비쳐 들어오는 햇볕은 더없이 밝고 따스하다. 그 사이로 보이는 호수 수면으로 오리들이 둘씩 짝을 지어 유유히 떠돌고 있다.

소 매 치 기

　　내가 어렸을 때는 소매치기가 많았다. 소매치기뿐만이 아니었다. 빈 깡통을 들고 대문을 두드리며 밥 한술 달라고 하는 거렁뱅이도 있었고 개천 바닥을 걸어 다니며 휴지 줍는 넝마주이도 눈에 뜨였다.

　　육이오 동란이 난 후 10년이 채 지나지 않은 때였다. 전쟁 시 폭탄이 터져 순식간에 부모를 잃었거나 또는 피난 가다 많은 사람들 사이에 휩쓸려 아차 하는 순간에 부모를 잃었다. 혼자 외톨이가 되어버린 그들이 배가 고픈데 도와주는 사람이 없으면 무슨 짓을 못 하겠는가? 그러한 그들을 이용하여 돈 버는 사람들이 있었다. 조직적으로 소매치기 일당을 만들어 돈 터는 기술을 배우게 한 후 전문적으로 일을 시킨다. 버스를 타거나 길을 가다 여차하면 털리기 일수다.

　　처음으로 내가 털린 것은 중학교에 갓 입학해서였다. 입학 선물로 손목시계를 받았다. 태엽을 감으면 초침이 재깍거리며 움직이는 아주 작고 귀여운 손목시계다. 그 시절엔 손목시계가 소중한 귀중품의 하나였다. 시계 다이얼을 쳐다보기만 해도 예뻐서 가슴이 뛰었다. 그리고 시계를 끼고 다니면 무척이나 자랑스러웠다. 선물을 받은 지 일주일도 되지 않아서다. 어느 날 버스 정류장에서 내리니 손목이 무척 허전하다. 차가 정거하는 순간 달리던 차의 반동으로 몸이 앞으로 쏠렸다. 옆에 있던 서너 명이 덩달아 쏠리면서 정신을 헷갈리게 했다. 나는 쓰러지지 않으려고만 정신을 집중하였다. 소매치기는 혼자서 하는 게 아니라는 것을 그때 알아챘다.

나는 잃어버린 손목시계도 억울했지만 입학 선물을 사준 엄마가 알면 어쩌나 하고 더 두려워했다. 집에 가면 마음이 편안하지 않았다. 시계가 어디 있나 물어볼까 하여 엄마를 피해 다녔다. 당초에 입학 선물을 받지 않았거나 아예 시계가 없었다면 얼마나 행복했을까 생각했다. 결국 한달 후 우연히 엄마가 내 손목을 쳐다보다 알게 되었다. 내가 예상했던 것과는 다르게 엄마는 그렇게 심한 꾸중도 하지 않았고 혼내지도 않았다. 소매치기에게 당한 딸이 지지리 못나고 어리석어 보여 엄마에게 많이 죄송했다. 그렇지만 엄마가 알고 난 후 내 마음은 무척 편안해졌다. 진작 엄마에게 솔직히 알려 드렸다면 그동안 마음이라도 편안했을 텐데라는 생각도 들었다.

그다음부터 버스를 타면 소매치기 일당이 있을 거라는 의심을 하게 되었다. 하루는 내 주머니에 용돈 얼마가 들어 있었다. 꺼내기 쉽게 윗도리 주머니에 그냥 넣어두었다. 깡하게 마르고 키가 큰 까만 교복을 입은 학생이 나에게 다가왔다. 퀭하게 보이는 학생의 눈과 마주치는 순간 왠지 기분이 좋지 않았다. 어두움이 깃든 으스스한 눈빛이다. 나는 무의식적으로 하던 습관대로 윗도리 주머니에 신경을 쓰고 있었다.

차가 급정거하자 좌석이 없어 서서 가던 승객들의 몸들이 쏠리고 있다. 그때였다. 학생의 왼손이 내 윗도리 주머니로 들어왔다. 손바닥으로 들어온 손등을 살짝 때렸다. 나로서는 그 사람을 도운 셈이라고 생각했다. 내가 소리친다면 주위 사람들이 모두 그 학생을 쳐다보았을 것이다. 그리고 학생은 무안당하고 창피하였을 것이다. 그가 돈을 훔치려 했던 짓은 나 말고는 아무도 모른다. 떠들썩하게 하지 않았으니 나에게 고마워하리라 생각했다. 차에서 내려 집으로 가고 있었다. 얼마를 걷고 있으니 목 주위가 따끔거린다. 집에 도착하여 따끔거리는 목 주위를 거울로 들여다보았다. 면도칼 자국이 길게 나 있다.

그 검정 교복을 입은 학생이 면도칼로 나에게 분풀이를 한 것이었다. 살짝 빠르게 긁은 상처라 처음에는 아픈 걸 느끼지 못하였다. 시간이 얼마 지나니 상처가 따끔거리고 있었던 것이었다. 깊게 긁지 않아서 천만다행이었다. 그래도 여전히 면도칼 상처 자국은 선명히 눈에 들어왔다. 그 상처의 흉터는 내가 처음으로 소매치기에 털렸던 소중한 손목시계 잃은 것보다 더 억울하고 속이 상하였다. 검정 학생복을 입은 그는 가짜 학생이었고 소매치기 일당의 한 명이었다. 거울 앞에서 얼굴을 찡그리고 있는 나의 모습을 보며 옆에 앉아 계시던 할머님이 말씀하신다.

"넌 액땜을 한 거다. 큰일을 막았으니 고마워해야 된다. 면도칼이 아니라 도마칼로 그 목 부위를 그었다면 네 생명이 위험할 뻔했어."

절에 열심히 다니시는 할머님의 말씀이 이해되지는 않았다. 그러나 액땜이라는 단어를 곰곰 생각하니 나에게 위로가 되는 지혜로운 말씀이다. 나 또한 살아가며 주위 사람들에게 액땜이라는 단어를 쓰며 위로하였더니 고마워한다.

목에 있는 면도칼 상처가 아물 때까지 거울을 들여다보곤 했다. 거울에 비친 목 부분의 상처 위로 소매치기 학생의 배고프고 허기진 모습이 눈에 들어온다. 물론 소매치기는 나쁜 일이다. 그리고 분풀이로 남의 목에 상처를 내는 건 더 악질이다. 그럼에도 배가 고팠을 것이라는 생각이 스치자 마음이 아파진다. 얼마 되지도 않은 윗도리 주머니의 용돈을 그냥 갖고 가도록 모른 척했었다면 더 좋았을 것을 하는 후회가 밀려온다. 그랬다면 깡마르고 허기져 눈 밑이 움푹 파인 그도 밥 한 끼는 사 먹었을 것이다. 손목시계처럼 소매치기당하지 않아 똑똑했었다고 스스로 평가했던 나의 행동은 어리석었다.

소매치기를 향해 바라보던 나의 시선과 생각은 그때부터 변하였다.

◖ 동 생

나보다 3살 어린 동생은 무엇을 하든지 귀엽게 행동한다. 나이가 들어도 여전히 귀여운 얼굴이다.

동생은 어릴 때부터 마음이 여리고 착했다. 남을 배려하는 행동이 너무 지나치다 싶었다. 그러한 동생이 너무 약해 보였다. 커서 남에게 이용당하다 상처 입을까 걱정도 되었다.

어렸을 때 집으로 들어오는 길에는 센베 과자 가게가 있었다. 막 구워낸 센베의 고소한 냄새가 행인들의 발을 서서히 멈추게 만든다. 누런 과자에서는 김까지 모락모락 올라온다. 코를 벌름거리며 숨을 크게 들이키게 된다. 퇴근하여 오시던 아빠도 기다리는 아이들을 생각하며 가끔 한 봉지씩 사 오셨다.

엄마는 아이들에게 똑같이 나누어 주었다. 어렸을 때 난 항상 배가 고팠다. 그래서 항상 빨리 먹는다. 동생의 과자는 반 이상이 남아있다. 아직도 많이 남아있는 과자를 부러워하며 동생의 입을 물끄러미 바라본다.

"언니 줄까?"

나는 고개를 위아래로 끄덕였다. 하나만 건네주는 줄 알았는데 동생은 자기가 가진 것의 반을 나에게 준다. 과자는 바삭바삭하고 구수하며 달콤했다. 나는 단과자를 먹으면 입맛이 더 당긴다. 아까보다 천천히 맛을 음미하며 씹었는데도 여전히 동생보다 빨리 먹어버렸다. 동생에게는 아직도 몇 개가 남아있다. 나에겐 아무것도 남은 게 없다. 언니의 손을 보며 하나도 없다는 걸 알아차린 동생의 눈이 동그래진다. 머뭇머뭇하더니 다시 나에게 과자를 준다. 나는 그러한 동생을 이해할 수 없었다.

동생하고 나이가 비슷한 동무가 집 근처에 살았다. 심심하면 집에 찾아와 동생하고 같이 놀았다. 하루는 옆에서 지켜보니 란이라는 친구가 동생에게 이것저것 시키고 있다. 나는 그러한 란이가 싫었다. 동생이 너무 이용만 당하고 있는 것 같았다. 그래서 란이에게 쌀쌀맞게 말했다.

"네가 내 동생 두목이야? 네 맘에 안 든다고 왜 이래라저래라 그러니? 다시는 우리 집에 오지 마."

몇 달이 지나도 란이는 우리 집에 오지 않았다. 몇 달 후 동생 생일날을 기억하여 예쁜 광주리에 먹을 것과 선물을 담뿍 담아 갖고 왔다. 동생과 란이는 오랜만에 만나 서로 좋아하며 팔딱거린다. 나는 그제야 동생도 란이도 서로 많이 좋아하고 있다는 걸 알아챘다. 단지 둘의 성격이 너무 달랐다.

동생이 이화여고에 다닐 때다. 그 시절에는 어느 여고나 대학 입시 준비를 위하여 주기적으로 실력고사를 치렀다. 학교 성적에는 들어가지 않았지만 수학 영어 등 실력고사 시험문제는 쉽지 않았다. 한번은 동생이 그 어려운 실력고사에서 교내 전체 일등을 하였다고 한다. 당시에는 아침 일찍 수업이 시작하기 전 조회 시간이 있었다. 일등을 한 학생은 조회 시간에 많은 학생들 앞으로 나와 교장 선생님으로부터 일등상을 받는다. 동생은 사람들이 많이 모여 있는 곳에 나가서 상을 받는 게 너무 두렵고 떨렸다고 한다. 다리가 덜덜 떨려서 조회 시간에 나가 서 있을 수가 없다고 했다.

"그래서 어떻게 했어?"

"조회 시간에 못 나갔어. 내 이름 부르는 소리가 안에서도 여러 번 들렸어."

나는 그 이야기를 듣고 놀랐다. 대부분의 사람들은 일등상 받으면 신이 날 것이다. 동생은 상 받는 것도 두려워한다. 그렇게 마음 약한 동생이다. 그런데도 마음이 여리고 착한 동생 주변에는 동생을 좋아하고 따르는 사람이 많다.

미국에 와서 동생을 만난 지도 오랜 시간이 지났다. 동생은 장남에게 시집갔다. 그러니 그 집의 맏며느리가 된 것이다. 오랜만에 한국에 와서 동생을 본 나는 동생이 변한 것에 놀랐다. 옳다고 생각하면 끝까지 하는 고집이 보였다. 동생이 옳다고 여기는 건 내가 보기에도 틀림없이 옳았다. 마음은 여전히 착하여 남을 많이 배려하고 매사에 예의가 바르다. 시아버님과 시어머님을 모시며 여러 동서들과 지내다 보니 성격이 자연스레 변한 것 같다 한다. 남편이 집안의 우두머리인 장남이다. 동생은 우두머리의 아내로서 또한 맏며느리로서 집안의 질서와 화목을 위하여 신경 쓰며 노심초사하였을 것이다.

　오랜만에 한국에 왔기에 동생 내외와 내 가족이 모두 제주도로 여행을 갔다. 낮에는 한라산 중턱에 자리 잡은 골프장으로 골프를 치러 갔고 저녁에는 서귀포에 있는 롯데 호텔에서 화산 폭발 쇼를 보며 저녁 식사하기로 예약이 되었다. 즐겁게 대화를 하며 식사를 하는 중 눈치채지 않게 하며 남편에게 미리 가 지불해 달라고 부탁했다. 나중에 우리가 먼저 낸 걸 안 동생이 어찌나 화를 내는지 동생의 기분을 달래느라 진땀을 흘렸다. 그 후로는 동생에게 먼저 물어보고 난 후 결정한다. 이제는 동생이 결정하면 하라는 대로 따라 하고 있다. 그렇게 요사이 난 동생 앞에서 쩔쩔맨다.

　예전보다 고집이 세게 변한 동생에게 섭섭한 적도 있다. 하지만 이제는 동생이 강하게 잘 자라 주어 자랑스럽고 고맙기만 하다. 동생은 나에겐 여전히 이 세상에서 둘도 없는 가장 착한 사람이다.

◑ 오빠 생각

　　　　　　손이 꽁꽁 어는 추운 겨울날이었다. 안방의 아
랫목이 제일 뜨겁고 방도 따뜻했다. 아랫목에 손을 녹이고자 안방
으로 들어오니 오빠가 윗목에 작은 밥상을 놓고 공부하고 있다. 방
안은 조용했다. 나는 손을 아랫목 이불 밑에 넣고 오빠를 바라보았
다. 그렇게 한참을 바라보고 있어도 수학 문제 푸는 데 집중하고 있
었던 오빠는 나의 시선을 전혀 인식 못 한다. 문제가 쉽게 풀리지
않는지 오빠의 표정이 어두웠고 무척 난감한 듯하다. 고개를 흔들
며 한숨까지 쉬고 있다. 오빠의 답답한 가슴이 내 마음에 전해졌다.

　"오빠 제가 풀어드릴게요. 오빠는 잠시 쉬고 계세요."

　오빠는 인기척 소리가 나자 나를 쳐다보았다. 내가 한 말에 아
마도 어이가 없었을 것이다. 그런데도 나를 바라보는 오빠의 얼굴
이 갑자기 환하게 변하였다. 그때 오빠의 환한 표정은 아직도 잊
을 수 없다.

　"네가 내 문제 풀어 준다고? 그래 니가 한번 해 봐라. 오빤 그동안
마당에 나가 시원한 공기 마시고 올 테니까. 네가 풀고 있어. 고맙다."

1학년이면 단순히 더하기 빼기밖에 못 하던 나였지만 오빠를 돕기 위해 난 열심히 2차 방정식이 있는 수련장 문제집을 뒤적이며 궁리하고 있었다. 오빠는 내가 당연히 풀 수 없다는 건 알고 있었지만 오빠의 답답한 마음을 알아채고 도와주려 했던 어린 여동생의 마음을 느꼈기에 그렇게 환하게 웃었던 것 같다. 오빠는 그해 서울에서 최고로 좋은 명문 중학교에 입학하였다.

시간이 많이 흘러 내가 중학교에 들어간 후였다. 집은 명륜동에 있었지만 학교는 광화문 쪽에 있었기에 버스로 통학을 하였다. 하루는 방과 후 버스를 타고 집으로 오는 중이었다. 광화문에서 버스를 탔을 때는 빈자리가 여럿 있었기에 좌석에 앉아 집으로 오고 있었다. 몇 정거장 지나 안국동으로 들어가며 차는 붐볐다. 그때 한 중년의 남자가 버스를 탔다. 옷도 헙수룩해 보였지만 얼굴에 불만이 가득 차 있어 심술궂어 보이는 인상이었다. 나는 그 사람과 눈이 마주치자 시선을 피했다. 그 사람이 나에게 다가와 나를 노려보았다. 계속 시선을 피하고 있는 나를 향해 갑자기 주먹으로 내 머리 위를 내리쳤다.

"아저씨 왜 때리세요?"

버스 안에 있는 많은 사람들이 나를 보고 있다.

"그걸 몰라서 물어보는 거야. 학교에서 무슨 교육을 받고 있어? 나이 든 사람이 오면 젊은 사람이 일어나 자리를 양보해야지. 건방지게 계속 앉아있다니."

그 사람은 전혀 늙은 노인네가 아니었다. 그리고 자리에 앉고 싶으면 나에게 먼저 말을 했으면 자리에서 일어났을 텐데 머리를 주먹으로 갑자기 얻어맞으니 화가 났다. 다른 데서 화가 난 일을 나한테 와 화풀이하는 남자로 보였다. 늙지도 않은 주제에 약한 여학생의 머리를 때리며 그런 식으로 자리를 빼앗는 그 남자의 행동에 너무 화가 났다. 많은 사람들 보는 앞에서 얻어맞은 것도 창피했다. 화를 참으려고 할수록 눈에서 눈물이 쏟아지고 있었다. 그때 명륜동 버스 정류장에 내려 집으로 돌아가는 길목에서 우연히 오빠를 만났다. 눈물이 가득 고여 글썽이는 나를 본 오빠가 나를 붙잡고 물었다.

"무슨 일이야? 왜 울고 있어?"

나는 버스에서 일어난 일을 말하였다.

"내 그놈의 머리통을 박살 내고 오겠다."

갑자기 오빠가 버스 정류장을 향하여 쏜살같이 달리고 있었다. 내 말을 듣자마자 그렇게 빠르게 뛰어가던 오빠의 뒷모습을 잊을 수가 없다.

1978년에 미국에 와서 5년이 지나 1983년 9월 1일이었다. 샌프란시스코에 있는 병원 약국에서 인턴 약사로 일하고 있을 때였다. 오빠에게서 전화가 왔다. 오빠가 다니는 회사 일로 미국 뉴욕에 출장을 왔는데 원래 스케줄은 그날 한국으로 돌아가야 하는데 갑자기 동생이 보고 싶어 샌프란시스코에 하루 들리겠다고 했다. 나는 오빠를 오랜만에 만날 생각을 하니 기뻐서 마음이 들떠 있었다. 전화를 받고 여러 시간이 지난 후였다. 뉴스가 나오고 있었다.

뉴욕에서 한국으로 돌아가던 KAL 비행기가 소련 상공에서 소련 전투기의 미사일에 맞아 비행기에 타고 있던 269명이 모두 죽었다고 한다. 그 뉴스는 충격이었다. 혹시 오빠가 나 보러 온다고 했지만 마음 바꾸어 뉴욕에서 한국으로 곧바로 간 건 아닐까. 오빠는 지금 어디 있는 건가. 몇 시간이나 오빠와 연락이 되지 않았다. 걱정과 불안감이 엄습해 오고 있었다.

나중에 오빠에게 들었다. 오빠와 잘 아는 거래처 회사 직원을 같은 날 뉴욕 공항에서 만나 그 비행기를 탑승하기 전 공항에서 악수까지 하였다고 했다. 그분의 부인은 아이들과 함께 서울에 있는 비행장에서 기다리고 있다가 남편이 죽었다는 비보를 들었다. 나는 가슴이 뭉클했다. 돌아가신 그분 가족들의 마음을 생각하니 마음이 아팠다. 한편 오빠가 동생인 내가 보고 싶어 스케줄까지 바꾸어가며 한국으로 곧바로 가지 않고 샌프란시스코로 올 수 있어 살아있는 오빠를 볼 수 있다니 너무 감격스러웠다.

오빠. 정다운 이름이다. 그리고 마음이 든든해지는 이름이다. 아주 오래전이다. 내가 초등학교 다닐 때 전국 미술대회가 비원에서 열렸다. 비원을 가기 위해 바쁘신 부모 대신 다섯 살 위인 오빠와 난 길다란 비원 돌담길 옆을 오랫동안 같이 걸어갔었다. 그때 미술대회 입선하여 상장과 크레파스를 상으로 받았다. 같이 돌담길을 걸으며 내 손을 잡아 주었던 오빠 때문에 상을 받은 것 같다. 지금도 꼭 잡아 주던 오빠의 손 감촉을 느낀다.

문득 오빠가 너무 보고 싶다.

◖ 거짓말과 사랑

거짓말하는 것이 나쁘다는 것은 다들 알고 있다.

어렸을 때 엄마는 우리가 거짓말하는 것을 무척 싫어하셨다. 자매끼리 다투다 엄마에게 꾸중을 들을 때가 있었다. 나에게 유리하게 말하다 거짓이 들어가거나 하면 엄마의 표정이 무섭게 변했다. 우리 자매를 올바르게 자라게 하려는 엄마의 마음이었을 것이다.

내가 어렸을 때 살던 집은 명륜동에 있었다. 옛 서울대학교 문리대학에서 아주 가까웠다. 집 큰 골목에서 아래로 죽 내려가면 서울대학교 문리대 교정이었다. 대학 울타리는 없었지만 큰 개천이 교정과 큰 행길가 사이에 흐르고 있어 들어갈 수는 없었다. 은행나무가 여럿 심겨져 있었기에 가을이 되어 노란 단풍이 들면 무척 인상적이었다.

우리가 살고 있던 명륜동의 한옥집은 크지는 않았지만 그렇게 작지도 않았다. 그 골목의 다른 집들은 대문이 그 큰 골목에서 바로 보였는데 우리 집은 작은 골목 안으로 다시 들어와서 대문이 있었다. 그리고 그 작은 골목 안에는 옆집이 있었는데 옆집 대문이 우리 집 대문과 나란히 있었다. 지금부터 60년 전 한옥은 부엌 구조도 아궁이 때문에 바닥이 마당보다 낮아 문을 열고 들어가면 계단을 여러 개 내려가야 하고 요사이 같은 화장실은 집 안에 붙어있지 않았고 마당 구석 제일 먼 곳에 붙어 있었다. 하루는 집밖에서 큰 행길가 쪽으로 붙은 창문을 통하여 왁자지껄 떠드는 소리가 들려왔다.

"저놈 잡아라. 저놈을 잡아 때려 죽여야 한다."

잡히지 않으려고 쏜살같이 도망가고 있던 청년이 곧바로 이어진 큰 골목으로 뛰어가지 않고 우리 집 대문이 있는 좁은 골목으로 들어와 문을 두드렸다. 띄엄띄엄 숨을 몰아가며 애원하는 소리를 들을 수 있었다.

"쫓기고 있습니다. 저를 제발 숨겨주세요."

대문을 열자 청년은 다짜고짜 대문 안 현관으로 들어왔다. 쫓아오는 사람들의 함성이 점점 더 가깝게 들리고 있을 때 청년은 갑자기 뒷간을 향하여 발을 옮겼다.

"용서하십시오. 제가 이곳에 들어가 숨어 있겠습니다."

순식간에 일어난 일이었다. 잠시 후 대문 두드리는 소리와 함께 여러 명의 고함치는 소리가 크게 들렸다.

"이 골목으로 들어오는 것을 보았다. 그놈을 잡아 우리 손으로 죽여야 한다."

10명이 넘는 숫자의 살기등등한 청년 남자들이 몰려 들어왔다.

"어디다 숨겼소. 우리 모두 두 눈으로 이 골목으로 들어가는 것을 보았단 말이요."

"당신들이 잘못 본 것 같소. 우리 집에는 아무도 들어오지 않았소."

나는 가슴이 조마조마해졌다.

"당신이 우리에게 거짓말하고 있으면 당신도 해를 당할 것이요."

"내가 거짓말하고 있다는 생각 들면 당신들이 이 집안을 찾아보시오."

그들이 정말로 집안을 뒤지려고 하자 엄마가 먼저 부엌문을 열었다.

"아무도 부엌 안에 없지요. 안방과 건넛방 안을 보고 싶으면 따라 들어오세요."

그들이 엄마를 따라 안방을 들어갔다. 엄마는 안방 안에 붙은 다락 벽장도 열어 보였다. 우르르 몰려 들어왔던 여러 명이 고개를 기웃거리며 들여다보았다. 그러자 그중 한 명이 갑자기 소리를 질렀다.

"이 골목에 옆집도 있다. 빨리 옆집으로 가자."

그러자 대부분의 사람들이 대문 밖을 뒤따라 나가서 옆집 대문을 두드렸다. 그런데 그중 두목으로 보이는 한 명은 아직 나가지 않았다. 건넛방도 열어보고 헛간까지도 열어본 후 아무도 보이지 않자 나가려고 하려다가 마당 구석에 있는 뒷간을 발견하고 그곳으로 향하고 있었다.

'그 안에 그들이 찾고 있는 사람이 있는데, 뒷간 문을 열면 엄마

의 거짓말이 탄로 나는데.'

통탕거리는 내 가슴의 고동 소리가 내 귀에 들려왔다. 나는 사시나무 떨듯 덜덜 떨고 있었다. 숨어 있는 그 사람이 발각될 바로 그 순간이었다. 그동안 침착하게 있던 엄마가 언성을 크게 하여 그 청년 두목을 향하여 엄하게 꾸짖고 있었다.

"그 뒷간에는 우리 집 큰딸이 배가 아프다며 조금 아까 들어갔소. 큰 걸 하느라 아직도 못 나오고 있는 것 같소. 당신들 무슨 권리로 이렇게 들어와 남의 집 큰딸에게 몹쓸 짓을 하려는 거요?"

그 청년은 엄마의 따끔하게 혼내주는 말에 뒷간 문을 열지 않고 멈추어 섰다. 불현듯 남의 집 딸 하체를 보는 장면을 상상하며 창피하였던지 머리를 긁적이며 대문 밖을 나가 옆집으로 향했다. 그리고 한참 시간이 흘렀다. 쫓기던 청년이 뒷간에서 나와 주위를 두리번거리다 엄마에게 무릎을 꿇었다.

"살려 주셔서 고맙습니다."

며칠이 지나도록 난 그때의 소동을 잊을 수가 없었다. 만약에 그 사람이 정말로 나쁜 사람이었다면 어떻게 되는 건가. 청년이 뒷간에서 나와 우리 가족을 해칠 수도 있었다. 그가 무슨 잘못을 하였기에 도망갔어야 했는지 그때 물어보지 않아 모른다. 서울대학교 쪽에서 뛰어온 걸 보면 서울대 학생일 수도 있고 그렇지 않을 수도 있다. 나중에야 엄마가 하신 말씀이다.

"우선은 사람 목숨 살리고 보아야 한다고 생각했다. 쫓아오는 사람들이 너무 많아서 잡히면 곧 맞아 죽을 것 같았다. 그 청년을 보는 순간 수년 전 육이오 때 참전하여 전사한 내 동생의 얼굴이 보였다. 내 동생이 저렇게 도망가고 있었던 건 아닌가. 내 동생이 나에게 숨겨 달라고 살려 달라고 애원하고 있었다. 만약에 그 청년을 도와주지 않았다면 두고두고 더 후회했을 것이다."

엄마는 우리에게는 거짓말을 해서는 안 된다고 가르쳤지만 우리 모두 보는 앞에서 거짓말을 했다. 그 상황 속에는 아무런 이유가 없었다. 단 한 가지 이유를 찾아낼 수는 있었다. 엄마 마음속에는 사랑이 있었다. 그 사람이 비록 나쁜 사람일지라도 사랑하는 동생으로 보이는 엄마의 따뜻한 마음을 난 읽을 수 있었다.

◖ 상 이 군 인

어린 시절 동네 주변을 걷다 보면 가끔 상이 군인들이 보였다. 그들은 다리가 없거나 팔이 없었다. 목발에 몸을 의지하여 균형을 잃은 채 뒤뚱거리며 걸었다. 옷차림새도 헙수룩하다. 얼굴은 여기저기 거무죽죽한 검댕이가 묻혀 있었다. 우연히 바로 앞에서 마주치던 상이군인 아저씨의 퀭한 눈에서 나오는 그 눈빛이 무서웠다. 그래서 상이군인 아저씨가 보이면 일찌감치 나는 피해 다녔다.

그들은 육이오 동란 때 부상당하였다. 포탄에 맞아 다리를 하나 잃어버렸거나 팔 한쪽이 잘려 나간 군인 아저씨들이었다. 초등학교 다닐 때는 육이오 동란이 끝난 후 약 6년이 지난 후였다. 학교에 가면 사이렌 소리가 가끔 울린다. 그러면 수업을 듣다 말고 다들 책상 밑으로 기어들어 가 몸을 숨겨야 했다. 적군의 비행기가 떴다는 가상훈련 연습이다. 언제라도 다시 북한이 남한에 쳐들어올 수 있다고 하며 마음을 조마조마하게 했다.

가끔씩 신문에는 이북에서 남쪽으로 몰래 넘어오다 총에 맞아 죽은 무장공비 시체가 사진으로 찍혀 나왔다. 간첩이 잡혔다는 뉴스와 사진이 신문에 실릴 때마다 옆집 친구의 부모는 그 시체를 보러 간다고 했다. 평양에 집도 있고 두 아들도 있었다고 한다. 하루는 남쪽에 사는 친구의 초청으로 방문차 내려왔다. 그때 아들 둘은 평양에 있는 식구들에게 남겨두고 나이 어린 딸만 엄마 옆에서 하도 울어 젖히기에 데리고 내려왔다고 한다. 그런데 갑자기 삼팔선으로 남북이 갈리며 통행이 금지되었기에 고향으로 돌아가지 못했다고 한다. 가족이 남쪽에 있는 청년들을 골라 간첩으로 보낸다는 이야기를 듣고 혹시 평양에 두고 온 아들이 간첩으로 지령받아 남쪽으로 내려오다 죽은 게 아닌가 하여 시체를 확인하러 가는 것이었다. 이북에 두고 온 자기 아들이라면 시체를 잘 거두고 싶었을 것이다.

아무튼 난 그런 슬픈 이야기를 많이 들으며 자랐다. 어느 날 초등학교 시절 방과 후 거의 집에 왔을 때였다. 집 근처에는 사람들이 몰려 있었고 무슨 큰 소동이 일어난 듯했다. 한 상이군인이 자기의 목발을 휘두르며 행패를 부리고 있다. 무슨 일에 화가 났는지 욕설을 퍼부으며 지나가던 행인을 목발로 때리고 있다. 그가 고함치는 말소리에서 이런 말이 들려왔다.

"나를 병신이라고 업신여기지 마. 난 당신들 살리려고 전쟁터에 나가 싸우다가 총에 맞아 이렇게 다리를 잃었소. 일을 하고 싶어도 다리가 없으니 날 써주는 곳도 없소. 배가 고파 굶어 죽게 되어 구걸하는 것이요. 내가 다리병신이 된 건 당신들 위해 싸우다 이렇게 된 것이란 말이오. 왜 나를 멸시하는 거요. 내가 다리병신 되고 싶다 해서 된 게 아니란 말이오. 당신들 위해서 싸우다 이렇게 되었는데 뒤에서 나에게 손가락질하며 웃어 젖히니 이젠 더 이상 못 참겠소. 당신들 모두 때려죽이고 나도 죽으려 하오.”

그는 마치 미친 사람처럼 소리소리 지르고 있다. 이러다가는 사람을 죽일 것만 같았다.

아마도 그 상이군인을 손가락질하면서 뒤에서 누군가가 웃었던 것 같다. 그 상이군인 때문에 행인 하나가 피가 터지며 흘리고 맞아 죽어가는데도 주위에서 아무도 나서지 못하고 있다. 붙잡힌 행인이 맞아 죽을 것만 같아 말리려던 사람이 상이군인의 화가 난 기세에 도리어 얻어맞기 십상이었다. 방관자 모두들 속수무책 눈치들만 보며 얼이 빠져 있다. 그때였다. 엄마가 그 상인군인에게 다가갔다. 30대 초반의 젊고 예쁜 엄마다. 나는 그런 예쁜 엄마가 다치기라도 할까 봐 겁이 났다. 엄마가 상이군인 아저씨에게 가서 무언가 말하고 난 후 얼마 안 지나서 날뛰던 아저씨가 조용해졌다. 주위에 있던 동네 사람들도 모두 눈이 동그랗게 커지며 놀라고 있다. 어떻게 미치고 날뛰던 늑대 같은 놈을 순한 양처럼 조용하게 만들었는지 모두들 의아하게 생각하고 있다.

“여보시오. 잠깐 제 이야기 들어보세요. 당신을 보니 육이오 전쟁 때 싸우려고 갔다가 죽은 내 동생을 보는 듯하오. 난 내 동생이 죽지 않고 돌아오기를 무척이나 고대하고 있었소. 당신은 살아 돌아왔소. 내 동생에 비하면 당신은 살아 돌아왔으니 얼마나 좋아요."

엄마는 나에게 안방에 있는 장롱의 첫째 서랍을 열어 시계 상자에 든 손목시계를 들고 오라고 했다.

"동생은 전쟁에 나가기 전 손목시계를 하나 갖고 싶어 했어요. 그런데 그때는 돈이 없어 못 사주었지요. 돌아오면 꼭 사주고 싶었는데 그러지 못하니 가슴에 한이 맺혀 있지요. 동생 생각하며 하나 사 둔 게 있는데 동생 대신 이걸 당신 주려고 하니 이걸 받고 마음 푸세요. 앞으론 죽고 싶다고 말하지 마세요. 내 동생도 당신도 육이오 전쟁에 나가 싸웠기에 우리가 안전하게 살고 있으며 고마워하고 있어요."

엄마의 주머니에서 꺼낸 얼마의 돈과 내가 장롱 서랍에서 갖고 온 손목시계를 받고 어린아이같이 변하던 상이군인 아저씨의 얼굴을 잊을 수가 없다. 괴물처럼 무섭게 보이던 아저씨의 얼굴은 어린아이처럼 평화로운 얼굴처럼 순하게 변하였다. 손목시계를 바라보는 상이군인 아저씨의 눈에는 눈물방울이 맺혀 반짝거린다. 상이군인에게 얻어맞아 죽을 뻔한 행인은 아직도 무서워 벌벌 떨고 있었지만 엄마에게 고마워하는 모습이 역력히 나타났다.

나중에야 들었다. 엄마는 그 당시 상인군인에게 엄마의 사랑하던 남동생도 육이오 전쟁에 참여했다고 말했다고 한다. 그런데 엄마의 동생은 전사했다며 동생이 갖고 싶어 하던 손목시계 이야기를 해 주었다고 한다. 조용하게 말하는 엄마의 목소리가 날뛰던 괴물을 가라앉혀 어린아이의 얼굴처럼 변하게 하였던 것이 나에겐 경이로울 뿐이었다. 괴물을 잠재우게 한 엄마는 괴물보다 더한 힘이 있었다.

그때 엄마는 나에게 마치 마술사 같았다.

◖ 바느질 실땀

내 딸이 결혼하기 전, 아버님께서 손녀에 들려 주셨던 이야기가 있다.

어머님은 이미 돌아가신 후였다. 어머님처럼 그토록 애틋한 사랑을 해 보지 못하고 지나쳐 버린 나의 모습이 보여서인지 나도 이전에 들었었다면 좋았을 것을 하는 생각이 든다.

일본 강점기에 2차 세계대전으로 아버님이 일본군으로 징병당하였을 때다. 일본은 끝까지 자기네가 이긴다고 떠들고 있었지만 전세가 기울어 가고 있는 것을 대부분의 사람들은 이미 알고 있을 때였다고 한다. 전쟁터에 가면 살아온다는 보장이 없었다. 일본이 지고 있어 전쟁이 곧 끝날지도 모른다고 알고는 있어도 전쟁터에 가는 것을 피할 수는 없었다.

어머님이 아버님과 결혼하기 전이었다. 어머님은 아버지가 일본으로 떠나기 전 내복을 하나 사서 길거리에 앉아 지나가는 사람들에게 부탁해 바느질 실땀을 하나씩 하나씩 메꾸어 갔다고 했다. 바느질 실땀에 고리를 묶어 하나씩 만들 때마다 소원과 정성이 들어간다고 했다. 한 사람을 향한 소원, 그 한 사람 죽지 말고 다치지 말고 살아 돌아오라고.

누군가 길 가다 우연히 옷깃이 스쳐도 전생에 인연이 있다 한다. 그 많은 인간 중에 이렇게 찰나나마 만날 수 있다는 건 확실히 수학의 통계와 확률로 보면 복권에 당첨되는 것보다도 어려운 낮은 숫자일 것이다. 어머님이 사람들이 북적거리는 길거리에 앉아 창피도 무릅쓰고 모르는 사람에게 허리 굽혀 절을 해 가며 바느질 실땀 하나를 부탁하는 모습이 눈에 선하다. 수십 개가 아니라 백 개가 넘어야 소원이 이루어진다고 하였다.

아버님은 군복 안에 그 내복을 항상 입고 계셨다고 하였다. 훈련하며 땀을 많이 흘려서인지 어느 날 겉옷을 벗고 보니 내복에 이가 다닥다닥 붙어 있는 것을 보았다. 그런데도 그 내복을 버리지 못했다. 햇볕이 있는 양지바른 곳에 가서 한 마리씩 이를 다 잡아 죽인 후 다시 그 내복을 입으셨다. 다른 사람들에게 바느질 실땀을 부탁하는 모습을 생각하며 어머님을 항상 그리워했다고 하셨다.

아버님이 있던 부대의 인원 반이 만주 근처로 가게 되었다. 아버님도 그곳으로 가는 거로 처음에 배정을 받았다. 그런데 다음날 다시 변경되어 아버님은 일본에 있는 부대에 그냥 남아 있으라는 명령을 받았다. 나중에 안 사실이지만 그때 만주 근처 부대에 갔던 군인 모두가 전사하였다. 얼마 후 일본에 남아 있던 군인들도 마지막 싸움을 준비하고 있었다. 모두가 명령을 받았다. 싸움에 이겨 일본 천황에게 영광을 돌리든지 아니면 만약에 싸움에 져 후퇴할 경우 도망갈 생각은 아예 버리고 자진하여 죽으라고 하였다. 죽음을 각오하며 마지막 전쟁 준비를 하던 어느 날 하루 히로시마에 원자폭탄이 떨어졌다. 일본 천황이 무조건 항복을 하였다.

전쟁이 끝난 후 얼마 후 아버님은 한국으로 돌아오느라 기차를 탔는데 그 기차가 원자폭탄이 떨어졌던 히로시마를 지나쳤다. 아버님은 그때 기차 창문 밖으로 보이는 황량하고 처참한 모습을 잊을 수가 없다고 하였다.

뉴욕에 갔을 때 아버님과 함께 UN 본부 빌딩 안을 견학한 적이 있다. 그곳 방 하나에 전시된 히로시마에서 가져온 빌딩 파편의 녹아내린 철근 덩어리들을 보았다. 원자폭탄이 떨어졌을 때 녹아내려 모양이 변해버린 흉측한 모습들이었다. 아버님은 그때를 회상하고 계셨다. 원자탄이 떨어진 후 며칠 후 기차를 타고 히로시마를 지나치며 원자폭탄의 무시무시한 위력을 직접 보고 실감하던 1945년 그때의 어느 하루를….

어머님의 간절한 기도와 또 백 개가 넘는 정성 어린 바느질 실땀과 고리의 정성으로 아버님이 한국으로 살아 돌아오셨기에 나 또한 이 세상에 태어났다고 생각하니 감개가 무량하다.

예배 시간이 끝나면 곧바로 집으로 가지 않고 비슷한 나이의 사람들로 구성된 목장의 반으로 들어간다. 그날 예배 시간에 들은 설교 또는 성경 구절을 토대로 서로가 이야기하며 친목을 다진다. 하루는 목장에서 이러한 질문을 하였다.

"지금까지 살아오면서 가장 존경하는 분 한 사람만 고른다면 누구입니까?"

그곳에서는 대답을 못 하였지만 집으로 되돌아가며 그 질문에 대해 생각해 보았다. 어렸을 때 아버님이 책상 앞 벽에 붙여 주었던 링컨 대통령 사진이 기억난다. 우리와는 다른 얼굴이라 처음 보았을 때는 생소한 느낌이었다. 어렸을 때 가난한 환경이었지만 어려움을 이겨내고 미국 대통령이 되었다고 들은 후 여러 번 링컨 대통령 사진을 보면서 얼굴 모습에 익숙해졌다. 그러다 학교에서 배운 '톰 아저씨의 오두막집' 소설에 나오는 슬픈 흑인 가족들의 이야기를 들은 후 흑인 노예 폐지 운동을 하였다는 것을 안 후부터 링컨 대통령의 사진을 보며 더욱 존경하였다.

중학교에 들어가서는 친구가 잡지에서 오려와 나에게 사진을 준 케네디 대통령이었다. 나는 그 사진을 책상 주변 벽에 붙였다. 나무 잎사귀가 흔들리는 듯한 오솔길을 혼자서 걷고 있는 옆모습이었다. 그 사진을 볼 때마다 옆모습의 얼굴이 마음에 다가왔다. 그 고뇌에 찬 듯 사색에 잠겨 쓸쓸하게 걷고 있는 모습이 좋았던 것 같다. 그렇게 시간이 지나면서 존경하는 사람도 바뀌고 있는걸 알았다.

질문에 대해 다시 생각해 본다. 미국 대통령 대신 한국의 대통령 중에서 고를 수 있을까? 정치인이 아니라면 종교계에 있었던 분일까? 아니면 스승님들 중의 한 분? 글을 쓰시는 작가분들 중? 물론 그분들 중에 훌륭하게 살았으며 존경받을 업적을 이룬 분들이 많이 있다. 그러나 내 마음속 깊숙이 지금도 항상 존경하는 분이 누구일까?

아버님이다. 누구와도 비교될 수 없게 마음에 와닿는 분이 나의 아버님이라는 걸 깨닫게 된다. "아버님" 하고 혼자서 불러본다. 지금 미국에 사는 이곳인 나의 곁에 계시지 않아도 "아버님" 하고 부르면 아직도 내 정신의 지주가 되어 마음이 든든해진다.

아버님이 어렸을 때 일어났던 일을 할머님에게서 들은 이야기다. 아버님이 10살이 채 되기도 전이다. 아버님이 살던 동네 근처에 언덕이 있었다. 어느 날 나이가 든 어른이 수레에 물건을 가득 싣고 힘들게 밀고 올라가고 있었다. 수레보다 몸집이 작은 아버지였지만 뛰어 올라가 끙끙거리며 같이 나이 든 어른을 도와주는 걸 보았다며 동네 어른들이 할머님에게 와서 칭찬하였다고 했다. 그 이외에도 아버님은 나이 드신 분들이 청하기도 전에 도움이 필요하면 먼저 가서 도와주며 공경하였다고 했다. 그래서 동네 어른들이 아버님이 10살도 채 되기도 전부터 저 아이는 크게 될 아이라며 그렇게 해달라며 하느님께 기도하며 축복해 주셨다고 했다.

아버님의 맨 막내 손자인 나의 아들이 대학 입학 전 학교 탐방을 하러 갔을 때 미국에 여행 오셨던 아버님도 함께 다니셨다. 그때 아버님 연세가 80이 넘으셨는데도 아버님 또한 미국 대학에서 공부하고 싶다고 하셨다.

아버님은 은행에 다니며 저녁에는 서울대학교 대학원 경영학에 등록하여 공부해서 수료하셨다. 아버님은 젊었을 때부터 은행에서 계속 근무를 하시다가 상무이사까지 올라가셨는데 제5 공화국 시절 언론계, 금융계에 오래 일한 사람들에게 자진 사퇴를 가하는 압력에 의해 잠시 쉬고 계시다가 경영이 부실하여 적자를 내고 있던 자동차 회사와 중기 회사에서 연락을 받고 근무하셨다. 아버님께서는 아세아자동차에서 회장으로서 일하셨고 또한 대한중기에서도 사장으로 근무하셨다. 아버님이 취임하신 후 적자를 보던 회사가 실적이 급속히 올라가며 흑자를 내기 시작하였다고 한다. 아버님이 자동차 회사에서 회장을 하실 때였다. 아버님이 근무하시면서 전에는 적자로 고생하던 회사가 흑자로 변하고 있자 군부에서 요청이 들어왔다. 군대에 군인들이 차가 요긴하게 필요로 하고 있으니 무상 기증하라는 부탁이었기에 실행을 하였다.

하루는 초청을 받아 군대가 있는 부대로 들어가고 있었다. 많은 군인들이 줄을 서서 행렬을 만들고 서 있었다. 아버님은 어느 별 달린 높은 장군님이 오시는 날과 겹친 걸로 생각하였다. 오늘의 약속 날짜를 바꾸어 다른 날로 오겠다고 전하려고 들어가셨다. 그런데 아버님이 들어가시면서 군악대의 나팔소리와 함께 모든 행렬에 줄지어 서 있던 군인들 모두가 아버님을 향하여 경례를 붙였다. 나중에 알고 보니 그날 다른 높은 장군이 오기를 준비하고 기다리고 있었던 게 아니고 아버님을 기다리고 있었다.

자동차를 필요로 하는 군인들을 위하여 자동차 회사에서 무상으로 군대에 기증한 것에 고마움을 전하기 위해서 회사 대표인 회장님께 표시했던 것이었다. 생전 처음으로 그러한 대접을 받은 아버님은 처음에는 무척 당황했지만 한편으로는 무척 감격하신 것 같았다. 그때의 모습을 그려보는 나 또한 감격되고 있다.

내 인생에 가장 존경하는 한 분만을 고르라고 물어보면 단연코 아버님이다.

◖ 사 주

　　　　　　태어나서 한 번도 외할아버지와 외할머니를
본 적이 없다. 2차 세계대전 중 한국이 일본의 식민지하에 있을
때였다. 사업을 하고 계시던 외할아버지가 일본에서 한국으로 오
시고 계셨다. 선박이 너무 커서인지 전투함으로 착각한 미국 비행
기가 폭탄을 그 배 위로 떨어뜨렸다고 한다. 미국은 자기들의 실
수를 공식적으로 사과했다고 한다. 하지만 선장실에서 가장 가까
운 일등석에 타고 계시던 외할아버지는 미군이 선장실 바로 밑으
로 폭탄을 떨어뜨렸기에 현장에서 바로 돌아가셨다. 외할머니는
그 소식에 충격을 받아 몇 달 후에 돌아가셨다.

　아버님이 어머님과의 결혼 의사를 밝힐 당시 어머님에게는 남동
생 3명과 여동생 1명이 있었다. 부모가 없이 어린 동생 4명만 있
는 고아가 되어버린 어머님을 아버님 댁에서는 반기지 않으셨던
것 같다. 사주가 나쁘게 나왔다며 결혼을 무조건 반대하였다고
한다. 결혼하기 전 서로의 생년월일과 이름을 갖고 점쟁이에게 가
서 물어보는 게 오래된 관습이었다.

어머님을 무척 사랑하지만 효자였던 아버님은 부모님을 거역할수 없었다. 그렇지만 어머님을 포기할 수는 더더구나 없었다. 부모님에게 효성스러웠던 아버님은 부모님의 마음을 상하게 하지 않는 방법을 찾아내려고 애썼다. 아버님은 사주가 나쁘게 나왔다고한 점집보다 더 유명한 점집을 어머님과 함께 찾아갔다고 한다.아버님과 어머님의 인상이 좋았던 것일까? 아니면 아버님과 어머님이 그 점쟁이 앞에서의 행동이 예의 바르고 신뢰감을 주었던 것일까?

그 점쟁이는 첫인상을 보는 순간부터 둘의 사주가 아주 좋다고하였다. 아버님은 즉시 그 유명한 사주팔자 보는 분의 이름과 함께 팔자 점괘를 종이에 써 달라고 하였다. 좋은 팔자 점괘인 사주팔자가 쓰인 종이를 본 아버님의 부모님은 더 이상 반대를 못 하였다고 한다. 사주 본 분의 이름은 점 잘 맞추는 신통방통한 분으로 소문이 자자하여 그 시절에 모르는 사람이 없었다. 그래서 아버님과 어머님의 결혼식은 성대하게 이루어졌다.

부모님 두 분 모두 갑자기 돌아가셨기에 어린 4명의 동생들과경제적으로 여유가 없이 지내고 있을 때였다. 어머님의 기를 세우게 하려고 아버님은 결혼식 며칠 전에 아버님 스스로 모두 준비하여 어머님 댁으로 지참금과 선물을 싣고 갔다고 한다. 결혼식 날그대로 신부 집에서 신랑 집으로 다시 들고 왔다. 그 많은 지참금과 선물을 본 주위 사람들은 엄마가 갖고 온 줄 알고 모두 부러워하였다고 한다.

신데렐라같이 누추하고 초라하게 변한 엄마를 끝까지 버리지 않은 아버님의 사랑에 무한한 감동을 느낀다. 또한 다른 사주 보는 분의 글을 받아내서 결혼 허락을 받은 아버님의 지혜로움과 끈기에 존경심이 생긴다.

◖ 쓸쓸한 오해

10년이 더 지난 후였다.

우연히 친구와 이런저런 이야기를 하다 난 친구들이 나에 대해 큰 오해를 하고 있었다는 것을 알게 되었다. 10년 전에 일어난 사건이라 그 친구들에게는 하찮은 일이나 이미 지나가버린 일에 불과하겠지만 나에게는 그때를 곰곰이 다시 생각해 보게 만드는 사건이었다. 누가 먼저 그런 허황된 말을 만들어 나에 대한 단정을 짓고 뜬금없는 소문을 시작했는지 궁금하였다. 쓸쓸했다. 그때 일어났을 때를 살펴보니 그들이 나를 오해하게 만들도록 상황이 진행되고 있었음에 틀림없다. 내가 당사자가 아니고 객관적인 방관자였다면 나도 당사자를 오해하였을 상황이었기에 그렇다.

하지만 사실이 아니었던 건 분명한데 왜 사람들은 그렇게 쉽게 단정 지을까? 세간에서 운수라 말하는 구설수에 시달리는 시기였을까? 그 사건을 말하려면 두 가지가 같은 시간에 일어난 것을 설명하여야 하니 이야기가 길어질 것 같다. 난 궁금해진다. 하필 왜 그 시각, 그 장소에 그 교수님이 나타난 것일까 하고.

우연이었을까? 그럴 수도 있다. 그러나 그건 나도 모른다. 이 이야기는 1973년으로 거슬러 올라간다. 약학대학 4학년 시절이었다. 대학 1, 2학년 때는 주로 교양과목을 들었고 자유롭게 대학 미팅도 하며 지냈기에 수업은 열심히 하지 않았다.

3학년이 되고부터는 졸업 후에 치를 약사 면허 시험도 있고 하여 전공과목에 신경을 쓰고 집중하여 수업을 들었다. 갑자기 신임 대학 학장님으로부터 통보를 받았다. 약학대학에 들어와서 1학년부터 지금까지 배운 모든 과목을 시험 보겠다고 하였다. 약리학 등 전공과목만 보는 게 아니었다. 역사, 미적분, 독일어 등 교양과목도 모두 시험 치른다고 하였다.

성적이 좋은 사람을 뽑아 장학금을 준다고 하였지만 전 과목을 모두 복습하여 공부할 엄두가 나지 않아 처음부터 포기하였다. 통고를 받고 한 달이 지나도록 시험 준비도 하지 않은 채 시간을 흘려보내고 있었다. 같은 여고를 다니다 같은 약학대학에 입학한 친구들 7명이 한 조가 되어 취미 생활로 가야금을 배우러 다녔고, 통기타도 배우며 시간을 보냈다. 두 손의 엄지손가락과 검지, 중지, 약지 손가락에 피멍이 들었다. 가야금 줄에 혹사당한 손가락으로 기타를 연습하다 기타 줄에 부르터서 피가 맺혀도 시험 준비보다는 취미 생활 연습에 더 몰두하였다.

지방에서 올라온 친구들은 사뭇 달랐다. 수업만 끝나면 학교 도서관과 기숙사에서 밤낮으로 시험 준비를 하며 공부하였다. "지방에서 올라온 친구들 지독하다. 우리도 미국이나 영국에 유학 가서 공부하면 저렇게 열심히 하려나? "그렇게 공부하는 그네들이 그때는 부러워해 본 적이 없었다. 강 건너 불빛 보듯 바라만 보았다. 지금에 와서야 공부할 수 있었던 기회가 주어졌을 때 열심히 못 해 본 게 아쉬워지고 있다.

시험날이 다음 날로 다가왔다.

바로 시험 전날 책을 꺼내 한 페이지라도 읽어 볼까 하다가 그것도 부질없는 짓 같아 친구들 7명이 모두 우리 집으로 와서 차를 마시면서 저녁 늦게까지 잡담을 하며 시간을 보냈다. 시험날은 좌석에 앉아 생각나는 대로 그럭저럭 시험지를 메꾸어 갔다. 얼마 후 시험 결과 발표가 있었다. 1등 2등 3등.

3등 옆에 내 이름이 쓰여 있다. 나는 내 눈을 의심하였다. 1, 2등 모두 지방에서 올라온 친구들이었다. 3등도 그 지방 학생 중 한 명이 받았어야 될 텐데 그동안 열심히 한 지방 모범생에게 미안할 뿐이었다.

다음 날 대학 교정을 들어가는데 여기저기서 다른 전공의 대학 친구들이 축하한다고 말한다. 어리둥절하여 무엇을 축하하냐고 물어보니 나의 이름 석 자가 대학 신문에 나온 것을 읽었기에 축하하는 거라고 했다. 그제야 신문 그리고 매스컴의 영향이 얼마나 빠르고 힘이 있는지 실감이 났다. 조금 후 교정을 걷고 있는데 이번에는 후배가 뛰어와서 나를 반갑게 마주쳤다. 그 후배는 대학 신문사에 학생 기자와 편집자로 일을 하고 있다.

"선배님, 제가 선배님이 장학금과 상장 받는 것 알아내고 기뻐서 신문에 기사를 올린 거예요. 그런데 고등학교 명예를 생각하고 1등을 했어야지. 겨우 3등이 뭐예요?"

"글쎄. 좀 열심히 시험 준비할걸. 미안해 후배. 1등 못하고 겨우 3등 해서."

"농담이었어요. 선배님 정말 축하합니다."

상장과 장학금 받는 날이었다. 장학금과 상장 수여식을 한다고 약학대학 학생들은 11시경에 강당에 모이라고 했다. 같은 날이었다. 아침 시간에 강의실 안에는 교수님은 안 계시고 학생들만 모여 있었다. 시험 전날 우리 집에 왔었던 7명 중의 한 친구가 칠판 앞에 있는 교단 앞으로 가 회의를 하고 있다. 그 회의는 라틴어 교수님에 관하여 우리들의 의견을 모아 학교에 건의하자는 내용이었다. 라틴어 강의를 맡은 교수님은 연세가 지긋하시던 분이었다. 라틴어 과목은 의학용어에 라틴어가 나오기에 기본적인 라틴어를 배우면 약사에게 도움이 되어서였다. 하지만 강의 시간 40분 중에 반 이상이 라틴어가 아닌 다른 교훈 이야기가 되풀이되었다. 처음에는 연세가 지긋하신 교수님이 학생들의 도덕성을 훈계하는 거라고 이해하려 하였다. 그러나 매시간 강의 시간이 시작되면 학생들의 이름을 하나하나 불러 출석 점검하신 후 바로 그 후부터 지각하지 말라는 내용의 같은 말씀을 강의 시간 절반 이상 되풀이하니 매번 듣는 학생들로서는 잔소리로 들려왔다. 라틴어에 관계되는 재미있는 우화나 비슷한 이야기를 해 주었으면 시간이라도 빨리 가고 학생들은 교수님을 존경하였을 것이다. 지각하지 말라는 듣기 싫은 잔소리를 반년이 넘게 들은 학생들은 거의 정신이 돌 지경이 되었다. 나 또한 정신이 돌고 미칠 지경이었다. 그런데도 아무도 불평을 못 하였다. 그런데 7명 중의 한 친구가 용기 있게 앞으로 나가 회의를 하고 있었다. 우리 후배 약학과 학생들을 위하여 라틴어 과목 교수님을 다른 분으로 바꾸자는 내용의 회의였다. 회의가 진행 중인데 강의실 밖에 교무처장 교수님이 복도에 나타나 갑자기 나를 찾고 있었다.

강의실과 복도 사이에는 커다란 창문이 있다. 강의실 안에서도 복도에 서 있는 사람들이 보였고 복도에서도 강의실 안에 있는 사람들이 보인다. 단지 출입구의 문이 닫히면 말소리는 들리지 않았다. 나를 만나러 온 교무처장 교수님은 강의실 분위기가 이상함을 느꼈는지 나와 말을 시작하기 전 창문 안을 여러 번 들여다보았다. 그렇지만 무슨 회의를 하고 있느냐고 나에게 전혀 물어보지는 않았다.

"교수님 왜 저를 나오라고 했습니까?"

그제야 강의실 안을 들여다보던 교수님은 나의 눈을 쳐다보며 말씀하셨다.

"좋은 성적을 받아 상장과 장학금을 받게 되어서 축하합니다. 오늘 11시에 있을 장학금 수여식에 강당 맨 앞줄에 앉아 달라고 그 말 전하려 여기 온 것입니다. 다른 학생들과는 다 연락이 되었는데 연락이 되지 못해서 이 강의실까지 찾아온 거예요. 이름을 불렀을 때 뒷좌석에 앉아 있으면 앞줄까지 걸어 나오는 데 시간이 걸리니까 꼭 맨 앞줄에 앉아 있으세요."

"교수님, 알겠습니다. 그렇게 하겠어요."

그 교무처장 교수님과 나와의 대화는 그게 전부였다. 그리고 나는 회의 중이던 강의실 안으로 다시 들어왔다. 그날 상장과 함께 장학금을 받은 나는 기분이 무척 좋았다. 마음도 뿌듯해졌다. 자신감도 생기고 있었다. 그러한 기분을 느껴서인지 언젠가 내가 돈을 벌면 금액이 많던 적던 간에 장학금을 만들어 모교에 그리고 사회에 환원해야겠다는 꿈과 포부도 생겼다.

장학금 수여식이 끝나고 며칠이 지나서였다. 나를 쳐다보는 친구들의 표정이 좋지 않았다. 잘못한 것이 없는 나로서는 똑같이 시험공부를 하지 않았는데 혼자 상을 받았기에 친구들의 기분이 나쁜 것이라고 생각했다. 상 받았기에 뽐내는 모습으로 보이기라도 할까 봐 고개를 숙이고 다녔다. 지금 생각해보니 그러한 모습이 도리어 나에 대한 오해에 더 부채질한 것 같다. 친구들한테 잘못한 짓을 하여 당당하지 못하니까 고개 숙이고 다녔을 거라고 생각할 수도 있다. 어쩌다 목이 따가워져서 고개를 돌려 보니 친구 하나가 나를 째려보고 있다. 나와 눈이 마주친 친구는 차갑게 고개를 돌려 버렸다. 그때 나는 나를 미워했던 친구들을 이해를 못 했다. 상을 받았기로서니 저렇게 나를 싫어하다니 너무 심하다고 생각했다. 다들 나를 쌀쌀하게 바라보며 차갑게 피하고 있다. 이유를 모르는 나는 그리고 큰 잘못을 하지 않은 나로서는 친구들이 나를 피하고 싫어하는 이유는 단 한 가지 내가 상을 받았고 그들은 받지 못하였기에 나에 대해 질투하는 것으로만 알았다.

그리고 10년 이상이 지났다.

미국 샌프란시스코에서 7명 중의 친구 한 명을 우연히 만났다. 내가 장학금 받는 날 교단으로 나와 라틴어 교수님에 대해 회의를 진행하던 친구다. 그 친구는 미국에 사는 한국 교포 남자와 결혼하여 나보다 먼저 미국에 왔다. 그 시절 미국 대학에서 학점을 따야만 약사 면허 시험을 치를 수 있었던 가주 약사법이 외국에서 온 많은 약사들의 항의를 받고 바뀌었다. 하지만 필기시험에 합격해도 가주에서 인턴 약사로 실기 훈련을 받았다는 사인을 받아야만 약사 면허증을 받는다. 난 UC 샌프란시스코 약학대학에 입학이 되어 학점을 딴 후 특별 프로그램을 수료하고 이미 가주 약사가 된 후였기에 약사 지도 교사인 프리셉터 자격이 있었다. 필기시험은 합격했지만 면허증을 받지 못한 친구가 나에게 요청을 하였을 때 친구의 약사 훈련하는 인턴 시간을 같이 보내며 약사 지도 교사인 프리셉터로 책임을 지겠다는 사인을 해 주었다. 우린 같은 고등학교와 같은 대학을 다닌 친구로서 허물없이 이런저런 이야기를 하였다.

"대학 다니던 그 시절이 그립다. 그때 손가락이 피가 나도록 가야금 연습도 하고 기타 연습도 했었는데. 그런데 그때 너희들 나한테 너무한 것 아니야? 내가 상 일부러 받은 것도 아닌데 나를 그렇게 질투하고 미워하다니."

"언제 우리가 너를 질투하였다는 거야?"

"장학금 받고 며칠 있다가 친구 한 명이 나를 째려보았다고. 다들 나만 보면 피하고 쌀쌀맞게 대하던데, 난 아무 잘못한 게 없으니까 너희들이 질투해서 그러는 줄 알았어."

친구는 내가 질투라는 단어를 쓰니 기분이 상한 것 같았다.

"우리가 어린아이도 아닌데 친구가 상 받았다고 질투하니? 친구가 상 받으면 기쁘지 왜 질투하니?"

"그러면 왜 나를 째려보며 싫어했던 거야?"

"네가 상 받았다고 째려본 게 아니었어. 누가 너를 째려보았는지 모르겠지만. 생각나니? 그때 라틴어 교수님에 대해 의견을 모아 건의하자는 회의 중에 교무처장 교수님이 너를 찾아온 것 알고 있어? 네가 그분에게 고자질한 거로 알고 있더라. 그래서 교무처장님이 우리의 회의를 막으려고 오셨다가 너하고만 만나고 간 거라고 들었어."

"내가 고자질했다고? 내가 왜?"

"우리 모두 네가 교무처장 교수님과 대화하고 있는 걸 유리 창문 통해서 보고 있었거든. 바로 그 시각에 그곳에 나타나 너하고 이야기할 이유가 없었다고 생각한 거지."

"그 교무처장 교수님은 나에게 강당 맨 앞줄에 앉으라고 그때 그 얘기 하러 온 것이었는데. 상을 수여할 때 뒤에 앉으면 걸어 나올 때 시간이 걸린다고 했어. 난 그전에 그 교무처장님 사무실에 간 적이 없었기에 나하고 연락이 되지 않아 찾아온 거라고 했는데."

"생각해 봐. 그 시절만 하더라도 학생들이 교수님에 대해 불평을 할 수가 없었잖아. 무조건 복종하고 스승으로 모시고 존경하던 때야. 그런데 네가 고자질하면 우리 학생들 중 주동자를 찾아내 졸업을 1년도 안 남기고 있는 시점에서 퇴학시킬까 봐 고자질했다고 확신했기에 너를 미워한 거야."

오해, 무서운 오해였다. 단지 교무처장 교수님이 그 시각 그 장소에 나타났다고 나를 고자질하는 사람으로 오인하다니? 내가 거꾸로 그 친구들이 고자질했다고 오해하고 미워했다면 그들의 기분은 어떠했을까?

10년이 지났는데도 기분이 씁쓸했다. 나에 대한 오해가 풀리도록 도와주는 친구가 그 당시 아무도 없었다는 사실이 나를 더욱 더 씁쓸하게 한다. 그런 걸 인복이 없다고 말하는 것일까? 나쁜 구설수에 말려드는 운수가 그 시절에 있었던 것일까? 그 교무처장 교수님은 하필 왜 그 시각, 그 장소에 나타나신 것일까? 그때의 상황이 오해할 수 있게 진행되고 있었던 것을 부정할 수는 없다. 그럼에도 이해되기보다는 씁쓸한 기분이 계속되고 있다. 나를 오해했던 그때의 친구들은 아직도 나를 고자질이나 하는 나쁜 사람으로 알고 있을 것 같아서였다.

허황된 말을 시작하는 사람들은 주위에 많이 존재한다.

그들은 그 사실을 확인도 하지 않고 남에게 들은 이야기를 전한다. 우리는 확실하지 않은 다른 사람들의 추측을 듣고 또 그 내용이 사실인 것처럼 들은 말을 전한다. 그 말이 돌고 돌아 어떤 사람이 이유 없이 상처를 입고 피해를 본다.

사실이 아닌 소문을 퍼뜨린다는 건 그 사람에게 돌을 던지고 있는 것이 아닐까?

PART 2

미국에서의
추억

아슬아슬한 순간 1, 주차장

UC 샌프란시스코 약대를 다니면서 상항 성모 병원에서 인턴 약사로 일을 하고 있었다. 병원은 24시간 그리고 일주일 7일 모두 열린다. 그러다 보니 8시간 일을 해도 어느 때는 저녁 늦은 시간에 일을 마친다. 특히 낮에는 학교를 가야 했기에 저녁 시간과 주말은 내가 도맡아 일을 했다.

그 시절 샌프란시스코 골든 게이트 공원 옆에서 해괴한 사건이 발생하였다. 죽은 사람의 몸이 발견되었는데 머리와 손과 팔이 잘려져 있다고 한다. 그런 뉴스를 들을 때마다 병원 일이 끝나 자동차가 서 있는 주차장으로 갈 때면 무서움이 찾아왔다.

약간 어둑어둑해져 가는 저녁 시간이었다. 병원 경비원에게 가면 주차장까지 에스코트해 준다고 했다. 그러나 경비원은 찾아온 다른 환자들로 인해 너무 바빴다. 나는 경비원이 바쁘지 않을 때까지 한참을 기다리다 더 이상 기다리지 않고 그냥 혼자 가기로 했다. 경비원의 도움 없이 병원 건물 바로 앞에 있는 주차장 건물 쪽으로 걸었다.

등 뒤에 시선을 느꼈다. 뒤를 돌아보지 않았지만 누군가가 나를 따라오는 것 같았다. 순간 나의 몸이 저절로 경계 자세로 변하여 쭈뼛해지며 걸어갔다. 그리고 주차장에 세워둔 내 차가 있는 곳까지 거의 뛰다시피 빨리 걸었다. 그리고 차 문을 열자마자 안으로 들어간 후 문을 잠갔다. 그때 중간 키의 한 검은 청년이 바로 내 차까지 따라왔음을 알 수 있었다. 그 청년은 내가 앉은 운전석 차 문을 열려고 하였으나 열리지 않자 화가 났는지 내 차 뒤로 가서 차 범퍼를 잡고 위아래로 흔들었다. 나는 운전대를 꼭 잡고 있었는데 내 몸이 차와 함께 위아래로 흔들리고 있는 걸 느꼈다. 나는 겁에 질려 아무것도 생각할 수 없었다. 차 엔진을 켜기 위해 차 키를 돌렸다. 차가 위아래로 흔들고 있었는데도 차를 뒤로 후진해서 갔다. 그래서인지 그 청년이 놀라서 몸을 피한 것 같다. 그렇지 않았으면 나는 그 청년을 죽였을지도 모른다. 그런데 나는 너무 겁에 질려 그 청년이 죽거나 말거나 상관하지 않았던 것 같다. 다음 날 병원에 출근하여 경비원이 있는 사무실에 가서 어제저녁 일을 보고했다.

"당신은 운이 아주 좋았습니다. 다른 사람에게서 보고가 들어왔습니다. 그 여자분은 어제저녁 겁탈당했다고 합니다."

아름다운 항구의 도시 샌프란시스코에서는 항상 낭만적이고 아름다운 일만 일어나지 않는다. 나 대신 어제저녁 다른 여자가 겁탈당했다고 한다. 나도 언제 당할지 모르니 해가 저물어가는 저녁 시간이 되면 항상 두려움을 느낀다. 가끔가다 병원에서 병원 직원들에게 호신술 강의도 한다. 그때 들은 것이다. 손가락을 목구멍에 넣어 토하도록 하라. 토하는 더러운 모습을 보면 겁탈하려는 생각이 사라질 수도 있다. 그러나 상대편이 총을 갖고 있으면 무조건 시키는 대로 해라. 목숨을 잃어버리지 않는 것이 겁탈당하는 것보다 낫다는 충고이기도 했다.

샌프란시스코 금문교 위에 내린 뿌연 안개를 보며 안개 속 자연 풍경이 마치 천국처럼 아름답고 평화롭다고 표현한 분이 있다. 천국처럼 아름답다고 묘사를 한 분은 샌프란시스코 시내 안에서 직접 살아보지 못하였는지도 모른다. 미국에 오자마자 난 샌프란시스코 시내에 살면서 학교도 다니고 직장도 다녔다. 시내 다운타운엔 차를 주차하기가 어려워 전차를 타기도 하고 곧바로 집으로 오는 차가 없으면 전차를 갈아타기도 했다. 어두워가는 저녁 시간 전차를 기다리고 있을 때 나타나는 뿌연 안개는 을씨년스러웠다. 한여름인데도 샌프란시스코의 날씨는 마치 에어컨을 켜놓은 듯 추웠다. 거기다 어둑어둑해지는 저녁에 안개까지 끼면 한기를 느껴 몸을 떨곤 했다.

몸을 떨면서 안개 낀 풍경을 보았다면 어떻게 묘사하였을까 궁금해진다. 여전히 샌프란시스코가 아름다운 안개의 천국으로 묘사되었을까? 안개의 겉모습은 환상적이며 아름답게 보이지만 그 밑 속으로 보이지 않는 더러움이 스며들어 있는 악의 지옥이 나타난다면 샌프란시스코의 묘사는 달라질 수도 있다. 땅거미가 내리는 저녁 샌프란시스코 시내의 풍경. 머리가 잘린 몸이 공원에서 발견되고 병원 일을 끝내 집으로 되돌아가는 여성이 겁탈당하고 있다.

자욱해져가는 어둠 속에서 오한을 느끼며, 그 시각에 나타나는 뿌연 안개를 난 많이 미워했다. 금문교에 펼쳐진 환상적인 안개가 너무 아름다워 천국이라고 느끼는 것과는 대조적이다. 우리 인생의 삶 속에도 천국과 지옥은 모두 장소와 시간을 가리지 않고 일어나고 있다는 걸 깨닫는다.

외국에 이민 와서 제일 먼저 해야 할 일은 내가 거주해야 할 곳을 구하는 것이다.

집이나 아파트를 구할 때는 신용이 중요하다. 아직 정확한 신분증도 없고 발행된 신용카드도 없는 상태였기에 샌프란시스코의 좋은 동네에 집 구하는 건 하늘의 별 따기라고 한다. 마침 여고 친구의 동생이 아파트를 구하는 걸 알고 옆방에 살던 사람이 나가서 비었다며 아파트 관리인에게 나를 소개해 주었다. 다달이 월세를 잘 내고 깨끗하게 사는 사람이 소개해 주면 아파트에 들어가기가 쉽다. 그래서 난 아파트 원베드룸을 쉽게 구하여 들어갈 수 있었다. 지나고 생각하니 우리 인생은 이렇게 자의적이든 타의적이든 다른 사람의 도움을 받으며 서로가 연결되어 살아가고 있다는 것을 깨닫게 된다.

샌프란시스코에는 지역에 따라 아파트 가격이 다르다. 아무리 아파트가 고급스럽게 지어져 있더라도 범죄가 일어나는 나쁜 지역의 아파트 가격은 낮았다. 내가 들어간 아파트는 나쁜 지역으로 알려지지 않은 곳이다. 하지만 아파트는 백년이 훨씬 넘은 오래된 건물이었다. 엘리베이터를 타면 삐걱삐걱 소리가 났다. 부엌에 있는 냉장고는 골동품 가게에서나 볼 듯한 각이 없는 둥그스름하고 몽땅한 모양이다. 얼음이 어는 냉동실 밑으로는 디프로스트가 되지 않는 냉동장치 때문에 물이 조금씩 떨어지곤 했다. 내 돈으로 냉장고를 사지 않아도 되었기에 오래된 냉장고라도 작동하는 게 고맙기만 했다.

아파트를 구하여 들어가니 냉장고는 있어도 가구가 하나도 없다. 잠을 잘 수 있는 바닥이 있고 비바람을 막아주는 천장이 보이니 기분은 좋았다. 제일 먼저 식탁을 사서 들고 왔다. 식탁 앞에 앉아서 식사도 하고 글도 쓰고 하며 요긴하게 사용했다. 나중에 서랍이 있는 책상과 책꽂이 선반을 사서 침실 방안에 두었다. 아직 침대는 없었기에 바닥에 담요를 깔고 이불을 덮고 잤다. 어릴 때 온돌방에서 자던 습관이 있어선지 바닥에서 자도 아무 불편이 없었다. 가구 없이 살아도 부끄럽지 않고 행복하게 살던 시절이다. 남편도 공부를 시작하기 전에 일을 하고 싶어 하여 취직하였고, 나 또한 일을 하게 되어 수입이 들어왔다. 하루는 아파트 근처에서 쇼핑하고 있는데 침대 세일 광고가 눈에 들어왔다. 집까지 배달해 준다고 한다. 20%만 내고 나머지는 배달되었을 때 'C.O.D.'라고 쓰여 있다.

열흘 후 침대가 아파트 2층으로 배달되었을 때 마침 남편은 직장에 가서 나 혼자 있었다. 배달하는 사람 3명이 내가 사는 2층

침실까지 침대를 끌고 왔을 때 책상 위 서랍을 열어 현금으로 주었다. 그 현금은 일주일 전 은행에 가서 수표를 현금으로 바꾸어 온 돈이다. 왜냐하면 난 C.O.D.라는 약자를 Cash On Delivery라고 해석했다. 나중에 물어보니 원래는 그런 의미로 쓰였는데 Check On Delivery로 해석하여 수표로 주어도 된다고 한다.

침대가 배달된 후 몇 주가 지난 후다. 남편이 집에 들어오기 전이다. 직장에서 하루 종일 일하다 들어온 나는 무척 피곤하였다. 새로 산 침대에 누워 있다가 나도 모르게 잠 속으로 빠져 들어갔다. 무슨 소리가 들리기에 눈이 뜨였다. 침대 근처에 있는 책상 서랍을 누군가 열고 있다. 남편이 돌아왔나 생각했다. 그런데 남편이 아니었다. 양복을 입은 보통보다 키가 큰 남자였다. 남편이 이 늦은 저녁 시간 집으로 손님을 초대했나? 그런데 왜 서랍을 열고 있지? 나도 모르게 "어어." 하는 나지막한 소리가 나왔다. 내 소리를 듣자마자 서랍을 열던 남자가 고개를 돌리며 나를 쳐다본다. 아주 잠깐이었다. 그 사람의 눈과 누워있던 나의 눈이 마주쳤다. 그 사람은 흑인이었다. 침대를 배달한 세 사람 중의 하나가 흑인이었다는 것이 불현듯 떠올랐다. 나와 눈이 마주친 순간 그는 밖으로 뛰어나갔다. 난 잠결에 부스스 눈을 뜨고 일어나 방안을 돌아다녔다. 아직도 내가 꿈꾸고 있는 것 같았다. 침실 밖으로 나가니 거실 창문이 활짝 열린 채 올라가 있다. 거실 창문 밖을 내려다보니 불이 나면 사용할 수 있게 만든 철제 비상 사다리가 벽에 붙어 있었다. 도둑은 이 비상 사다리를 타고 들어온 것이다. 바람이 창

문으로 들어왔다. 그럴 때마다 흔들리는 소리가 들린다. 도둑의
인기척인가 하여 나는 하얗게 질려가고 있었다. 거울에 비친 나의
모습을 보니 털이 쭈뼛 솟아있다. 난 이곳저곳 전화를 했다. 아무
도 나타나지 않았다. 나중에 물어보니 총에 맞아 죽기 싫어서라고
했다. 거의 30분이 지나서 경관 2명이 도착했다. 들어오자마자 경
관 한 명이 나에게 처음 물어본 질문이다.

"당신은 레이프 당했습니까?"

미국 여성 6명 중 1명꼴로 강간이나 성폭행을 당한 경험이 있다
는 통계를 본 적이 있다. 아마도 이 경관은 26살의 앳되어 보이는
내 모습을 보며 그런 추측을 먼저 하였을 것이다. 다음날 경관이
7명의 흑인 사진을 들고 다시 찾아왔다. 다들 비슷해 보였다. 난
모르겠다고 했다. 침대를 운반한 사람일 것이라고는 추측은 되었
으나 거의 비슷하였기에 꼭 집어 말할 수 없었다. 다음날 서울에
계시는 엄마에게서 전화가 왔다.

"네가 꿈에 나타나 얼굴이 하얗게 질려 있었어. 무슨 일 있었던
것 아니냐?"

샌프란시스코와 서울의 거리는 멀어도 딸이 위험했던 순간의 모
습을 마치 목격한 것처럼 말씀하신다. 딸이 무서워하며 떠는 느낌
이 어떻게 전해진 것일까?

"엄마, 전 잘 지내고 있어요. 걱정 마세요."

도둑이 들어왔다는 이야기하며 엄마를 걱정시키고 싶지 않았
다. 경관이 여러 명의 사진을 들고 또 찾아왔다. 나는 모른다고 했

다. 단지 얼굴이 비슷하다고 죄를 뒤집어씌우고 싶지 않았다. 그 도둑은 서랍 속에서 아무것도 훔치지 않았고 나를 다치게도 하지 않고 도망갔다. 동양인이 집에 현금을 많이 갖고 있다는 소문이 돌고 있는 걸 나중에야 들었다. 아마도 그 도둑은 내가 현금을 서랍에 넣어두고 사는 동양인의 하나로 보았을 것이다.

　도둑이 서랍을 여는 순간 나의 눈이 뜨게 된 건 엄마의 텔레파시가 아니었을까? '먼 곳에 떨어져 살더라도 다치지 않게 해주십사' 하고 딸을 향했던 엄마의 기도 힘이라고 믿는다. 그냥 정신없이 쿨쿨 자고 있었다면 도둑이 마음이라도 바뀌어 무슨 짓을 했을지도 모를 일이었다. 아슬아슬한 순간을 지나면서 두려움도 생기지만 그때마다 보호해 주시는 주님께 감사드리게 된다.

◖ 아 슬 아 슬 한 순 간 3 , 젊 은 경 관

한밤중 잠에 푹 빠져있는데 갑자기 전화벨이 따르릉 크게 울린다.

시계를 보니 새벽 2시다. 이 시간에 전화 올 곳이 없는데 웬일일까? 한국에 계시는 부모님이 혹시 편찮으신 게 아닌가? 떨리는 마음으로 전화를 받는다. 경보장치 회사에서 걸려온 전화였다. 약국 안의 경보장치가 울렸다고 한다. 약국 문을 닫았는데도 밤중에 사람이 들어와 움직이면 공기의 반동에 의해 알람이 작동하는 것이다. 암호를 경보장치에 찍어야만 알람 소리가 끊긴다. 신호를 받은 경보장치 회사에서는 약국 책임자와 그 지역의 경찰에 전화한다.

오랫동안 약국에서 일했지만 이런 일은 처음이라 당황했다. 옷을 주섬주섬 걸쳐 입고 약국을 향하여 달리고 있다. 이른 시간의 고속도로는 차가 거의 보이지 않는다. 사방이 적막 속에 잠겨있다. 마치 캄캄한 터널 안을 지나가고 있는 듯하다. 우주 안의 블랙홀로 빨려 들어가는 기분이다. 대형 사이즈 슈퍼마켓 건물에 붙어있는 약국 근처에 도착했다. 총부리가 긴 권총을 건물을 향해 겨누고 허리를 숙인 경관 여러 명이 눈에 보인다. 영화나 드라마에서만 보았던 권총을 직접 보니 두려움이 생긴다.

약국 앞으로 들어가는 문 입구의 커다란 진열장 유리창이 깨져있다. 차에서 내려 약국 안으로 들어가려 하자 경관 한 명이 나에게 다가와 못 들어가게 막는다. 내 신분을 확인한 후에도 위험할 수 있으니 차 안에서 기다리고 있으라 한다.

약국에 들어가 불을 켠 후 경관 여러 명이 약국 안 구석구석 뒤지면서 검색하고 있다. 드디어 경관 한 사람이 밖으로 나오더니 나를 호위하며 안으로 같이 들어갔다. 약국 안에는 아무도 보이지 않는다. 혹시 없어진 물건이나 약이 있나 찾아보고 이상한 점이 있으면 알려 달라고 한다.

나는 처방 약병들이 놓여있는 선반을 유심히 들여다보았다. 그날 마지막 처방전이 진통제 바이코딘이었다. 두 병과 반병이 남아있었던 게 또렷이 기억난다. 그런데 두 병은 없어지고 반병만 남아있다. 경찰관은 노트를 꺼내 내가 하는 말을 적는다. 계속 수색해도 사람의 인기척이 전혀 보이지 않자 도둑이 이미 도망갔다고 판단을 내린 경관 5명이 모두 밖으로 나가려 했다.

그때였다. 그중 한 젊은 경찰관이 잠깐만 기다리라고 한다. 그는 화장실 옆에 있는 사다리를 보고 있다. 사다리만 보이지 전혀 사람의 그림자도 보이지 않는다. 처음에는 그 젊은 경관이 왜 멈추어 서게 하는지 아무도 이해하지 못했다. 모두 어리둥절하며 그 경관의 눈을 쳐다보았다. 경관은 사다리 옆에 있는 벽을 유심히 보고 있더니 자기 손가락으로 그곳을 가리킨다. 그 벽에 어슴푸레 손자국 부분이 보인다. 예전에 딴 사람에 의해 묻혀진 것일 수도 있었다. 그런데도 경관은 소리 내지 말고 조용히 있으라며 손가락을 그의 입술에 대었다. 그리고 그는 사다리를 벽에다 기대고 천장을 향해 위로 올라갔다. 천장은 직사각형의 나무 패널이 서로 연결되어 평평하게 붙어있다. 그 밑으로는 형광등이 붙어있다. 보통 때는 생각 없이 지붕과 천장 사이에 비어있는 공간이 있는지도 모르고 지냈다. 사다리를 올라간 경관이 나무 패널 하나를 위로 젖히며 후레쉬 라이트를 비친다. 갑자기 경관이 소리쳤다.

"위험합니다. 밖으로 피신하십시오."

사다리 밑에서 기다리던 경관들은 나를 먼저 밖으로 내보냈다. 다시 차 안에서 기다리는데 한 남자가 약국 문 앞으로 끌려 나왔다. 경관이 도둑의 얼굴을 바닥에 대고 엎드려뻗쳐로 납작하게 만든다. 두 손을 뒤로 하여 수갑을 채우는데 얼굴을 보니 눈에 익었다. 약국에 처방을 갖고 와 약을 타가던 사람이다. 진통제 약에 중독이 되어 침입한 것이다. 경관이 모두 떠난 뒤 나 혼자 약국에 있었다면 어떻게 되었을까?

상상만해도 아슬아슬한 순간이었다. 약국 안을 용의주도하게 관찰하여 사다리 근처 벽에 묻어 있었던 손바닥 흔적으로 천장 위에 숨어있던 범인을 발견한 젊은 경관에게 무척 고마웠다.

◖ 선 택

        누구나 살아가면서 갈림길에서 머뭇거리던 적이 있었을 것이다.

왼쪽으로 갈 것인가, 오른쪽으로 갈 것인가. 왼쪽으로 한참을 걸어가다 문득 오른쪽으로 갔었으면 더 좋았을 것을 하며 후회하는 적도 있었을 것이다.

지금으로부터 40년 전 1978년에 미국에 와서 3년이 지난 후 1981년이었다. 샌프란시스코에 있는 UC San Francisco 약학 대학을 다닐 때였다. 약리학(Pharmacology) 시간이었다. 그때 약리학 교수님이 예를 들어 하였던 말씀이 떠오른다.

"40대 초반의 한 환자가 저에게 물었습니다. 고혈압이 있다고 의사가 인데랄 처방약을 내주었습니다. 그 약을 복용하니 혈압은 떨어져 정상으로 되돌아왔으나 약 기운 때문인지 몸에 힘도 빠지고 예전처럼 열정적으로 활발하게 살아갈 수가 없었습니다. 무엇보다 밤에는 발기부전까지 오고 있었습니다. 약에 대한 부작용을 살펴 읽어보니 발기부전이 될 수도 있다고 쓰여 있었습니다. 저는 제 아내를 사랑합니다. 제가 이 약을 먹어 약의 부작용 때문에 밤에 발기부전 불구가 되어 제 아내가 저를 싫어하여 떠날까 두렵습니다. 약을 복용하는 걸 중지하고 싶습니다. 어떻게 하여야 할까요?"

막 30대가 시작되던 나로서는 강의 시간에 그런 이야기의 예를 들으며 얼굴이 화끈거렸던 것 같다. 그러나 지금 시간이 지나고 인생의 뒤안길에 서서 생각해 보니 그 환자로서는 심각한 고민거리의 하나였을 것이라는 판단이 서고 있다. 약을 복용하지 않으면 아내를 즐겁게 만족시킬 수 있었으나 반대로 약을 복용하면 아내를 약 오르게 하여 짜증만 나게 하였기에 그렇다. 우리는 정신적인 아가페 사랑을 고귀하게 여기며 추구하지만 그래서 배우자가 병이 들면 이해를 하고 참아야 한다는 걸 알면서도 결혼을 하여 부부의 연을 맺으면 육체적으로 한 몸이 되어 감각적이면서도 관능적으로 느끼는 기쁨을 무시할 수도 없는 것이다.

아무튼 그때 교수님의 대답은 이러했다.

"오래 살고 싶으면 계속 복용하십시오. 그러나 혈압이 높아 갑자기 생기는 뇌졸중 등 그로 인해 몸에 마비가 와서 반신불구가 되든 말든 상관 않겠다. 협심증이 와 심장마비가 되어 죽어도 괜찮다. 그러면 복용치 않아도 됩니다. 선택은 당신이 원하는 쪽으로 정해야 합니다. 당신이 선택하는 쪽으로 결과는 진행되고 있을 것입니다."

물론 그때 40년 전하고 비교하면 지금의 약은 그때보다 많이 변하고 개발되었다. 그 환자가 먹던 혈압약 인데랄인 베타블로커인 프로프라놀도 그때는 하나뿐이었지만 요사이는 실렉티브 베타블로커인 테놀민, 아테네롤이 개발되면서 부작용을 많이 줄이고 있다. 혈압을 떨어뜨리는 약도 베타블로커 약리 작용 이외에도 ACE Inhibitor, Calcium Channel Blocker 등등 여러 가지 다른 약리 작용으로 혈압을 떨어뜨리는 약이 개발되어 있어 혈압 이외에도 신장을 튼튼하게 만드는 혈압약도 있어 당뇨병이 있고 혈압이 높은 환자는 에이시이인히비터(ACE Inhibitor) 혈압약을 권장하고도 있다.

여기서 약을 복용하느냐 아니면 중지하느냐의 선택은 중요한 선택의 하나일 것이다. 약을 먹지 않고 식생활 습관, 또는 운동 등을 통하여 혈압이 떨어지는 게 제일 좋은 방법이지만 그렇게 했는데도 혈압이 있는 경우는 선택해야만 한다. 그리고 그 선택이 우리 미래를 결정하고 있다.

그렇다면 결과가 나쁘게 되었다고 남에게도 자기에게도 불평을 해서는 아니 될 것이다. 자기가 선택하였기에 그렇다. 예를 들어 혈압약 복용을 중지하여 몸에 반신불수가 되었다고 하자. 몸은 반신불수가 되어 지금은 거동이 불편하고 비참하다 해도 그동안 본인도 아내도 서로 만족하고 인생 삶을 즐겼다면 그것으로 충분히 보상을 받은 것이기에 그렇다.

약뿐만이 아니라 다른 많은 것에서도 얼마나 많이 우리는 선택을 하며 살아가고 있었는지 새삼 깨닫게 된다. 후회하지 말아야 한다. 불평하지 말아야 한다. 지금의 결과가 어떻게 나와 있던지 그건 내가 선택한 것이었다. 그렇게 선택을 할 수 있는 나의 의지가 있었던 것 자체에 감사하며 살아가야겠다.

◖ 평 양 물 냉 면

쫄깃쫄깃한 냉면 국숫발을 씹은 후, 후루룩 국물을 들이키면서 느끼는 감정은 무엇일까?

결혼 후 얼마 되지 않아 곧 미국으로 와서 살았기에 난 시집살이를 하지 않았다. 미국에 와서 몇 해 되지 않았다. 시어머님이 미국에 오신다고 하였다. 혹시 내가 하는 말이나 행동에 실수하여 어머님 기분을 언짢게 하지는 않을는지? 여러 가지로 조심하게 된다. 그러다 보니 긴장감이 나도 모르게 느껴지며 마음이 편안치 않다.

시어머님과 며느리가 친정엄마와 딸처럼 지낸다는 주위 사람들 이야기도 있다. 그런 사이가 부러웠다. 나도 그러고 싶었지만 나는 그렇게 쉽게 다가갈 수가 없었다. 남한테 비위 맞추며 살아가는 사람들, 애교도 부르며 친절함과 상냥함으로 다른 사람들에게 다가가는 성격의 소유자들이 부러웠다. 그런데 쉽게 내 성격을 바꿀 수 없으니 어찌하랴.

남편은 오랜만에 어머님을 뵈니 마냥 좋은가 보다. 나는 말도 먼저 꺼내지 못하고 물어보는 말에만 대답하고 있다. 어렵게 어머님을 대하고 있는 내 모습에 어머님도 마음이 편치 못하신 건 아닐까? 말도 제대로 못 하는 아내를 대신하여 남편은 서재가 있는 방에 들어가서 어머님과 오랫동안 그동안의 이야기를 주고받고 있다.

몇 시간이 지나도록 방에서 나오지 않았던 남편이 부엌으로 왔다. 혼자서 저녁 식사 준비하느라 이리저리 움직이고 있는 아내를 보자 미안하였던지 도와달라고 요청하지도 않았는데 내 옆에서 거든다. 둘만이 있을 땐 그렇게 거들어주면 고마웠었다. 그런데 어머님이 보는 앞에선 별로 반갑지 않다. 남자는 부엌에 들어가면 체면이 서지 않는다는 한국 전통 사상을 만든 유교에서 배운 것일까? 아니면 친정집에서 그래 왔기에 나도 모르게 무의식 속에 잠겨 있었던 것일까? 식사가 끝나자 평소에는 전혀 손에 물을 대지 않던 남편이 그릇까지 나르며 설거지를 시작한다.

'왜 안 하던 일을 하지?'

민망해진 나는 설거지하는 남편 옆으로 가 내가 하겠다고 속삭였다. 남편은 들은 척도 하지 않는다. 어머님 눈에 띄지 않게 팔을 꼬집었다. 계속 그릇을 씻고 있다.

'보통 때도 이렇게 설거지하는 거로 알면 어머님이 나를 얼마나 미워하실까!'

가정교육 제대로 못 받은 나로 볼 것 같았다. 친정이 나 때문에 우습게 보이는 것 같아 싫었다. 시어머님 앞에서 내 생각을 이렇다 저렇다 말하면 불평으로 들리실 것 같았다. 더더구나 화를 낼 수도 없었다. 남편의 설거지하는 뒷모습을 보며 내 가슴속엔 조그마한 화 뭉치가 서서히 커지고 있다. 꾹 참고 있으려니 표정이 굳어진다.

다음 날 남편은 한국 레스토랑에 가서 물냉면을 주문하여 먹자고 하였다. 어머님이 평양 물냉면을 드시고 싶어 하시니 그걸 주문해 오라고 했다.

'평양 물냉면? 왜 그걸 드시고 싶다 하시는 걸까? 어렵게 사는 우리를 보니 절약케 하려고 값이 싼 면 종류를 드신다고 하셨을 거야.'

난 면 종류보다 훨씬 가격이 높은 갈비, 민어 찌개, 팔보채 등을 주문했다. 어머님께 더 비싼 음식을 사 드리는 게 효도하는 거라고 생각하였다. 난 냉면을 먹으며 자라지 않았다. 어린 시절 담백하고 부드러운 음식을 좋아하던 부모님 밑에서 자랐기에 식당에 가서 면이 먹고 싶으면 나비우동을 주문했었다. 그래서 물냉면 맛을 모르고 있었다. 그것이 더 이유였을 것이다. 그래서인지 남편의 음식 주문 "평양 물냉면"을 신중히 듣지 않았던 것 같다. 집으로 돌아온 남편은 물냉면을 찾고 있었다. 난 더 고급스러운 음식을 보이며 그건 주문하지 않았다고 했다. 남편의 얼굴이 변했다.

"어머님이 속이 시원한 냉면 드시고 싶다고 했어."

냉면을 먹고 속이 시원해지다니 나에게는 전혀 이해되지 않는다. 남편은 나에게 다시 말했다.

"당신이 주문한 음식은 냉장고에 두었다 내일 먹고 어머님이 드시고 싶어 하는 냉면 먹으러 같이 나가자."

"저는 냉면 좋아하지 않는데요. 당신하고 어머님만 냉면 드시고 오세요."

시어머님은 무척 인자하시고 성격이 좋은 분이다. 그런데도 어머님과 남편 둘이서만 속이 시원해진다는 물냉면을 드시러 나가신 날 난 완전히 무시당하는 기분이었다. 섭섭한 마음이 일어났다. 시어머님보다 더 섭섭한 사람은 남편이었다. 그래서 예로부터 시집살이가 어렵다고 하는 것일까.

시간이 많이 흘렀다. 남편은 한국 식품점에 가면 냉면 국숫발과 함께 냉면 육수 국물과 수프가 들어 있는 평양냉면 봉지 여러 개를 사 온다. 시간 여유가 있을 때마다 나에게 해준 냉면을 먹어서인지 이제는 냉면 국물 맛을 알게 되었다. 남편은 냉면 국물 속에 오이도 썰어 넣고 삶은 계란도 집어넣고 손쉽게 스팸 고기도 넓적하고 얇게 썰어 넣는다. 레스토랑에서 파는 냉면 맛과 비교하여 손색이 없다. 더하면 더했지 덜하지가 않다.

대학 시절 친구들하고 사 먹던 매운 비빔냉면이 떠오른다. 그 시절 참기름과 함께 매운 고추장을 듬뿍 넣어 비빈 후 면발을 씹으면 입안이 활활 불타오르던 매운맛을 잊을 수가 없다. 물냉면에는 빨간색 고추장의 매운맛 대신 누런 색 겨자의 매운맛이 있다. 많이 친 겨자가 냉면발에 뭉친 걸 먹었다가 코가 찡하여 한동안 숨을 못 쉬며 고생한 적도 있다.

적당히 친 겨자의 매운맛이 육수 국물에 섞인 물냉면의 국물 맛!

나도 이젠 속이 시원해지고 싶으면 물냉면을 찾는다. 이제는 연세가 많이 들어 미국에 방문하시기 어려울 정도로 건강이 쇠약해진 시어머님께 죄송한 마음이 든다. 평양에서 태어나신 어머님의 고향을 왜 잊어버리고 있었을까? 이곳에 방문하셨을 때 더 자주 평양 물냉면을 사다 드렸어야 했었는데 후회가 된다.

자라온 환경이 다르면서 오해와 편협된 생각들이 생긴다. 다른 사람을 이해하지 못하고 내 생각만 고집하며 섭섭해하던 그때가 떠오르면 얼굴이 붉어진다.

◖ 방 개 차

           옆집의 젊은 대학생 아가씨가 분홍색 방개차를 몰고 운전한다.

화사한 원피스의 스커트 자락을 살랑거리며 어깨를 으쓱거리며 차 안에서 걸어 나오는 모습이 본인의 방개차가 무척이나 자랑스러운 모습이다. 나와 눈이 마주치자 방긋 웃는다. 얼마 전 대학 입학 선물로 부모가 새 차를 사주었다고 들었다. 그녀의 방개차를 보니 나 또한 방개차를 몰고 다니던 추억이 떠오른다.

물론 차 종류는 같아도 그녀의 차는 새 차라서 겉이 반지르르하게 빛이 나고 있다. 내가 타던 차는 베이지 색으로 광택이 전혀 나지 않았다. 또한 요사이 방개차는 스틱 시프트가 아닌 자동 시프트로 움직인다고 한다. 방개차는 독일의 폭스바겐 회사의 버그이다. "비틀"을 번역하면 "딱정벌레"라는 뜻이다.

미국 와서 얼마 되지 않아 내가 사용하던 차다. 그동안 10년이 4번이나 바뀌면서 차 모양이 많이 바뀌었다. 럭셔리 차로 호평을 받던 커다란 차들은 석유 파동으로 인기가 없어지며 거의 사라졌다. 중간 크기의 차들도 앞모양과 뒷모양이 많이 변하였다. 예전에는 세련되어 보이던 차들이 지금 보면 촌스러워 보인다. 그런데 이 방개차는 옛 모습 거의 그대로인데도 전혀 촌스러워 보이지 않는다. 동글동글한 모습이 여전히 귀엽기만 하다.

샌프란시스코시의 19가에는 골든게이트 파크를 가로지르며 일직선으로 그어진 큰 찻길이 있다. 나는 19가 바로 옆인 20가에 자리잡은 아파트에 살고 있었다. 큰 찻길 옆에 살았기에 다운타운에 있는 직장으로 전차를 타고 출퇴근하는 데 문제는 없었다. 하지만 남편과 내가 두 사람이니 차 2대를 가지면 좋겠는데 여유가 없었다. 그 시절엔 2천불 이상 갖고 나오면 외환법에 걸렸다. 갖고 온 2천불로는 차 하나 사기도 힘들었다. 하루는 갖고 있던 차 한 대마저 고장이 났기에 차를 수리하러 집 근처 정비소에 갔다. 앉아서 차 고치기를 기다리고 있었다. 그때 차창에 "For Sale"이라는 광고가 붙어 있는 차가 눈에 들어왔다. 차 전체에 먼지가 뿌옇게 묻어 있었다. 정비소 주인에게 물어보니 뉴욕에서 온 차 주인이 집에 되돌아가며 두고 간 차라고 한다. 차는 이미 10년이 넘은 차였고 값은 천불이라고 한다. 새 차를 사기에 역부족이었던 우리에게 천불이면 무척 좋은 가격이었다. 차는 생생거리며 잘 달린다. 하지만 고속도로에서는 엔진소리가 크게 울리며 무척 시끄러웠다.

차를 산 지 얼마 후 남편과 나는 요세미티 공원으로 여행을 떠나기로 했다. 석유 파동 기간이라 기름통을 따로 사서 휘발유를 가득 채웠다. 그리고 기름통을 뒷좌석에 싣고 떠났다. 우리에게는 처음 가는 먼 산길 여행이었다. 요세미티를 가는 길은 구불구불 돌면서 가파른 절벽이 바로 옆에 보인다. 아차 하는 순간에 낭떠러지로 구를 것만 같았다. 앞뒤로 달리는 차들을 보니 대부분 엔진 힘이 센 6기통이나 8기통의 큰 차들이 달리고 있다. 우리 차만 제일 작은 4기통 방개차에 스틱 시프트라 오르락내리락할 때마다 기아를 바꿔야 한다. 큰 차들이 뒤에 바짝 따라붙어 꽁무니를 지지는 것 같아 내내 불안했다.

드디어 요세미티 계곡에 있는 빌리지를 방문하고 하프돔이라 불리는, 반쪽으로 잘라진 반구형 모양의 커다란 암벽을 위로 올려다보며 요세미티 폭포를 구경했다. 세계에서 6 번째로 높은 폭포라고 한다. 겨울에 눈이 많이 내린 해는 폭포의 양이 더 많이 흐른다고 한다. 마리포사 그로브로 하여 지름이 넓은 세코이아 삼나무, 자이안트 레드우드의 숲속을 작은 관광기차를 타고 둘러보았다.

빌리지로 돌아오는 길에 다시 방개차를 타고 전망대가 있다는 높은 글레이셔 포인트로 올라가고 있었다. 짐을 잔뜩 넣은 배낭을 등에 멘 중년의 한 아저씨가 차를 기다리고 있다. 히치하이킹하는 사람을 조심하라는 기사가 몇 주 전 뉴스에 나왔었다. 어떤 여인이 히치하이킹하여 차를 탔는데 사이코인 운전자가 여인의 팔을 잘라버린 사건이었다. 그래서인지 지나가는 차들이 아무도 태워주지 않는다.

머리보다 훨씬 위까지 짐을 올려 메고 서 있는 아저씨가 안되어 보였는지 남편이 차를 멈추었다. 조그만 방개차 안으로 배낭을 밀며 기어들어 오면서 기름통이 뒷자석에 있는 것을 보았다. 기겁을 하는 것 같았다. 혹시라도 차 안에서 불이라도 붙을까 걱정하는 모습이다. 요세미티에도 주유소가 있는데 기름까지 준비하고 다니는 우리 부부가 이상하게 보였을 것이다. 그날 차를 태워준 아저씨가 차에서 내리며 우리에게 고마워하던 표정을 잊을 수가 없다. 좋은 차들은 많아도 다 지나쳐버리고 가장 작고 값없어 보이는 방개차가 스톱하여 태워준 것이다.

미국에 와서 10년이 지났다. 남편과 나는 학교가 끝나면서 둘 다 전문직으로 일을 하였기에 학군이 좋은 동네로 이사 오게 되었다. 방개차는 아직도 잘 달리고 있었다. 하지만 아무래도 동네 분위기에는 어울리지 않아 보였다. 오래되어 낡아 보이는 방개차가 동네 분위기를 나쁘게나 하지 않을까 염려가 되었다. 그래서 신문에다 9백불에 광고를 냈다. 광고가 나온 바로 그날 여러 군데서 전화가 왔다. 제일 먼저 나타난 사람에게 팔았다. 10년 이상 된 차를 천불에 사서 10년 이상을 사용하고 난 후 9백불에 판 것이다. 돈 가치로는 얼마 되지 않은 값싼 차였지만 나에겐 필요할 때 요긴하게 사용한 값진 차였다.

또한 아찔한 낭떠러지를 옆으로 보며 그 작은 방개차로 아슬아슬하게 달리던 요세미티의 첫 방문은 아무나 맛볼 수 없는 남편과 나만의 값진 추억이 되었다.

30년 된 자동차1, BMW

"산길인데 왜 이렇게 오래된 헌 차를 타고 왔어요?"

혹시라도 차가 고장 나 오르막길과 내리막길에서 꼼짝달싹 못할까 걱정이 되는 눈치다. 이 말을 듣는 순간 기분이 좋지 않았다. 오래된 헌 차라니? 차가 오래되었다며 얼굴까지 찌푸리며 말하니 차 주인까지 무시당하는 기분이었다. 6기통이면서 연한 남색 계통 파란 색의 이 차는 세월이 흐르며 광택도 없어지고 약간의 스크래치 자국이 눈에 띄기는 하여도 차는 여전히 잘 달리고 있다. 30년의 세월이 흐르면서 그동안 차 모양들이 많이 바뀌어 남의 눈에는 오래된 헌 차로 보일 수는 있다.

그런데도 내 눈에는 아직도 처음 나왔을 때 느꼈던 새 차로 보인다. 그러고 보니 미국에 와서 10년 후에 이 차를 사들였다. 그해 신형으로 나온 이 BMW를 샀는데, 그때만 해도 리모트 컨트롤을 사용하여 멀리서도 차 문이 열리는 차들이 별로 없었다. 차에서 한참 떨어져 있는데도 자동차 키를 누르면 빽빽 소리와 함께 어두운 한밤중에 헤드라이트 불이 자동으로 환하게 켜졌다. 지나가던 사람들이 눈이 둥그레져 쳐다보고 하였었다. 그렇게 주목과 부러움을 받았던 게 엊그제 같다.

그런데 어느새 30년이 흐르고 가버렸다. 이제는 이 차를 보고 있으면 그동안의 추억이 떠올라서 다른 차로 바꾸거나 팔고 싶지가 않다. 10년 전만 해도 집에 차가 많은 게 싫어서 없애버리려 했었다. 내가 일하던 직장에서 차 때문에 고생하는 한 청년이 있었다. 우리 집에는 다른 종류의 여러 차가 있었다. 남편은 그렇게 차를 좋아했다. 이 차를 주면 우리 집은 차가 한 대 적어지니 좋았고 차가 없어 고생하는 청년을 도울 수 있으니 거저 주어 버리자고 했다. 며칠 후 남편이 말했다. 한참을 생각했던 것 같다.

"당신이 그 청년을 꼭 도와주고 싶으면 이 차와 같은 액수의 돈으로 주었으면 해. 그동안 차가 오래되어도 잘 달렸던 건 이 차를 내가 직접 손보며 차 유지를 잘한 거라고 보거든." 그래서 나는 차 대신 돈으로 그 청년을 도왔다. 그때는 차가 많은 게 싫어서 하나라도 필요한 사람에게 주면 좋을 것 같았다. 그렇지만 낡은 차라 혹시 차 고장이라도 나면 고치느라 돈만 들어가 받은 사람이 골치만 더 아플 수 있었다. 남편은 정비공은 아니었지만 차를 좋아해서 차에 관한 책을 항상 들여다보고 웬만한 고장은 스스로 고치며 희열을 느꼈다. 아무튼 남편 말을 들어 그때 그 청년에게 차를 주지 않고 돈으로 주기를 잘했다는 생각이 든다.

그때부터 다시 10년이 더 지나 지금 30년이 되었는데도 차는 잘 달리고 있다. 그래서인지 이제는 계속 40년이 지나도 50년이 지나도 갖고 싶은 마음이 든다. 그때까지도 차가 고장 나지 않고 달릴 수는 있을까? 50년이 되어도 지금처럼 잘 달릴 수 있다면 나에게도 축복이라는 느낌이 든다. 이 차를 사고 난 후 난 아들을 임신했다. 당시 나는 35살이었다. 그러니 이 차가 50년이 되면 내 아들이 50살이 되는 것이고 나는 85세가 되는 것이다. 내가 그렇게까지 장수할 수 있다면 얼마나 큰 축복일까. 아직도 고장 나지 않아 프리몬트시에 있는 엘리자베스 공원에 운동하러 갈 때는 꼭 이 차를 타고 간다.

그러다 하루는 이런 생각도 해 본다. 만약 큰 고장이 나서 차가 움직이지 않으면 폐차 신고를 하고 갖다 버려야 하나? 다른 사람이 지금껏 쓰고 있다가 나에게 주었는데 얼마 있어 고장이 났다고 하면 나는 폐차하고 버렸을 것이다. 그런데 왜 이 차는 끝까지 갖고 싶은 것일까? 그러다가 나는 이 차하고 나하고 많이 비슷하다는 것을 깨닫는다. 이 차를 처음 샀을 땐 다른 사람들의 주목도 받고 부러움도 받았다. 나 또한 대학 시절 몸매도 날씬하고 얼굴도 젊고 예뻐 여러모로 매력이 있었다. 엄마가 사준 세련되고 멋진 옷 입고 다니면 주위의 주목도 받고 부러움도 받았다.

이제는 차를 세차하고 왁스를 발라 광을 내도 새로 나온 신형 차들처럼 반짝거리지 않는다. 나이가 든 나도 마찬가지다. 아무리 고급 옷을 걸쳐 입고 명품 백을 들고 다녀도 젊은 처녀들 옆에 서면 축 쳐져 보인다. 그런데도 남편이 옆에서 지켜주는 이유는 무엇일까? 아니 서로가 버리지 못하는 이유는 무엇일까?

끈끈한 정이다. 내가 이 차를 버리고 싶지 않은 이유는 그동안의 추억이 끈끈한 정으로 남아있는 것이다. 생명이 없는 한갓 쇳덩어리에 불과한 자동차도 그러한 정을 만들고 있는데 하물며 영과 혼이 있고 호흡을 하며 생각하는 사람에게 있어서는 더할 것이다. 모습이 늙어가도 정 때문에 서로에게 잊히고 싶지 않은 존재로 남아 있는 것이다.

30년 된 자동차 2, 충돌

　　이 차를 보고 있으면 지나간 사건이 떠오른다. 그 사건은 좋은 일은 아니었다. 어찌 보면 끔찍한 일이 일어날 뻔했던 사건이었다. 그런데도 그 사건을 생각하면서 이 차에게 고마운 마음이 든다.

　아들이 10살 때다. 도서관에 가 있던 아들을 데리고 올 시간이었다. 내가 데리러 가려고 했으나 마침 그때 손님이 찾아왔다. 그래서 아들보다 나이가 10살 위인 딸에게 부탁하였다. 딸은 그때 남아프리카에서 6개월 동안 의료 자원봉사를 하고 막 돌아왔다. 딸이 차를 타고 아들이 있는 프리몬트 시립 도서관으로 갔다.

　도서관 주차장에서 차들이 지나다니는 큰길 밖으로 나오고 있을 때다. 딸의 말에 의하면 차를 큰길로 빼기 전 틀림없이 왼쪽을 쳐다보았다고 한다. 아무 차도 오고 있지 않았다. 그리고 오른쪽을 향해 고개를 돌렸다. 아무 차도 오고 있지 않았기에 앞으로 나가고 있었다. 순간 왼쪽에서 쏜살같이 달려오던 차가 딸이 운전하던 차와 부딪힌 것이었다.

30마일 선에서 그 차는 60마일 이상으로 달리고 있었다고 한다. 딸이 운전하던 차와 부딪히는 순간 달려오던 그 차는 뒤집혔다. 그 차의 운전자는 부동산 중개업소에서 일하며 집을 매매하는 사람이었다. 고객과 만나야 했던 약속 시간이 촉박했기 때문에 늦지 않으려고 과속하였다고 한다.

운전대 앞좌석에는 딸이 앉아 있었고 운전대 바로 옆 좌석에는 아들이 앉아 있었다. 만약 그때 아이들이 타고 있던 차의 차체가 달려오던 차의 차체보다 약했다면 어찌 되었을까? 달려오던 차 속도의 힘으로 차는 찌부러졌을 것이다. 그다음은 상상하기도 싫은 끔찍한 일이 벌어졌을 것이다. 다행히 딸이 타고 있던 BMW가 그때 10년이 지난 오래된 차라 새로 나오는 다른 차들보다 차체가 단단하고 무거운 쇳덩어리로 만들어져 있었다. 가벼운 신소재를 사용하는 요즘 차보다 강철이 많아서 찌부러뜨리는 것을 막아주었다고 한다.

6개월 동안 자원 의료 봉사하며 남아프리카의 클리닉에서 에이즈 환자들을 돌보고 있을 때였다. 혹시라도 딸이 다칠까 봐 매일 기도했었는데 하마터면 머나먼 남아프리카가 아니라 가족이 사는 미국 땅에 와서 큰일이 날 뻔했었다고 생각하니 몸이 오싹해진다.

아들과 딸 둘 다 자동차 충돌 사고로 잃어버릴 뻔했다. 이렇게 인생을 살아가는 것은 어떻게 보면 살얼음을 걷고 있는 기분이다. 아차 하는 순간에 끔찍한 사건이 벌어진다.

이라크와 아프가니스탄 전쟁에서 미국으로 돌아온 재향 군인들

중 자동차 사고로 죽은 숫자를 살펴보니 위험한 전쟁터인 이라크나 아프가니스탄에서 죽은 숫자보다 고향인 미국에 돌아와서 자동차 사고로 죽어간 숫자가 더 많다고 한다.

딸이 다치지 않게 해 달라고 매일 기도했었는데 외국 땅인 남아프리카에서뿐만 아니라 내가 사는 프리몬트시에서도 기도를 들어주셨다. 남의 눈에는 보잘것없이 보이는 오래된 차일지라도 아이들을 다치지 않게 해 주었으니 내 눈에는 추억이 깃든 고맙고도 보배로운 차이다.

산 마 테 오 브 리 지

그날은 금요일이었고 13일이었다.

한국에서 숫자 4를 싫어하듯 미국에 오니 여기서는 숫자 13을 싫어하는 것을 알았다. 거기다 무슨 이유에서인지 금요일과 13일이 겹치면 조심해야 하는 날이라고 직장에서 동료들이 한마디씩 한다. 그러다 보니 나 또한 연유도 정확히 모르면서 금요일인 데다 13일이 겹치면 혹시나 무슨 나쁜 일이 일어나는 게 아닌가 하는 불안이 생긴다.

그래서 어느 때는 조그만 일에도 조심하게 된다. 나중에 물어보았다. 왜 13일의 금요일이 불길하다고 생각하느냐고 하니 종교적 이유에서 비롯되었다 한다. 예수가 12명의 제자들과 최후의 만찬을 하던 중 유다가 배신을 하고 병사를 불러와 십자가에 못 박히게 되는데 유다까지 합쳐 13명이 되었고 십자가에 못 박힌 날도 금요일이었기 때문이라 한다.

그날은 약속이 있어 샌프란시스코 공항 근처로 갔다가 집으로 되돌아오는 길이었다. 샌프란시스코와 이스트 베이를 연결하며 베이를 가로지르는 다리인 산마테오 브리지를 달리고 있었다. 남편이 운전을 하고 있었고 나는 운전석 옆에 앉아 무심코 백미러를 들여다보았다. 멀리 차 한 대가 차선을 여러 번 바꾸며 다른 차들보다 더 빠르게 달려오고 있었다.

"계속 지그재그 운전하며 따라오고 있어요. 저런 식으로 운전하는 것도 습관이겠죠?"

남편도 백미러를 흘끗 보며 차선을 왔다 갔다 운전하는 차 한 대를 발견했다.

"약속 시간에 늦은 게 아닐까?"

"다들 빠르게 달리고 있는데 얼마나 더 빨리 도착한다고 저렇게 위험하게 운전하는지."

내 말이 채 끝나기 전이다. 멀리 뒤에 보이던 차가 어느새 차 뒤에 가깝게 보인다. 내 옆으로는 길이가 긴 승합차가 거의 같은 속도로 나란히 움직이고 있다. 차와의 간격도 얼마 되지 않은데 요리조리 들어갔다 다시 나왔다 한다. 그러더니 왼쪽 차선의 차를 거의 스치며 지나갔다. 방향을 오른쪽으로 돌리더니 오른쪽 차선의 차 뒤꽁무니 범퍼와 추돌하였다. 범퍼가 부딪힌 차는 달리던 힘이 있어선지 갑자기 뒤집혔다. 순식간에 일어난 사고였다. 한동안 주변은 정적이 감돌며 시간이 멈추어 선 듯하다.

재각재각 왼쪽 팔목에 찬 시계의 초침 소리만 들리고 있다. 차가 뒤집히면서 휘발유라도 새어 차에 불이 붙을까 걱정되었다. 불이 붙으면 곧 차가 폭발할 것만 같았다. 나와서 도와주는 사람이 하나도 없다. 다들 안에서 앰뷸런스가 오기를 기다리고 있는 것 같다.

조금 시간이 지나자 남편이 일어나 밖으로 나간다. 나는 놀라 물었다.

"어디로 가는 거예요?"

"뒤집어진 차 속에 있는 사람 끄집어내려고 해."

"안 돼요. 가지 마세요."

나는 떨리는 목소리로 크게 말했다.

하지만 남편은 차 문을 열고 나갔다. 그리고 뒤집어진 차로 걸어가고 있다. 그러한 남편의 뒷모습을 보며 나의 두 팔이 후들후들 떨리는 게 내 눈에 들어온다. 차가 폭발하여 남편이 불에 타 죽는 모습이 눈에 어른거린다. 나는 갑자기 화가 속으로 치밀어 오른다. 나에게 무심한 남편이 너무 섭섭해진다.

"나 혼자 남아 어떻게 살라고 저렇게 가버리다니…."

자기는 좋은 일 하다 죽으면 천당에 가겠지만 미국서 혼자 남은 나는 어떻게 살지?

남편이 뒤집힌 차로 가서 차창 문을 힘들게 열고 있는 모습을 보고 그제야 다른 차에서도 사람들이 나오고 있다. 여러 명이 모여 차 문을 열고 우선 거꾸로 뒤집힌 사람을 끄집어냈다. 머리 위와 얼굴이 피범벅이 되어 있다. 많이 다쳤는지 몸을 가누지도 못하고 일어서지도 못하여 바닥에 누우려 한다. 백인 여자였다. 거기에 비해 험하게 운전하며 사고를 낸 사람은 다친 데가 없이 멀쩡해 보인다.

다행히 뒤집힌 차는 불이 붙지도 않았고 폭발하지도 않았다. 조금 시간이 지나자 경찰차와 앰뷸런스의 앵앵거리는 소리가 들리며 나타났다. 사고 바로 근처에 있었던 우리 차는 서서히 빠져나가도록 경찰차가 도왔다. 우리 뒤에는 아직도 경찰차와 앰뷸런스의 빨간색 전등 빛이 반짝거리며 돌고 있다.

산마테오 다리를 건너며 생각에 잠긴다. 사고 난 차들은 오늘이 금요일이고 13일이 겹쳐서라고 생각하고 있을까? 그렇다면 어째서 나는 사고에서 피할 수 있었을까?

다음 날 직장에 가서 어제 일어난 일을 말하였다. 내 말을 듣고 있던 젊은 약사가 말한다.

"남편이 다른 사람 구하다 다쳐 죽어도 다음엔 걱정하지 말어."

"아니, 뭐라고?"

"내가 너하고 결혼하면 되잖아."

그가 한 농담에 어이가 없어 얼굴을 찌푸리고 있는 나를 보고 다시 안심시킨다.

"내가 싫으면 나 말고도 너하고 결혼하고 싶다고 여러 명이 그랬어. 그중에 고르면 되잖아. 지금은 네가 결혼한 상태이기에 너에게 청혼을 못 하는 것뿐이야."

그때 내 나이 26살 때였다. 아내는 상관없이 남을 도와주는 너무 착한 남편을 만난 것도 나의 팔자소관으로 보인다. 하마터면 청상과부가 되어 남은 한평생 혼자 어떻게 살아야 하나 하며 걱정하던 그때를 되돌아보게 된다.

◗ 5 달러

　　　　　　　우리는 기대를 하면 실망하고 기대를 하지 않
으면 고마워하는 것일까?

　체인 약국의 약국장으로 일하고 있을 때, 일년에 한두 번 캘리
포니아 전체 회의 대표 모임에 참가하여야 했다. 미팅은 내가 사
는 집에서 200마일 떨어진 곳에서도 열렸다. 그러다 보니 회의가
끝나고 집으로 돌아오기 전 고속도로 중간 지점쯤에서 차를 세우
고 기지개를 켠다. 휴게소를 찾아 커피를 마시며 잠시 휴식을 취
하거나 차에 기름을 채우곤 한다.

　내가 중간 지점에서 들어가 쉬는 곳은 맥도날드였다. 가격도 좋
았지만 커피 맛이 곧 뽑아낸 커피처럼 신선했고 커피 향도 진하게
났다. 그날도 커피를 한 잔 마시고 주차장에 세워둔 차를 향해 들
어가려 하였다. 그때 내 옆으로 나이 든 백인 여인과 틴에이저로
보이는 노랑머리 여학생이 다가오며 말을 걸었다. 그들도 맥도날드
안에서 나온 듯했다.

　어제부터 먹지 못하여 배가 고프니 도와달라고 한다. 틴에이저

의 윤기 없는 얼굴이 초췌해 보였고 피곤한 여인의 얼굴은 말라버린 잎사귀같이 기운이 없어 보였다. 처음에는 바빠서 빨리 가야 한다고 거절하였다. 그런데 그들의 눈과 마주친 나는 거절할 수 없었다. 운전석 자리에 앉아 백을 뒤져 지갑을 찾아냈다. 나는 주로 신용카드를 쓰기에 현금은 많이 갖고 다니지 않는다.

지갑 안을 열어보니 10불짜리 하나 5불짜리 하나가 나타났다. 5불짜리 지폐를 꺼내 틴에이저 여학생에게 전했다. 나로서는 당연히 그 여학생이 고마워한 후 떠나리라 생각했다. 그런데 노랑머리를 동여맨 여학생이 다시 나에게 요청하고 있다. 맥도날드 안에 동생 3명이 더 앉아 있다고 한다. 그러니 5명이 먹으려면 받은 5불로는 충분하지 않다고 했다. 나는 잠시 생각하다 내가 가진 현금이 그게 전부라 더 도와줄 수 없어 미안하다고 했다. 소녀의 표정이 찌푸려지며 무척 실망스러워했다. 나는 고속도로로 다시 들어가 차를 달리고 있었다. 그런데 마음이 상한 듯한 그 소녀의 표정이 내 마음을 계속 무겁게 짓누르고 있다.

'5명이 5불 가지고 무엇을 먹겠어? 넌 지독한 구두쇠야. 네 지갑에는 5불 말고도 더 있었잖아. 왜 5불이 전부라고 거짓말했어?'

아마도 나 또한 응급 시 현금이 필요할 것 같아서 다 주고 싶지 않았던 것 같다. 다시 돌아가서 10불을 마저 주고 와야겠다는 생각이 들고 있었다. 그렇게라도 하면 무거운 마음이 시원해질 것 같았다. 그런데 생각을 하는 동안 차는 이미 너무 많이 달려와 있었다. 다시 간다고 해도 그 노랑머리 소녀와 할머니가 아직까지 그곳에 있을 것 같지 않았다. 그러면서 나 이외에 다른 사람에게도 도움받았기를 바랐다.

다음 날 직장에 가서 어제 일어났던 이야기를 꺼내니 의견이 분분했다. 대부분이 5불은커녕 1불도 도와줘서는 안 된다고 하였다. 배고픈 척하며 그 돈으로 마약을 사 먹는 거라고 하였다. 마약 사 먹는 걸 부추기고 있으니 돈 주는 게 안 주는 것보다 더 나쁘다고 하였다. 난 여전히 노랑머리 여학생의 지친 얼굴 모습이 눈에 어른거리며 한동안 무거운 마음에 잠겨 지냈다.

그리고 몇 년이 지났다.

회의에 참석하고 집으로 돌아오는 길에 차 안의 기름이 반 이상이 떨어진 기름통 게이지가 눈에 들어왔다. 후리웨이 진입로를 들어갔다. 진입로에서 가까운 주유소라 그런지 차들이 줄을 서서 기다리고 있었다. 내 차례가 왔다. 기름 펌프 줄을 이어 자동차 기름통 마개를 빼고 기름을 넣고 있는데 내 바로 앞에서 젊은 청년이 기름을 넣지 못하고 쩔쩔매고 있다. 나와 시선이 마주쳤다. 그리고 그 청년은 나에게 다가왔다. 무척 당황하며 우물쭈물 더듬으며 말을 시작했다.

"기름이 밑바닥까지 다 떨어져 여기 주유소로 들어왔는데 지갑에 돈이 하나도 없다는 것을 지금에야 알아챘습니다."

나는 지갑을 열어보았다. 현금은 5불만 있었다. 나로서는 5불이면 그 학생이 집까지 가는 건 턱도 없이 모자라 보였다. 나는 5불이라도 도움이 되면 쓰라고 하였다. 대학생으로 보이는 청년의 얼굴이 갑자기 환하게 변하였다.

"5불이면 충분합니다. 고맙습니다."

청년은 몇 번이고 고개를 숙이며 허리까지 굽히며 고맙다고 절하였다.

기대하고 있지 않던 도움을 받아선지 마치 구세주라도 만난 듯 기뻐서 좋아하고 있던 모습을 잊을 수가 없다. 나 또한 집으로 되돌아오는 길 내내 기분이 좋았다. 그 젊은 청년의 함박꽃 같은 환한 표정이 계속 내 눈앞에서 어른거린다. 몇 년 전 맥도날드의 주차장에서 노랑머리를 동여맨 틴에이저가 5불짜리 보고 실망하여 찌푸려졌던 얼굴이 다시 떠오르며 서로 비교가 되었다.

물론 다른 상황이긴 하다. 5불은 두 사람 모두에게 결코 충분한 돈이 아니었다. 하지만 한 사람에게는 5불이 너무 불충분했고 다른 한 사람에게는 너무 충분했다. 투명한 유리컵에 물을 반 채우면 보는 사람에 따라 '아직도 반이나 남아 있어?' 아니면 '겨우 반밖에 없어?'라고 한다.

씁쓰름한 표정을 한 사람 때문에 며칠 동안 난 기분이 언짢았다. 반면에 고마움에 허리를 숙이고 환하게 미소 짓던 청년의 표정 때문에 오랫동안 난 마음이 흐뭇했다.

5불짜리 지폐 때문에 일어났던 두 가지의 경험을 통해 난 어떻게 살아야 하나 생각해 본다. 나 또한 살아오며 기대를 했었는데 받지 못하면 실망할 때도 가끔 있다. 예를 들어 남편에게 무엇을 해달라고 부탁을 했는데도 바쁘다는 이유로 들어주지 않는다. 그러다 문득 지금까지 살아오면서 얼마나 소중한 것을 많이 받았나 되돌아보고 감사한다.

'아직도 물이 반이나 유리컵에 차 있네!' 하며 목마름의 갈증을 채울 수 있음을 항상 감사하며 살고 싶다.

10달러

대공황 시절에 일어난 일이다.

검은 화요일로 알려진 1929년 월스트리트의 주식시장이 대폭락을 하며 세계의 모든 곳에 영향을 미쳤다. 이후 발생한 대공황은 1939년까지 지속되며 미국 역사상 가장 길고 깊게 스며든 경제 재난으로 기억되고 있다.

많은 사람들이 일자리를 잃었다. 배고픔을 견디다 못하여 먹을 것을 훔치는 사람들이 늘어났다. 한 노인이 빵을 훔쳐 먹다가 재판을 받게 되었다. 그전에는 한 번도 법을 어긴 적이 없었던 노인이다. 판사가 법정에서 그를 향해 물었다.

"늙어서 염치없이 빵이나 훔쳐 먹고 사십니까?"

판사의 말을 들은 노인은 눈물을 글썽이며 답했다.

"나이가 들어 늙으니까 일을 하고 싶어도 일자리를 주지 않습니다. 집에는 어린 손자가 있습니다. 사흘을 굶었습니다. 그때부터 배가 고파 아무것도 보이지 않았습니다."

판사는 노인의 말을 듣고 한동안 조용히 생각만 하고 있었다.

그러다 말을 시작했다.

"당신은 잘못을 저질렀기에 그 대가로 벌을 받아야만 합니다. 당신이 빵을 훔친 절도 행위는 벌금 10달러에 해당합니다."라고 판결을 내린 후 방망이를 쳤다.

방청객에 있는 사람들이 술렁거렸다. 사정이 딱한 사람이니 판사가 용서할 줄 알았는데 너무 한다고 얼굴을 찌푸렸다. 그런데 판사가 판결을 내리고 난 후 곧 자기 지갑에서 10달러를 꺼내며 말을 다시 이었다.

"이 10불은 그동안 제가 좋은 음식을 많이 먹은 죄에 대한 벌금입니다. 오늘 노인 앞에서 참회하고 그 벌금을 대신 내어드리는 것입니다."

이어서 판사는 이 노인이 법정에 나가면 다시 빵을 훔치게 될 것이라고 우려하며 말을 덧붙였다.

"그러니 여기 모인 방청객 여러분도 그동안 좋은 음식을 먹은 대가로 이 모자에 조금씩이라도 돈을 기부해 주십시오."

그 자리에 모인 방청객들도 호주머니를 털어 즉석에서 47달러를 모금했다고 한다. 이 재판으로 그 판사는 유명해져서 나중에 미국 뉴욕 시장을 두 번이나 역임하게 되었다. 지금까지 쓴 글은 '라과디아' 판사'에 대한 실제로 있었던 이야기를 옮긴 것이다. 배고픈 노인을 불쌍히 보는 판사의 마음이 감동을 일으키지만 그 이외에도 법의 규율도 지키면서 도움을 주는 순발력 있는 행동 또한 감동적이다.

이 이야기 속의 10불이라는 액수를 보며 내가 약국에서 일하다 겪었던 일이 떠올랐다.

그날 약국 안은 보통 때와 같이 바쁘게 지나고 있었다. 점심시간이 되기 30분 전이다. 약국 테크니션으로 일하고 있는 로라가 다른 사람의 돈도 받아 점심을 사러 밖으로 나갔다. 얼마 후 각자의 샌드위치가 담긴 봉지들을 들고 돌아왔다. 얼마 있다 옥신각신 다투는 소리가 들려왔다. 조금 지나면 멈추려니 했다. 그런데 다투는 소리는 점점 더욱 커졌다. 이러다가는 손이라도 올라가 따귀라도 때릴 것 같은 기세다. 그날 약사로 일하던 나는 약국 안에 일어나는 모든 일에 책임을 맡고 있었기에 몸싸움이라도 일으킬 것 같아 계속 지켜보았다.

그들이 다투는 말이 귀에 들려왔다. 샌드위치를 받은 남자 테크니션 한스가 말한다. 양파를 넣지 말라고 했는데 잘못 사 왔다고 한다. 그러자 로라는 자기는 그렇게 들은 적이 없다고 한다. 남자 테크니션인 한스는 틀림없이 자기는 양파가 들어가지 않은 샌드위치로 사 오라고 말했다는 것이다. 여자 테크니션 로라가 화가 날 만도 하다. 본인 시간과 자동차 기름을 사용하며 샌드위치를 사서 왔으면 심부름해서 고맙다는 말을 듣고 싶었을 것이다. 그런데 고맙다는 말은커녕 양파가 들어간 샌드위치로 잘못 사 왔다며 얼굴을 찡그리며 언성을 높이니 화내는 것이 어쩌면 당연하다. 서로 덩치가 큰 백인 남자와 백인 여자가 싸우는 모습을 보고 있는 나로서는 어이가 없었다. 말리고 싶었으나 어느 한 편만 두둔한다고 화풀이가 나한테로 되돌아올 것만 같았다.

난 내 지갑에 있는 돈 10불을 꺼내며 말했다.

"나한테 10불이 있네. 난 양파 좋아하니까 그 샌드위치 내가 먹을게. 집에서 갖고 온 점심은 냉장고에 두고 내일 먹도록 할 테니, 한스 넌 10불 받고 양파 없는 샌드위치 사다 먹으렴."

몸싸움 직전까지 갈 정도로 험한 분위기였던 둘이 나를 쳐다보며 갑자기 조용해졌다. 남자 테크니션에게 10불을 주어도 받지 않는다.

"양파 있어도 그냥 먹을 테야." 그제야 남자 테크니션은 그냥 먹겠다고 한다.

말로만 도와주겠다면서 위로하는 것보다 그 사람이 필요로 하는 것을 직접 해 주어야 정말로 도와주는 것이라고 누군가 내게 한 말이 떠올랐는지도 모른다. 내 돈 10불은 사용되지도 않았다. 10불이라는 말만 꺼냈는데도 둘의 싸움을 잠재웠다. 공황이 일어나던 해보다 80여 년이나 지났기에 그동안의 인플레이션에 의해 10불이라는 돈 가치는 무척 낮아졌지만 여전히 싸움을 잠재우기엔 충분했다.

◖ 마 음 표 현 하 기

　　　　　　　　예배가 끝나면 각 목장의 식구들끼리 모인다. 예배 시간에 들은 오늘 목사님의 설교 말씀을 갖고 대화를 나눈다. 그리고 교회 안에 있는 식당에 가서 각 반의 목장 식구들이 테이블에 둘러앉아 점심을 같이 먹는다. 주중에는 직장에 나가 열심히 일하다가 퇴근하면 집안일 하느라 바쁘게 지낸다. 그러다 주일이 되면 이른 아침부터 경건하게 예배를 드린 후 점심시간이 되어 식당에 모여 휴식을 취하는 것이다. 서로가 바라보는 눈빛은 온화하고 대부분의 얼굴은 화색이 도는 밝은 빛을 띠고 있다.

　　그런데 한 분이 표정을 유난히 찡그리고 있다. 그분은 첫인상이 조용한 분이다. 함부로 아무 말이나 하지 않고 매사에 예의 바르게 행동하는 분이다. 옆에 와서 말을 건다.

"너무 부러워요."

"뭐가요?"

나는 의아해서 되물어 본다.

"남편이 아내한테 그렇게 다정하게 대하니 얼마나 행복하겠어요?"

처음에 나는 다른 사람 이야기하는 줄 알았다.

"밖에서도 이렇게 잘해 주니 집에서는 얼마나 더 잘하고 있겠어요? 그렇죠?"

나를 향하여 물어보고 있다. 그제야 나는 그분이 내 남편에 대해 언급하고 있다는 것을 알아챘다.

"왜 그렇게 생각하세요? 제가 보기에는 집사님 남편도 무척 잘하고 있다고 느끼는데요."

"저것 보세요. 권사님 남편은 지금 권사님 음식도 날라다 주고 있잖아요. 제 남편은 한 번도 날라준 적 없어요. 제가 한 달 동안 계속 보고 있었는데 권사님 남편하고 제 남편하고 너무 달라요. 저기 있는 제 남편 보세요. 자기 음식 갖고 올 때까지 기다리고만 있어요. 그리고 옆에 앉은 사람하고 떠들고만 있잖아요."

별로 말도 없고 자기 속마음을 나타내지 않은 분이었는데 무척 섭섭한가 보다. 한번 표현하기 시작하니까 그동안 섭섭했던 마음을 계속 터뜨리고 있다.

"어제는 저녁 식사 후 동네 산책길을 걷자고 하여 같이 걸었어요. 같이 걸으면 운동도 되고 기분이 좋으려니 했건만 대화하다 보면 서로 관점이 다를 수도 있지요. 그런데 제가 무어라고 제 생각을 말하면 꼬투리 잡고 속을 뒤집어 놓기에 저 혼자 집으로 그냥 돌아왔어요. 결혼해서 40년이 지나도 저를 전혀 몰라요. 이제는 다투기 싫어 제가 입 다물고 꼭 참고 지내요. 그러다 보니 화병 같은 게 나타나고 있어요. 다른 사람 남편이 아내에게 다정하게 하는 것 보면 비교가 되어 제 남편이 너무 미워지는 거예요."

나는 잠시 생각했다.

"집사님, 혹시 음식을 갖다주기를 기다리지만 말고 남편에게 갖다 달라고 말씀해 보신 적 있어요?"

"그런 적 없어요. 그랬다가 화만 낼 것 같아서예요. 사람들이 없는 곳에서도 화를 버럭 내는데 사람들이 많이 모여 있는 교회 식당에서 화를 버럭 내면 창피하잖아요."

"사실은 제 남편이 음식을 저에게 가져다주는 건 제가 먼저 부탁을 했기 때문이에요."

나를 쳐다보는 집사님의 눈이 조금 커졌다.

"이 식당 카페에 오면 사람들이 많아 자리를 찾아야 하잖아요. 시간을 절약하기 위해 둘 중의 하나씩 각자가 하자고 제안을 했어요. 그랬더니 남편이 자기가 음식을 나를 테니 저보고 자리 찾아서 맡아 놓으라고 했기에 전 여기서 기다리는 거구요."

"정말이에요? 저는 남편이 먼저 알아서 날라다 주는 건지 알았는데요."

"집사님도 오늘 저녁에 집에 가서 부탁해 보세요. 다음 주일 집사님 것도 같이 음식 갖고 오라고 해 보세요."

다음 주일이 되었다. 그 집사님 남편이 부엌 카운터 앞 긴 줄에 서 있다. 줄이 짧아질 때까지 한참을 기다린 후 드디어 곰탕 국물 두 그릇을 쟁반에 올린 채 나르고 있다. 그다음 주도 그랬다. 그리고 또 그다음 주도.

원하는 것을 밖으로 표현하지 않으면 상대편이 어떻게 알 수 있을까? 상대편은 몰라서 못 해준 것인데 그런 상대편을 섭섭하게 생각하며 얼굴을 찌푸리며 산다면 나만 손해 보는 것이다.

내가 원하는 것이 있다면 표현하자. 만약에 화를 내고 해주지 않는다면? 그럴 수도 있을 것이다. 그럴 땐 밑져야 본전이라는 옛말도 있듯이 말을 하지 않았기에 해주지 않는 것과 같은 결과이니 기분 나쁠 것도 없다. 섭섭하여 내 얼굴이 항상 찌푸려져 있으면 배우자 역시 기분과 함께 얼굴이 찌푸려지게 된다.

아내에게 곰탕 그릇을 날라다 주는 남편을 보며 아내의 얼굴이 환하다.

아내 집사님이 밝게 미소 지으니 남편 집사님의 표정도 환하게 음식 날라주며 기분 좋아한다.

◗ 법륜 스님

　　　　　하루에 적어도 만 보를 걸어야겠다고 결심을 한 후다. 밖은 이미 컴컴하여 혼자 나가서 걸을 수가 없었다. 그럴 때 난 아이패드에서 유튜브를 클릭한다. 동창 졸업 송년 모임에서 수수께끼를 알아맞혔다고 블루투스 스피커를 상품으로 받았다. 그 조그만 스피커를 이용하면 거실을 왔다 갔다 하면서 크게 들을 수 있어서 좋다. 전자책을 볼 수 있는 아마존 킨들도 상품으로 받았다. 아들이 갖고 싶어 하길래 나는 한 번도 사용해보지도 못했다. 해마다 송년 모임에 참가하면 남들이 타고 싶어 하는 상품을 죄송하게도 내가 받아 와서 유용하게 쓴다. 하루는 유튜브에서 클릭하다 법륜 스님의 말씀을 들었다.

　말씀 한마디 한마디 나의 마음을 흔들며 여운을 남기고 있다. 청중 속에 있는 한 분이 일어나 질문을 할 때마다 지혜로운 대답의 말씀을 하신다. 스님은 태어나면서부터 원래 두뇌가 명석한 유전자를 갖고 있었던 것일까? 스님이 그동안 살아오며 겪은 인생 경험에 의해서인가? 아니면 우리 눈에는 보이지 않는 강력한 힘의 소유자 소위 말하는 신의 도움을 뒤에서 받는 것일까?

다음 날 직장에서였다. 약국 테크니션 로라가 다시 불평을 시작한다. 로라는 아들 한 명과 딸 한 명을 두고 있다. 아들은 자기보다 25살이나 나이가 더 많고 이혼 경력이 있는 여인과 사귀다 몇 달 전에 결혼식을 올렸다. 며느리가 시어머니가 될 로라와 거의 나이가 비슷하다. 그 이혼녀는 전 남편에게서 생긴 두 아이를 데려왔다. 그러면서 로라의 아들과는 더 이상 아기를 갖지 않기로 했다고 한다. 25살이나 나이가 더 많은 이혼녀와 사귀는 아들 때문에 약국에 와 여러 달 동안 아들에 대한 불평을 털어놓았기에 끊임없이 듣고 있었다. 로라의 반대에도 불구하고 아들은 결혼식을 올렸다.

이제는 하나 남은 딸마저 엄마가 원하지 않는 남자와 사귀다 결혼식도 하지 않은 채 네브라스카주로 직장을 구하여 둘이 그곳으로 떠나버렸다고 했다. 그녀는 딸에 대해 무척 화가 나 있었다. 또한 부모의 허락 없이 딸을 데려간 젊은 남자에게도 분을 내고 있었다.

로라의 이야기를 듣다 보면 "골프공과 자식만은 내 마음대로 되지 않는다."라고 누군가가 한 말이 떠오른다. 골프를 치다가 망신당한 적이 있다. 골프 코스에서 처음 시작할 때는 뒤에서 여러 명의 다른 조가 기다리면서 쳐다본다. 나는 틀림없이 앞으로 쳤는데 공이 등 뒤로 날아간 적이 있다.

하필 많은 사람들이 모두 보고 있을 때 공이 등 뒤로 날아가는 건지?

보통 때는 아이언 골프채 7번을 사용하여 스윙하면 길고 둥그런 포물선을 그리며 거의 정확하게 원하던 곳으로 날아갔다. 그날은 내 뒤에서 사람들이 모두 보고 있기에 좀 더 멀리 날려 보내려고 욕심을 냈다. 아이언 클럽 대신 우드 3번으로 바꾸었다. 골프공이 맞는 순간 각도가 빗나간 것이 분명했다. 순간 뒤에서 내 공을 쳐다보던 사람들의 얼굴이 눈에 들어왔다. 보고 있던 그들이 도리어 나보다 더 민망해하며 내 눈과 마주치지 않으려고 고개를 숙이고 바닥만 뚫어지게 쳐다보고 있다.

그래서 골프공이 내 마음대로 굴러가지 않는다는 말이 나온 것 같다. 마찬가지로 자식들도 내 마음대로 되지 않는다는 뜻이 숨겨 있다. 나는 불평하는 로라를 보며 어떻게 위로를 해야 할지 할 말이 없었다. 갑자기 어제저녁 어느 중년 여인의 질문에 대답한 법륜 스님의 말씀이 떠올랐다.

"로라. 너의 젊은 시절을 상상하면서 대답해 봐. 네가 젊은 시절에 늙은 여자와 살고 싶었어? 아니면 젊은 남자와 살고 싶었어?"

단도직입적으로 물어보는 나의 질문에 로라는 잠시 생각을 하더니 대답을 하였다.

"당연히 젊은 남자하고 살고 싶지."

"그렇다면 네 딸도 너와 같은 선택을 한 거야. 여기서 늙은 여자는 딸의 엄마를 가리키고, 젊은 남자는 딸의 남자 친구야. 로라 네가 바로 늙은 여자고 네 딸의 남자 친구는 젊은 남자니까 네 딸이 행복하기를 원하면 딸이 원하는 쪽으로 하도록 해."

로라도 또한 옆에서 같이 듣고 있던 다른 사람들도 나의 말에 고개를 끄덕이며 동의를 한다. 난 단지 어제 결혼 적령기의 딸을 갖은 중년 여인의 질문에 대답한 법륜 스님의 말씀만 전하고 있었다. 듣고 있던 주위의 사람들이 나를 지혜롭게 말하는 사람으로 착각하는 것 같다.

여러 가지 스님의 좋은 말씀 많지만 하나만 더 들어보자. 젊은 청년이 물었다.

"저는 자수성가한 사람입니다. 저희 집은 무척 가난해서 중·고등 시절부터 부모의 도움받지 않고 제가 학비를 벌어가며 학교에 다녔습니다. 대학을 가서도 열심히 하여 과에서 톱을 하였기에 중국까지 여행할 수 있는 비행기표와 호텔비 등을 다 받았습니다. 단지 보험료 몇 만원은 제가 내야 했습니다. 그런데 그 돈이 없어 가고 싶었던 중국 여행을 못 하고 말았습니다. 이제 대학을 졸업한 후 저는 취직이 되어 돈을 벌고 있습니다. 그래서 돈을 절약하여 모은 돈으로 가고 싶었던 여행을 제 돈으로 다녀왔습니다. 그런데 어머님이 저에게 불평하십니다. 제가 돈을 낭비한다고 합니다. 그것까지는 참았습니다. 또 저는 제 돈을 모아 사고 싶었던 차를 샀습니다. 또다시 엄마가 저에게 차 산 것에 대해 잔소리를 하기에 이번에는 저도 참을 수가 없어 집을 나왔습니다. 그런데 시간이 지나니 마음이 괴로워지고 있습니다. 스님 어떻게 하면 될까요."

내가 보기에 그 청년은 나무랄 데가 없었다. 엄마가 잘못하고 있었다. 왜 다 큰 아들에게 잔소리하여 아들의 마음을 아프게 하고 집 밖으로 나가게까지 하는가. 부모는 열심히 공부하며 자란 자식이 자랑스럽지 않은가. 얼마나 많은 학생들이 부모가 돈을 주어도 해야 하는 공부는 안 하고 탈선한다는 것을 듣지 못했는가. 이 청년은 부모의 경제적인 도움 없이도 혼자서 자신의 길을 똑바로 걸어가고 있었다. 부모는 칭찬은커녕 자기가 번 돈으로 자기가 여행을 다녀오고 자기가 번 돈으로 차를 샀는데 왜 잔소리하며 아들의 마음에 못을 박아 상처를 주는가?

그런데 스님은 나하고 전혀 다른 각도로 말씀을 하였다. 우선 아들이 '자수성가'라는 단어를 쓴 것에 꾸중을 하였다. 그 이유는 이러했다. 당신의 어머님이 아니었으면 당신이 이 세상에 태어났는가. 당신의 어머님이 갓난아기 때 젖을 주지 않았다면 그리고 그냥 내버려 두었다면 어떻게 되었을까. 법륜 스님은 우리 눈에 보이지 않는 과거로 돌아가 우리의 기억을 되살리고 있었다. 이 세상에 내가 잘 나서 나 혼자 힘으로 성공한 것 같지만 그렇지가 않다는 걸 상기시킨다.

사람들이 살아가면서 고통받는 여러 가지 질문에 대해 지혜롭게 대답하시는 스님, 어떻게 하여 저런 상담을 긴장도 하지 않으면서 자연스럽고 명확하게 시원한 대답을 하실 수 있을까?

IQ가 무척 높은 것 같다. 그런데 스님 스스로는 모르시는 건 아닐까?

아니면 두뇌가 좋은 걸 알면서도 모르는 척 겸손하신 걸까?

◖ 별 셋

　　　　　초겨울 그믐달이었다.

　지금 사는 집은 언덕 위에 있다. 큰 도로변에 있는 집과 달리 차들이 집 앞을 위험하게 쌩쌩 달리지 않아 산보하기에 좋았다. 저녁 식사가 끝난 후 설거지를 한 후 남편과 나는 평상시와 같이 집 문밖을 나가 걷고 있었다. 얼굴에 맞부딪히는 바람은 쌀쌀했으나 공기는 맑고 신선했다.

　언덕길 끝에는 소나무 한 그루가 서 있다. 30년 전 이 동네로 처음 이사 오느라 동네 주변 풍경을 보러 왔을 때는 누런 진흙만 보이던 벌거벗은 민둥산 언덕이었다. 그때 건축 회사에서 심어 놓은 나지막했던 소나무가 이제는 아름드리나무로 자랐다. 소나무 줄기는 두 갈래로 나누어져 높게 올라가 V자를 만들고 있다. 나는 산보를 할 때마다 언덕 끝까지 가서 소나무를 안는다. 그렇게 30년을 안았다. 그럴 때마다 소나무의 정기가 나에게 전해지는 것 같다.

　소나무는 언덕 오름길에 심겨 있다. 남편은 숨이 차다고 더 이상 올라가지 않고 소나무를 안고 있는 나를 보며 기다린다. 아래서 기다리는 남편과 다시 만나 집으로 되돌아오는 길이었다.

그날은 왠지 남편이 내 옆에서 걷고 있었기에 행복했다. 아직까지 남편이 건강하게 살아서 내 팔목을 잡고 걷고 있어서 감사했다. 얼마 전에 친구의 남편이 갑자기 뇌졸중으로 3일 만에 돌아가셨다는 뉴스를 듣고 충격을 받고 있어서일까? 내 팔목을 잡은 남편 덕분에 안심해서인지 문득 고개를 들어 하늘을 올려다보았다. 비가 갠 하늘은 무척 맑았다. 먼 하늘 위로 별이 또렷이 눈에 들어오고 있었다.

그때였다. 내 머리 바로 위로 별 셋이 나란히 일직선으로 박혀 있는 게 눈에 들어왔다. 마치 단추 셋을 박아 넣은 것 같았다. 난 생처음 별 셋이 일직선으로 있는 것을 발견한 것이었다. 그리 작지 않은 별 셋이 무척 밝게 내 머리 바로 위에서 반짝거리고 있었다.

'왜 전에는 못 보았을까?'

"별 삼 형제 보여요?"

나는 걸음을 멈추고 남편에게 말했다.

"나는 안경을 쓰고 있잖아? 눈이 좋지 않아 멀리 있는 건 보이지 않아. 별이 아니라 비행기 셋이 날아가는 것 아니야?"

희미한 작은 점이 두서너 개 움직이고 있었다.

"움직이고 있는 비행기 말고 제 머리 바로 위를 보세요."

남편도 발견했나 보다.

"맞다. 별 셋이 보인다. 왜 전에는 한 번도 못 보았지?"

별 셋이 나란히 일직선으로 박혀 있는 걸 본 적이 없었던 우리는 한동안 밤하늘을 올려다보았다. 다음날은 구름이 끼고 흐렸다. 기대하고 있었던 별이 보이지 않아 섭섭했다. 그렇게 여러 날이 지나서 날이 갠 날 산보를 하며 똑같은 시간에 나와 똑같은 자리에 멈추어 하늘을 올려다보았다. 그런데 별 셋이 보이지 않았다. 별 삼 형제를 찾고 있었던 나로서는 섭섭했다. 하늘 어디엔가 숨어 있겠지 하며 별 셋을 찾고 있는 나를 발견하곤 한다. 그러다 나는 궁금증이 생겼다. 별 셋 이름이 무엇일까? Google에 들어가 "별이 셋 나란히. 이름은?" 하고 검색했다. 참 편한 세상이다. 궁금하면 Google에 들어가 검색하면 답이 나온다. 오리온 은하계에 있는 3개의 별 이름이 나오고 있었다. 3개의 별을 합해 오리온 허리띠라고도 한다. 또한 닉네임으로 '별 3자매'라고도 하고 '왕 셋'이라고도 한다. 우리 한국의 동요 가사도 그 별 셋을 보며 작사한 게 아닐까?

내가 보았을 때는 별 셋의 크기가 비슷했다. 그런데 별 세 개가 점점 크게 보일 때도 있다고 한다. 그래선지 별 셋이 의미하는 뜻에는 자기가 하고자 하는 일에 대한 성취의 의미를 포함하고 있었다. 좋은 뜻이다. 몇 주일이 지난 후 드디어 별 셋을 다시 찾아냈다. 그런데 내 머리 바로 위가 아니었다. 오른쪽 위를 한참 지나서 멀리 희미하게 별 셋이 나란히 있었다. 별 셋이 왜 내 머리 위 같은 자리에서 보이지 않은 이유도 궁금하여 또다시 Google을 통하여 찾아보았다. 지구가 매일 자전하며 돌고 있고 또한 태양 주위 궤도에 따라 회전하고 있으니 오리온의 별자리가 변하고 있다한다. 그걸 같은 자리에서 계속 찾고 있었으니. 오리온 별 셋은 11월부터 2월까지만 잘 볼 수 있다 한다. 오리온의 별과 지구까지의 거리도 궁금해졌다. 1,360광년이 걸린다 한다. 1광년은 6조 마일이라 한다. 그러니 오리온의 별과 내가 사는 지구까지의 거리는 1360곱하기에 6조 마일을 곱하면 된다. 숫자로 적어보니 0이 너무 많다. 1,360×6,000,000,000,000마일이다. 0이 너무 많이 붙어 얼마나 먼 거리인지 감이 오지 않는다.

그 먼 길을 오느라 빛의 속도로 천여 년 전에 생긴 오리온 허리 띠의 별빛이 내 머리 바로 위에서 비추었고 나는 그 순간 또렷하게 총총히 떠 있었던 별빛을 감지하며 느끼고 있었다니 감개가 무량해진다. 그 긴 시간에 비하면 내가 이 지구에 머물러 있는 시간은 얼마나 짧은가.

그 짧은 시간 중 앞으로 남은 시간 항상 기쁘고 감사하며 지내고 싶다.

◗ 인 연

　　　　　태어나서 처음 샌프란시스코로 들어오는 길이
다. 눈에 들어오는 풍경이 어딘지 익숙하다. 틀림없이 보았다. 똑
같은 풍경, 똑같은 거리를. 언제 어디서 보았던가? 아주 어렸을 때
꿈에서 보던 풍경이다.

　남편을 따라 처음 미국 올 때까지 난 한 번도 샌프란시스코로
오리라고 상상해 본 적이 없었다. 미국 여행 와서 구경하고는 싶
었다. 그리고 유학 공부도 하고는 싶었다. 하지만 그 미국의 장소
가 샌프란시스코가 될 것이라고는 한 번도 생각해 본 적이 없다.
베이 브릿지를 건너며 눈에 들어오는 태평양 바다 위로 넘실거리
는 야경의 도시 불빛들 그리고 대낮에 스틱쉽으로 운전하다 정차
할 때마다 뒤로 밀리는 가파른 오르막과 내리막의 찻길들. 내가
처음 미국에 왔을 때 나는 26살이었다. 25년 동안 서울에 살면서
이런 오르락내리락하는 찻길을 본 적이 없었던 나로서는 놀라지
않을 수 없다. 한겨울에 눈이 내리는 서울에 이런 오르막길과 내
리막길이 가파르게 만들어져 있으면 무척 위험할 것이다. 내가 탄

스틱쉽 차가 뒤로 밀려간다. 거의 바로 뒤에 붙어 있는 뒤차와 부딪힐까 봐 놀라기도 하지만 이런 도로를 20여 년 전 꿈에서 보았던 기억이 나를 더 놀라게 한다.

어느 때는 무심히 한 말이 맞아 들어갈 때도 있다. 그것도 나를 놀라게 한다. 우연히 맞아 들어간 것인가? 남이 갖고 있지 않은 특별한 파워가 나에게 있는 것도 아니다. 그런데도 그런 일이 생기면 내 몸에서 전율을 느낀다. 무엇 때문에 난 미리 보고 마치 무슨 일이 일어날 듯이 미리 말을 하게 되었을까? 누군가가 나에게 텔레파시를 전하고 있는 것일까? 아님 나 말고도 다들 그러한데 나만 더 예민하게 반응하고 있는 것일까? 난 아직도 정확한 해답을 모른다.

지그문트 프로이트의 『꿈의 해석』이 1899년 라이프치히와 빈에서 동시 출판되었다. 프로이트는 오스트리아 유태인 상인 가정의 아들로 태어났다. 의사로 일하며 인간 내부에 공통적으로 존재하는 무의식을 발견하여 쓴 글은 그동안 이루어져 왔던 근대 철학의 주체 개념을 무너뜨려 내렸다고 한다. 그가 쓴 글은 정신분석학의 시초가 되었다. 프로이트가 발견한 무의식이 나에게 무언가를 알려주고 있었던가? 무의식의 정신 세계는 시간과 장소에 제한을 받지 않는 것인가?

'인연' 글자가 눈에 들어온다. 왜 이 글자를 보면서 마음이 아파 오는 것일까?

지나가다 옷깃만 스쳐도 전생에 인연이 있다는 말이 떠오른다.

나보다 먼저 태어나 옛적에 살던 분들도 나와 비슷한 생각을 하였을까? 그러했기에 전생에 인연이 있다는 말이 나온 것일까? 지금까지 살아오면서 주위에서 내가 만난 사람들이 하나씩 떠나고 있다. 더 이상 내 주위에 없다. 그래서 '인연'이란 단어를 들으면 마음이 아파지나 보다.

샌프란시스코의 오르막길과 내리막길을 계속 운전하다 어느 건물에 들어갔다. 엄마가 침대에 누워 계셨다. 하얀 시트가 엄마 몸 위에 덮여 있다. 이미 돌아가신 엄마를 보며 엉엉 울었다. 너무 서러워서 크게 울었다. 얼마나 울었을까. "왜 울고 있니? 무슨 꿈을 꾸고 있었니?" 엄마가 울고 있는 나를 흔들며 깨웠다.

눈을 떠 살아있는 엄마의 얼굴을 보는 순간 너무 기쁘고 행복했다. 그 꿈을 꾸었을 때가 다섯 살 때다. 그런데 지금은 엄마가 안 계시다. 이젠 서울을 찾아가도 엄마를 볼 수가 없다. 엄마와의 인연. 5살 때 난 45년 후를 어떻게 보았던 것일까?

샌프란시스코에 와서 아파트를 구했다. 내가 사는 아파트는 2층에 있었고 나의 위층인 3층에는 아파트 매니저 할아버지가 살았다. 지금 생각하니 그 매니저 할아버지가 지금의 내 나이인 것 같다. 난 아직도 내가 그렇게 늙었다는 생각이 들지 않지만 26살 시절 그 아파트 매니저 할아버지는 내 눈에 늙은 할아버지로 보였다. 그렇지만 아파트의 복도와 아파트 건물 안팎을 항상 깨끗하게 하고 어쩌다 마주치면 먼저 인사하고 여러모로 친절했다. '하이디'라는 이름을 붙인 자그마하고 묵직하게 생긴 불도그 강아지가 그

할아버지를 항상 뒤따랐다. 그즈음 샌프란시스코의 성모병원에서 인턴 약사로 일하고 있을 때였다. 그 성모병원은 고관절 수술(Hip Surgery)을 잘하는 의사가 있어선지 하루에도 여러 번 수술을 했다. 하루는 차트를 보며 병실 환자들 약을 준비하고 있는데 내가 사는 아파트 매니저 할아버지 이름과 똑같은 사람이 있었다.

'내가 일하는 병원에 입원했나? 오늘은 너무 늦었고 내일 병실에 찾아가 위문 인사 해야겠다.'

다음 날 찾아가니 이미 돌아가셨다. 딱 하루 사이로 늦어버려 못 뵌 것이다. 나중에 들었다. 며칠 전 샌프란시스코에 겨울비가 오는 날 길을 걷다가 미끄러져 엉치뼈에 금이 갔다고 한다. 내가 일하는 병원에 입원했는데도 돌아가시기 전, 한 번도 찾아가 얼굴도 못 뵈었다. 그래서 난 죄송하고 마음이 아프다. 어쩌면 그 아파트 할아버지와 나는 전생에 옷깃이 스쳐 가는 인연이 있었기에 아파트와 병원에서 만났던 것 같다. 샌프란시스코의 그 많은 다른 병원을 두고 내가 일하는 병원에 입원한 것이 그렇다.

인연은 긴 시간이거나 찰나의 짧은 시간이거나 결국 만났다가 헤어진다. 헤어져 시간이 지나도 내 뇌리에 남는다. 그래서인지 비가 오는 샌프란시스코 겨울이 되어 나이 든 분이 미끄러져 고생하고 있다는 이야기를 들으면 위층에 살던 그 아파트 할아버지가 떠오른다.

인연은 단지 사람과의 만남인가? 언젠가 내가 이곳을 떠나 다른 세상에서 샌프란시스코를 내려다보고 있을 것인가? 그 옛날 내가 태어나기도 전에 샌프란시스코에서 살고 있었기에 꿈속에서 보았던 것일까? 그때 기억이 무의식 속에 저장되어 있었기에 5살 꿈속에 나타난 것일까?

내 주위에 있다가 다시 만나지도 못하고 떠난 여러 사람들이 그립다. 그중에서도 엄마가 제일 그립다. 몹시 그립다. 나와 인연이 있었던 사람들을 언젠가 다시 만나서 볼 수 있을까?

'그때 더 잘해 줄 걸. 사랑한다는 말을 하며 자주 안아주고 따뜻한 마음을 표현할 걸.'

그러지 못했기에 마음이 아파지는가 보다. 그래서 '인연'이라는 단어를 들으면 마음이 시리고 저린다.

한국 속의 미국

아버님은 여행을 좋아하셨다.

아버님이 오시면 직장에 여름 휴가를 내어 미국의 이곳저곳 이름 있는 곳을 찾아다녔다. 애리조나주를 거쳐 캘리포니아주로 돌아오고 있었다. 차창 밖으로 끝없이 펼쳐져 있는 평평한 광야가 눈에 들어온다.

"이렇게 넓은 땅이 그냥 놀고 있는걸 보면 아깝다는 생각이 든다. 한국은 땅도 좁고 인구가 너무 많다. 한국 사람들이 여기 오면 부지런하여 반드시 성공하리라 본다. 처음에는 고생하더라도 이겨내어 다들 잘 살 거다."

나는 처음 미국에 왔을 때를 회상하고 있었다. 난 미국이 한국보다 좋아서 이민 온 것은 아니다. 대학 시절 전문직인 의사, 약사, 간호사 등에게 미국 이민 순위가 높다고 했다. 영주권을 받으면 미국 대학 학비가 10배 정도 싸다고 하였다. 그런 이야기를 들으며 큰 나라에 가서 한동안 공부하고 싶은 꿈이 생겼다. 그래서 영주권 신청 원서를 제출하였더니 곧 갈 수 있다는 연락이 왔다.

그런데 오빠는 달랐다. 미국에 이민 가는 사람들은 조국을 버리고 가는 사람으로 본다고 했다. 한국이 분단되어 있기에 전쟁이 날 위험이 크다. 그러나 한국에 전쟁이 나 죽는 한이 있더라도 한국에 남아 한국을 지켜야 한다고 말했다. 난 오빠에게 내가 미국에 가는 건 큰 나라에서 내 삶을 부딪쳐 보는 모험심, 도전 정신이라고 말하고 싶었다. 나라를 버리고 가는 비겁한 사람으로 보고 있는 것 같아 마음이 찜찜했었다.

아버님도 말씀하셨다. 좋은 대학을 나온 사람들이 미국에 유학 가서 박사 학위 받은 후 미국에 계속 살고 있다. 최고의 대학을 졸업한 머리 좋은 사람들 대다수가 이민 가 버리면 한국은 누가 지켜야 할지 걱정이 된다고 하셨다.

나는 다시 한국에 되돌아와서 살 것이라고 하며 미국에 왔다. 시간이 많이 흘렀다. 다시 한국으로 되돌아온다는 건 점점 더 어려워지고 있다. 딸과 아들이 미국에서 자라 여기 친구들을 만들고 있으니 되돌아가고 싶어 하지 않는다. 돌아가지 못하고 미국에 살고 있어선지 내 마음은 어쩐지 조국으로부터 소외된 느낌도 든다.

차창 옆으로 보이는 끝없는 평야를 보며 아버님은 말씀을 이었다.

"한국에서 직장을 구하지 못하는 사람들, 그래서 사회에 불만이 있는 사람들이 많다. 그런 사람들이 여기에 오면 좋겠어. 이민 온 사람들 한 사람 한 사람 미국 땅에 있는 집들의 면적을 다 합하면 그 넓이가 대단할 것이다. 그 땅들을 한국 사람들이 소유하며 살고 있으니 다 한국 땅으로 볼 수 있지 않으냐? 옛날에는 총과 칼로 사람을 죽이며 전쟁으로 땅을 넓혔다. 이렇게 이민 와서 한국 사람들이 많이 살수록 싸우지도 않고 한국 땅이 넓어지니 그것도 좋은 일이다."

아버님의 말씀이 생각할수록 점점 더 지혜로운 말씀으로 다가오고 있다. 그러면서 난 아버님의 말씀에 완전히 공감하고 있었다.

우리의 뿌리는 한국인이다. 우리의 자식들이 다른 나라 사람과 결혼한다고 해도 그 자식에게도 한국인의 뿌리가 있다. 여기 사는 한국 사람 그리고 그 자손들이 많아지면서 우리의 권한인 투표수도 많아진다. 조국에 불리한 안건이 나올 때 우리는 투표수로 부결시킬 수 있다. 미국이라는 나라는 온통 다른 나라 사람들이 모인 곳이기에 그렇다. 우리는 미국에 살면서 미국 시민권이 있지만 한국인의 뿌리가 있기에 한국에 유리한 쪽으로 안건을 움직일 수가 있다.

아기가 태어나면 엄마의 태반에 연결되었던 탯줄을 잘라낸다. 아기는 엄마와는 독립된 하나의 인격체가 되어 있지만 죽을 때까지 엄마를 잊을 수가 없다. 그렇듯이 한국을 떠나 다른 나라로 이민 온 사람들도 마찬가지다. 다른 나라로 이민을 와서 쉽게 한국으로 다시 돌아갈 수 없지만 우리의 깊은 마음속은 엄마를 그리워하듯 떠나온 조국을 잊지 못하며 연결되어 있다.

2018년 12월 15일 버클리 문학 협회, 김희봉 회장님 댁에서 하는 송년 모임에 서울대학교 명예 교수이며 버클리 대학 초빙 교수인 권영민 교수님을 뵈었을 때 하신 말씀이 떠오른다. 일찍이 민

족사상가 안재홍 스승님께서 대한민국이 앞으로 잘 살아남으려면 한국에서뿐만 아니라 세계를 향해 뻗어 나가야 한다고 말씀하셨다고 한다. 우리가 한국 땅이 아닌 다른 나라에 가서 살더라도 그곳에 간 부모들이 조국에 대한 사랑을 자식들에게 전하면 우리의 자손들을 통해 우리의 조국이 전 세계를 향해 뻗어 나간다고도 본다. 다른 나라라면 꼭 미국뿐만이 아니다. 서유럽, 동유럽 그리고 브라질, 중국 등을 여행하다 보니 그곳에 사는 한국분들과 그들의 자제분을 만난 적이 있다. 그분들도 되돌아가지 못하는 조국을 바라보며 나처럼 외로울 것이라는 생각이 들었다.

미국에서 날씨도 좋고 미국의 큰 회사들이 많아 실리콘 베이 지역을 미국 사람들이 제일 선호한다고 한다. 그래선지 한국 사람들이 선호하는 서울의 강남 지역에 사는 기분도 든다. 그렇다면 내가 사는 실리콘 베이 지역은 한국 제2의 강남 지역이 아닌가? 한국 속에 미국 땅이 들어가 있다는 느낌이 든다.

한국 속의 미국이라? 미국도 우리의 마음먹기에 따라 한국 속으로 들어오게 할 수 있다. 미국에 산다고 소외된 느낌을 갖지 말고 나를 통해 우리 아이들에게 조국을 사랑하는 마음을 항상 전해야겠다.

◖ 아 버 님 의 진 심

　　밀레니엄이 시작하는 첫날이다. 2000년 1월 1
일 나는 대한 항공 비행기 안에 있었다. 비행기는 샌프란시스코를
떠나 한국 인천 공항으로 가고 있다. 1999년에서 2000년으로 바
뀌며 1월 1일 컴퓨터 프로그램이 천이라는 숫자를 인식하지 못하
여 비행기가 비행 도중에 추락할 수 있다는 소문이 돌고 있었다.
그래서인지 비행기 안은 거의 텅 비어 있는 느낌이다.

　비행기 안은 탑승객이 거의 없었기에 무척 조용했다. 6개월 전
인 1999년 여름에 똑같은 비행기 탔을 때의 비행기 안은 만원이었
기에 대조적이었다. 그 여름에 여행사에서 10살 된 아들이 어린
해병대로 참석할 수 있다고 하여 편찮으신 어머님도 뵐 겸 아들과
같이 한국에 왔었다.

　밀레니엄이 시작하는 새해 첫날 한국 서울의 겨울 날씨는 무척
추웠다. 링겔병과 주사 줄로 연결되어 병상 침대에 누워 계신 야
윈 어머님을 바라보니 마음이 저렸다. 3년 전 속이 쓰려 위장을
체크하려 병원에 갔다가 목 갑상샘 근처에 암이 있다고 하여 서울

대 병원에서 수술을 받아 다 완치되었는데 다시 다른 곳으로 전이가 되었다고 한다.

어머님의 정신은 매우 맑았고 기억력도 또렷하였다. 오래 못 갈 것 같다는 의사 말을 반신반의하였다. 의사가 오진하고 있다고 믿고 싶었다. 어머님 옆에 하루라도 더 있으며 간호하고 싶었으나 곧 미국으로 되돌아와야 했다. 아버님께 겨울철이라 약사가 모자라 직장 휴가를 오래 받지 못하여 곧 되돌아가서 죄송하다고 말했다. 그리고 미국으로 되돌아왔다. 한 3주가 지난 후였다. 집으로 돌아오니 전화기의 메시지 빨간 불이 반짝거린다. 어머님이 오늘 돌아가셨다는 오빠의 메시지를 듣는 순간 가슴이 철렁했다.

서울에 있는 오빠와 통화했다.

"아무튼 너는 여기 올 필요가 없다. 아버님이 나에게 당부하셨다. 너하고 연락되면 꼭 말하라고 했으니 여기 올 생각하지 말아라. 여기는 지금 장례식 준비하느라 무척 바쁘니까 이만 전화 끊겠다."

이번에는 언니와 동생에게 전화했다.

"언니 직장일 바쁜 걸 아버님이 알고 계세요. 그리고 바로 몇 주 전에 언니가 한국에 와서 어머님 보고 갔잖아요. 또 6개월 전 여름에도 여기 왔었구요. 안녕."

다음 날 직장에 가서 다시 3일 휴가 신청을 했다. 집으로 돌아오는 길이었다. 운전을 하는 중이었는데 갑자기 숨이 막혔다. 가슴 안이 찢어질 듯 아픔이 왔다. 숨이 쉬어지지 않았다. 눈앞도 어질거리며 희미해져 갔다. 주차할 만한 장소로 가서 차를 세웠다. 운전대를 잡고 눈을 감고 있는데 갑자기 눈물이 펑펑 쏟아진다.

얼마나 울었을까. 엄마가 곧 돌아가실 거라는 것을 이미 알고 있었는데도 후회와 한이 맺혀 나를 옭아매고 있었다. 결혼하기 전 25년 동안 키워준 엄마에게 효도 한 번 못 해보다니.

"미안해요. 엄마, 미안해요."

무엇 때문에 미국에 왔는지 한이 맺혔다. 어깨까지 흔들며 울고 있는 나에게 갑자기 마치 엄마가 옆에 있는 것 같은 느낌이 왔다.

"울지 말아라. 사랑하는 내 딸아, 울지 말아라."

숨이 멎을 듯 찢어질 것 같이 아파지던 가슴이 조금씩 포근하게 풀리고 있다. 비행기 표를 사고 전화를 하니 오빠를 비롯해 언니 동생 모두 나를 꾸짖고 있다.

"왜 언니 고집만 피우는 거야? 왜 아버지 말씀을 듣지 않는 거야?"

공항에도 바쁘니까 마중 나올 수 없다고 한다. 어머님이 계시는 영안실 병원으로 들어가니 다들 나에게 쌀쌀맞게 대하는 듯하다. 아버님 말씀 듣지 않고 고집 피우는 내가 무척 못마땅한 모양이었다. 장례식이 모두 끝나고 손님들이 떠난 후 집으로 오기 전 동생이 사는 여의도에 있는 식당에 들렀다. 우리 가족끼리만 들어갈 수 있는 방이었다. 아버님을 비롯하여 오빠, 올케 언니, 언니 , 형부, 동생 가족 그리고 남편과 나 그렇게 모였다.

"다들 수고 많이 했다."

가족이 모인 곳에서 아버님은 모두에게 그렇게 말씀을 시작했다. 그리고 나와 남편을 쳐다보았다.

난 아버님의 말씀에 복종하지 않고 한국에 나타났기에 꾸중 맞을 각오를 하고 있었다.

"여기 있는 모두들에게 고맙지만 특히 미국에서 온 명수와 네 남편에게 제일 고맙다."

너무나 예상 밖의 아버님 말씀이었다. 나뿐만 아니라 오빠 언니 동생 모두 놀라는 표정이다.

"너와 네 남편이 그 많은 친척들 앞에서 내 체면을 세워 주었다. 고맙다."

아버님의 진심. 난 또 하나 배운 것 같다. 내가 힘들까 봐 한국에 오지 말라고 다른 자식들에게 당부하셨지만 아버님의 속마음은 딸이 오기를 기다리고 있었다는 것을 그제야 알아챘다.

아버님의 진심을 듣는 순간 나는 눈물이 핑 돌았다.

정 원 사 의 실 수

　　　　　　　　남동향 방향으로 면적이 큰 창문이 거실에 붙어 있다.

　햇살도 부드럽게 들어와 여름에는 시원했고 겨울에는 따뜻했다. 창문 밖을 통하여 뒷마당이 보였고 울타리 너머로 시야가 탁 트인 전망이 있어 좋았다. 마치 하늘에서 비행기 창가에 앉아 내려다보는 듯했다.

　건축 회사로 꽤 명망이 높게 알려진 폰도로사 주택 회사에서 언덕 위의 맨땅을 밀고 현대식으로 개성 있게 집 여러 채를 건축했다. 집 자체는 넓고 멋있었으나 뒷마당은 입주하자마자 잔디도 심고 울타리 옆에 나무도 심으며 정원을 만들어야 했다. 정원 디자이너가 뒷마당 대부분을 설계하고 만들어 주었지만 시간이 흐르며 잔디 사이로 잡초가 나기 시작했다.

　주말이 되면 잡초 뽑다가 대부분 시간을 보냈다. 처음 한동안은 흙 냄새와 풀 냄새 맡아가며 자연 속에 들어가 사는 것이 즐거웠다. 얼마 지나자 팔과 다리에 근육통이 오며 온몸이 여간 지치는 게 아니었다. 해가 뉘엿뉘엿 저무는 시간까지 하나라도 더 뽑으면 잔디 한 부분이 잡초 없이 깨끗해지니 마음이 뿌듯했다. 그러나 하나만 더, 아니 하나만 더 하며 잡초 뽑으며 욕심을 부린 것 같다.

무엇보다도 다음 주말이 되어 다른 곳의 잡초를 뽑고 있으면 이전 주에 말끔히 뽑아 없었던 자리에 잡초가 무성히 다시 올라와 있어 맥이 빠졌다. 애완용으로 기르는 토끼 두 마리와 강아지가 집에 있었기에 독한 성분이 있는 제초제를 뿌리지 못했다. 점점 시간이 지나며 시골에서 일하던 예전 농부의 얼굴처럼 거무죽죽한 기미가 퍼지면서 얼굴이 검게 변해갔다. 선블록 로션을 바르고 모자를 쓰고 일해도 피부에 탄력을 잃어가며 잔주름이 자글거리는 선들이 거울을 통해 눈으로 들어왔다. 그때 내 나이 단지 36살이었다.

아름다운 정원을 만들려고 했다.

둘 다 일하는 부부로서는 정원 관리는 역부족이었다. 그렇다고 그냥 내버려 둘 수는 없었다. 비 오는 계절에 내버려 두었다가 잡초가 허리까지 자란 적이 있다. 그것을 본 후 우리는 두 손을 들었다. 정원사를 고용한 후 그들에게 전적으로 맡겨 어떻게 하나 간섭 말고 보기로만 했다. 정원사는 일주일에 한 번 와서 한 시간 정도만 일하고 간다. 잔디 깎는 기계로 잔디밭도 밀고 나뭇가지도 잘라내고 하여 뒷마당이 말끔해지고 있었다. 그들은 잡초를 뽑는 대신 잔디 위에 그냥 잡초를 죽이는 제초제를 뿌렸다. 그런데도 토끼와 강아지는 죽지 않았다.

세월이 지날수록 정원의 나무는 풍성하게 변했다. 옆으로도 퍼지고 위로도 올라갔다. 감귤나무와 도토리나무는 열매도 많이 맺었다. 가끔 응접실의 높은 천장 바로 아래 붙은 창문 가까이 하늘 높이 날아다니는 매가 보인다. 그제야 언덕 위 우리 집이 새들과 같은 눈높이에 있음을 알았다.

계절이 바뀌면서 기러기와 철새들이 기역 자 모양으로 줄줄이 날아가는 모습이 창문을 통해 목격된다.

아침 식탁에 앉아 커피 한 잔을 마시며 햇볕이 따사로이 들어오는 부엌 창문 밖을 내다볼 때가 있다. 새 꽁지가 날렵하게 올라간 새가 부엌 앞 뒷마당의 작은 초목에 앉아 나를 쳐다보고 있다. 머리 근처와 주둥이에는 빨간색 줄이 그어 있다. 나와 눈이 마주쳐도 도망가지 않고 꽁지를 흔들면서 애교를 떨었다.

어느 날은 동네의 뒤 언덕에 사는 야생 칠면조가 우리 집 뒷마당에 들어와 날개를 활짝 피고 뽐내며 움직이고 있다. 화려한 부채를 펴 놓은 듯하여 공작새가 날아왔는지 착각을 하였다. 머리에 관을 붙은 수사슴과 뿔이 없는 암사슴 한 쌍이 앞마당을 지나가며 고개를 숙여 끄덕거린다. 잔디 위에서 나에게 인사를 하는 것 같다. 앞마당 잔디밭에 뿌려진 물을 목에다 축이고 있었던 것이다.

도토리나무에서 떨어진 열매를 먹어선지 통통하게 살찐 다람쥐도 지나간다. 어느 때는 가끔 빠르게 지나가는 도마뱀을 보며 놀라기도 하지만 그때마다 강아지가 빠르게 나타나 짖으며 나를 보호하려고 한다.

시간이 갈수록 아침에 커피 한잔 마시며 뒷마당에 방문한 귀여운 동물들과 새들에게 정이 들고 있었다. 조용한 시간에 부엌과 거실 창문을 통해 뒷마당을 나 혼자 바라보고 있으면 마치 살아 있는 풍경화를 보고 있는 느낌이 든다. 아름다운 풍경이 담긴 명화 속에서 동물들이 움직이고 있어서였다.

날씨가 따뜻하고 하늘이 맑게 갠 날은 뒷마당으로 걸어가 벤치에 걸터앉아 향기 나는 박하차를 마신다. 저세상의 낙원도 지금 내가 사는 뒷마당 같아 보일 것 같다는 상상도 해 본다. 가끔 다람쥐와 눈을 마주치면 전에는 쪼르륵 도망가던 놈이 이제는 나에게 가까이 다가온다. 마주친 새의 눈에도 나에 대한 두려움이 보이지 않는다. 짹짹 조잘거리며 마치 나에게 무언가 말하는 것도 같다. 정원사가 일주일마다 정규적으로 뒷마당을 돌보아 주니 직접 마당의 잡초를 뽑으며 고생을 하지 않아도 되었고 시간의 여유가 생겨서 좋았다.

그러던 어느 날 정원사가 일하러 온 날이다. 옆집 사람이 우리 집 나무가 너무 자라 자기네 집 전망이 막혔다고 했다. 옆집은 언덕 위 전망이 직통으로 보이는 곳에 지어진 게 아니고 집과 집 사이로 들어와 있었다. 전망이 펼쳐져 보이지 않더라도 위층 창문으로 조그맣게라도 베이에 가득 찬 바닷물 풍경을 보고 싶을 것이다. 정원사가 온 날 옆집 사람이 우리 집 울타리에서 높이가 가장 큰 나무를 조금 낮추어 자를 수 있느냐고 부탁했다. 나는 옆집 사람과 사이좋게 지내고 싶었기에 그러라고 했다.

멕시코 사람인 정원사가 옆집 사람이 말할 때 영어를 잘 알아듣지 못했던 것 같다. 시간이 지난 후 뒷마당에 나왔다. 옆집 사람이 원한 건 키가 큰 나무 하나만 울타리 높이로 자르면 되었다. 그런데 울타리 주위에 심겨 있는 모든 나무들이 전기톱으로 줄을 맞추어 반듯하게 잘려져 있다.

초록빛으로 풍만하게 감싸여 있던 초목들로 낙원같이 보이던 뒷마당이었다. 정원이 초라하고 어설프게 변한 것이 순식간에 눈에 들어왔다. 더욱 놀란 것은 다섯 마리의 아기 새들이 새집과 함께 반 동강이 나서 바닥에 떨어져 있었다. 풍성한 잎으로 덮여 있는 나무 속 가지 위에 어미 새가 집을 지었기에 정원사에게는 보이지 않았나 보다.

엄마 새가 입에 물고 온 먹이를 먹으려고 하면 다섯 마리 아기 새들은 서로가 조그만 입을 벌렸다. 입을 오물거리며 앵앵거리던 모습이 눈에 어른거린다. 아기 새들의 그 입 벌린 모습이 너무 귀여웠었다. 그런데 그 아기 새들이 잘리고 부러진 나뭇가지들과 섞여 덤불과 함께 잔디밭에 떨어져 있다. 모두가 반 토막이 되어 있어 가슴이 철렁했다. 죽은 아기 새의 엄마 아빠 새 둘이 날아가지 않고 나란히 서서 아기 새들을 내려다보고 있었다. 그러다 난 그 엄마 새와 눈이 마주쳤다. 엄마 새는 나에게 눈으로 말하고 있었다.

"살려 주세요. 이 집 정원 주인이잖아요. 빨리 우리 아기 새를 일으켜 주세요."

난 아무것도 할 수 없는 나의 무능력에 가슴이 시려왔다.

"너무 늦었어. 미안해."

단, 한 가지 실수였다. 뒷마당 정원을 낙원에서 지옥으로 만들 수 있다는 걸 그때 배웠다. 영어를 이해 못 하는 정원사를 고용한 것은 나였다. 그렇다면 내 잘못인가? 누구의 실수이든 간에 우리의 인생도 이런 조그만 실수로 낙원이 지옥으로 바뀔 수 있다. 하지만 이미 일어난 사건을 어떻게 하랴.

시간이 다시 지나면서 울타리 근처의 나무들은 다시 자랐고 정원은 다시 아름다워졌다. 하지만 난 그 다섯 마리의 아기 새들과 어미 새와 아빠 새의 원망하던 눈빛을 잊을 수 없다. 나란히 나무 위에 앉아서 몸뚱이가 두 동강으로 잘려 나간 자기들의 자식 아기 새를 내려다보던 어미 새와 아빠 새의 슬픈 눈. 나를 바라보며 간절히 도움을 요청하던 눈빛이 눈에 선하다.

인간처럼 말을 할 수는 없어도 어미 새와 아빠 새가 나에게 전하는 메시지를 느꼈다면 단순한 착각이었을까. 뒷마당의 공간에서 서로에게 두려움 없이 가까이 지내던 가족 같은 새들이었다.

이미 이루어진 죽음 앞에서는 아무것도 할 수 없다는 나의 무능력 그리고 나의 한계를 절실히 느꼈던 그때의 기억을 씻을 수가 없다. 오직 내가 할 수 있었던 건 그 어미 새와 아빠 새 앞에서 정원사에게 얼굴을 찡그리며 왜 아기 새들까지 죽이며 전기톱을 이용하여 나무를 자르느냐고 화를 냈을 뿐이었다.

그때의 그 정원사는 요즈음도 일주일에 한 번씩 집에 와서 정원 일을 돌보고 있다. 시간이 지나면서 울타리 근처의 나무들은 다시 자랐고 정원은 다시 아름다워졌다.

이처럼 아름다움 속에도 우리 눈에 보이지 않는 슬픔이 잠겨있는 것일까?

◖ 다 정 한 표 정

　　주유소에 가서 자동차에 기름을 채우려 하였다.

　신용카드를 쓰려고 하는데 고장이 났으니 안으로 들어와 돈을 내라고 하는 사인이 들어왔다. 누구와 만나기로 하였기에 시간 맞추어 바삐 가야 하는데 이런 일이 생기면 짜증이 나기 마련이다. 문을 열고 안으로 들어가는데 한 중년 여인이 밖으로 나오고 있다. 그 사람도 나와 같은 이유에서 짜증이 난 듯했다. 불평이 가득 찬 심술궂은 표정에 언제 터질지 모르는 표독스러운 눈과 마주치자 순간 소름이 끼쳤다.

　안으로 들어가 카운터에 돈을 내려고 기다리고 있는데 또 다른 미국 할머니가 물건을 사고 있는 모습이 보였다. 할머니가 내 뒤에 서서 돈을 내려 기다리고 있는 사이 뒤돌아 마주 보게 되었다. 미국 할머니의 표정은 온화하고 부드러웠다. 아까 문밖을 나가던 중년 여인과 비교가 되어서인가?

　할머니의 얼굴은 나이가 들어 쭈글쭈글했지만 나와 마주친 눈매는 밝았고 미소를 짓고 있어서인지 귀엽기까지 하였다. 처음 만나는 사람인데도 나를 쳐다보는 그 다정함에 내가 빠져드는 듯했다.

'나도 저 할머니 나이가 되었을 때 저렇게 보이면 좋을 텐데 어떻게 하면 저렇게 될 수 있을까?'

누군가 40살이 지난 다음의 얼굴은 자기가 살아오면서 만든 얼굴이라 하였다. 태어나면서 순했던 사람도 표독스럽고 혐오스러운 얼굴로 변할 수 있다는 말이다. 반대로 태어난 후 어렸을 때는 무뚝뚝하고 심술궂게 보이던 사람도 온순한 얼굴로 변할 수 있다는 뜻이었다.

직장에서 일하면서 들은 말이 떠오른다.

나는 다른 사람과의 문제가 있으면 부딪히지 않으려고 노력한다. 나뿐만이 아니라 대부분의 사람들 모두 그렇게 지내려고 노력하고 있을 것이다. 그런데도 어느 곳에서나 부딪히는 일은 생기고 있다. 약국에서의 일은 조용할 때는 일이 없다가 바빠지기 시작하면 일이 한꺼번에 몰린다. 한 사람이 한 번에 한 가지 일밖에 못 한다는 건 모두 알고 있지만 서로가 자기 앞에 생긴 일이 더 중요하니 먼저 해야 한다고 생각한다. 그럴 때 모두 일을 나에게 갖고 와서 빨리해 달라고 한다. 두세 가지 일을 한번에 하고 있어 일이 늦어지는데도 내가 늦게 한다고 불평하는 소리가 들리면 화가 나기 시작한다. 내 딴에는 화가 나서 속에서 부글부글하는데 그걸 꼭 참고, 해 달라는 일을 모두 끝맺었다. 나는 화도 내지 않고 최선을 다해 일했는데 그러면 고마워해야 할 텐데 그러지를 않았다.

나중에야 한 약국 테그니션이 나에게 솔직히 말했기에 알았다.

내가 화가 난 표정이 자기네들에게 전해진다고 했다. 약국 안 전체 분위기가 내 표정 때문에 침체되어 불안해진다고 했다. 그제야 나는 깨달았다. 나는 화를 내지 않고 참았기에 내가 무척 잘하는 줄 알았는데 그게 아니었구나. 내 속이 부글거리는 걸 참았다는 건 1차 시험에는 통과한 거지만 내 표정에 내 마음이 나타나고 있어 내 주위의 사람을 불안하게 만들고 있으니 2차 시험에는 통과하지 못한 것이었구나.

컴퓨터 스크린만 쳐다보면서 온종일 일하며 지내다 보니 로봇 같은 무표정한 얼굴로 이미 변해 버린 건 아닐까. 아직도 늦지 않았다면 따뜻하고 온화하며 나이가 들어가도 귀여운 얼굴로 바꾸고 싶다.

그렇게 보였으면 한다. 나이가 들어 쭈글쭈글해지는 외모는 바꿀 수 없어도 그 할머니처럼 누구에게나 언제 보아도 부드러운 표정으로 변하고 싶다. 얼굴의 생김새는 쉽게 바꿀 수 없어도 우리의 표정은 우리의 마음먹기에 따라 바꿀 수 있을 것이다.

그래서 나를 보는 사람이 나에게 다정하게 끌려 들어왔으면 한다.

농담

　　　　　서로가 좋은 관계를 맺으려면 대화가 매우 중요하다고 배운다.

　부부 사이에서도 그렇고 친구 사이에서도 그렇고 직장생활이나 사회생활에서도 마찬가지다. 그런데 때때로 대화를 하다 보면 오해가 생겨 상대방의 마음에 상처를 입힌다. 그래서인지 옛적부터 한국에서는 아무 때나 필요 없이 말하는 사람보다는 과묵하게 입 다물고 침묵을 지키고 있는 사람을 더 좋게 생각한다. 또한 '남아일언 중천금'이라는 말도 있다. 한국의 생활 습관 문화로 볼 수 있다.

　사람들이 하루에 얼마나 말을 하는지 연구한 발표가 있다. 하루에 평균 여자는 2만 개의 단어 그리고 남자는 7천 개 단어 정도 말한다고 심리학자 브리잰디가 2013년에 발표했다. 물론 다른 학자는 남녀가 거의 비슷하게 말하거나 도리어 남자가 여자보다 더 말한다고도 발표했다.

　니켈 멀피는 왜 여자가 남자보다 더 떠드는가에 대한 연구를 과학적으로 분석하여 2015년에 발표했다. 여자의 뇌에는 감정이 흐르는 통로가 마치 고속도로 8차선과 같이 빠르게 흐르게 만들어져 있고 남자의 뇌는 좁은 길의 통로로 되어 있다고 묘사하였다. 또한 여자와 남자의 호르몬이 각각 틀려서라고도 설명한다. 어느 학자가 더 맞는 이론을 설명하였는지 나로서는 증명할 수 없다. 하지만 일정한 숫자의 사람들을 임의로 추출하여 통계에 의해 나온 자료를 쓰고 있기에 그들의 연구 발표가 신빙성이 전혀 없는 말은 아니라고 본다.

손녀와 손자가 태어났을 때 그들을 돌보다 보니 여자아이가 남자아이보다 말을 빨리 배우고 많이 떠드는 것을 알아챘다. 3살밖에 되지 않은 손녀딸이 내가 말했던 어려운 단어도 기억하여 사용하기에 놀란 적도 있다. 거기에 비하면 손자는 입을 다물고 별로 말하지 않는다.

요사이는 회사에서도 직원들의 능률과 업무 성과를 올리기 위하여 효과적인 의사소통이라는 주제하에 직장에서 일 년에 한 번씩 교육을 받기도 한다.

해학적인 유머를 쓰면서 대화를 하면 분위기가 더 부드러워진다고 한다. 찰리 채플린도 "웃음 없는 하루는 낭비한 하루다"라는 명언을 남겼다. 그래서인지 농담이나 익살스러운 우스갯말을 의도적으로 쓰는 사람이 있다. 농담으로 말하는 사람의 의도와는 다르게 잘못 전해질 수가 있다는 걸 알았다.

오래전 직장에서 이런 일이 있었다. 하루 8시간 일하면 15분씩 하루에 2번 휴식을 취하도록 노동법에 나와 있다. 그렇게 취하는 짧은 휴식 시간을 브레이크 타임(break time)이라 한다. 3시간 반 정도 일하고 나면 일하다 말고 밖에 나가 휴식을 취할 수 있지만 옆에서 같이 일하던 사람에게 알리며 나가는 게 통상의 예의다.

"나 브레이크 타임 하고 올게."

옆에 서 있던 키가 큰 독일계 백인 약사가 말한다.

"알았어. 가서 브레이크 다운 해라."

그 말을 듣는 순간 너무 기분이 나빴다.

'나보고 망가지라고? 저 약사가 나를 무시하고 있잖아.'

브레이크로 들리기에는 똑같지만 전혀 다른 뜻이 있다. '브레이크 다운'이라는 표현에는 부서져 망가지는 의미가 있다. 그 시절만 해도 지금과 달리 난 젊고 패기가 있었다. 나에게 함부로 말하며 무시하는 사람을 그냥 내버려 둘 수 없었다. 화가 이미 올라온 나는 15분의 휴식 시간을 제대로 쉬지 못했다. 다시는 그가 나에게 허튼 말을 지껄이지 못하게 어떻게 대응하여야 하나 골몰하다 휴식 시간이 다 지나버렸다.

그런데 같은 날 시간이 한참 지나 다시 두 번째의 휴식하는 시간이 되었다. 이번에는 나 대신 백인 여자 약사가 먼저 휴식을 취하겠다며 일하다 말고 나가면서 말한다.

"나 브레이크 타임하고 올게."

나한테 말했던 똑같은 백인 약사 남자가 "알았어. 가서 브레이크 다운 해라."고 같은 말을 한다. 그런데 그 백인 여자 약사는 그 말에 깔깔 웃으며 대답하고 나간다.

"그럴게. 네가 원하는 대로 그렇게 하고 올게."

그제야 나는 똑같은 말을 들었는데도 둘의 반응이 극과 극이라는 것을 알았다.

한 사람은 농담을 예민하게 받아들여 화가 나서 휴식 시간 15분을 낭비했다. 그런데 다른 한 사람은 농담을 심각하게 받아들이지 않아 즐거운 마음으로 휴식을 취했다.

농담을 한 귀로 듣고 다른 귀로 흘려보낸 것이다.

말하기를 잘하는 것도 중요하지만 남이 한 말 특히 농담은 예민하게 받아들이지 않는 게 나를 위해 좋다는 걸 다시금 깨닫게 하는 시간이었다.

◖ 친 구 모 임

　　　　　미국에 와서 친구들 못 본 지도 오래되었다.
바쁜 것이 가장 큰 이유였을 것이다. 두 번째 이유로는 친구들이
어느 곳에 사는지 몰랐다. 친구 한 명이 로스앤젤레스에 사는 건
알고 있었기에 한 번 찾아가 만난 후 그것이 전부다. 그 후에도 로
스앤젤레스에 갈 일이 여러 번 있었다. 간 김에 다시 한번 전화라
도 하여 친구를 만나고 싶었다. 그런데 이곳저곳 볼 일을 먼저 하
다 보면 지쳐서 간 김에 친구 보고 싶다는 마음이 사라지고 만다.

　한 편으로 그 친구도 바쁘게 지내고 있을 것 같아 폐를 끼치는
것이 싫었다. 그러다 보니 친구와의 사이는 점점 멀어져 가고 서로
에게 잊혀 간다. 그러다 한 친구의 연결로 미국에 사는 여고 동기
들이 일 년에 한 번씩 모인다고 하였다.

　그 숫자가 100명이 넘어 놀랐다. 물론 그 숫자에는 미국뿐만 아
니라 캐나다와 브라질 그리고 호주에 사는 친구 이름도 있다. 그
러나 대부분 미국에 와서 사는 친구들이다. 졸업할 때 동기가
480명이었는데 100명이나 미국에 왔으니 20% 이상이 미국에서

살고 있었던 것이다.

뉴욕주에서 방사선치료 암 전문의로 일하고 있는 친구가 회장이 되어 30여 명 이상이 해마다 만나고 있다. 뉴욕과 캐나다의 나이아가라 폭포, 브라질의 이과수 폭포, 페루의 마추픽추 그 외에도 멤피스의 엘비스가 살던 집, 시카고의 시어즈 빌딩 등 해마다 여행을 하며 보고픈 친구를 만난다.

2019년은 샌프란시스코로 온다고 한다.

그동안 다른 곳에 초청받아 가면 그곳에 사는 친구들이 헌신을 다하여 우리 여행을 도와주었다. 샌프란시스코 지역에 사는 나로서는 무엇을 할까? 내가 사는 집에서 자동차로 5분 떨어진 곳에 역사적으로 알려진 미숀 성당이 있는 게 떠올랐다. 그래서 우리 집에서 점심도 하고 식사 끝난 후 그 성당도 관람하자고 회장에게 제안했다.

30명의 친구들이 버스를 대절하여 샌프란시스코를 관광한 후 우리 집 문 앞에 주차했을 때는 그 큰 버스 사이즈에 동네 사람들이 무슨 일인가 하고 다 놀랐을 것이다. 친구들이 몬트레이를 향하여 가기 전에 들렀다. 몬트레이는 『분노의 포도』로 노벨상을 받은 죤 스타인 백이 살던 살리나스에서 30분 정도 떨어진 가까운 곳이다.

버스를 타고 친구들과 여행하고 싶었지만 30명의 점심 식사 준비하는 게 그리 쉽지는 않았다. 같이 여행은 못 하고 식사 대접만 준비하겠다고 하였다. 대부분의 요리는 한국 레스토랑과 중국 레스토랑에서 주문하여 집으로 날랐다. 내가 직접 기름 튀기거나 지지는 걸 하며 요리를 하지 않았기에 시간은 많이 절약되었다. 그래도 불고기 준비, 미역국, 찌개 준비, 식사 전에 먹을 에피타이저와 식사 후에 먹을 디저트인 과일, 케익과 차 등을 준비하였다.

혼자서 부산스럽게 움직이다 보니 온몸이 묵직해지다가 나중엔 나른하게 변한다. 빨리 움직이다 보니 무릎도 떨려온다. 보다 못한 남편이 도와준다고 하여 고마웠다. 하지만 뒷마당 바베큐에서 불고기만 굽고 친구들 오기 전에 밖으로 나가 달라고 했다. 30명 여자들만 있는데 남자 혼자 있으면 친구들에게도 남편에게도 분위기가 쑥스러울 것만 같아서였다.

마침내 친구들이 현관문으로 들어오기 시작하였다. 보고픈 친구들의 얼굴을 보자 조금 전까지 피곤하여 묵직했던 몸이 새처럼 가벼워지며 음식을 날라줄 때는 마치 날고 있는 듯한 기분이 들었다. 레스토랑에서 주문한 튀긴 새우, 튀긴 닭다리, 기름에 지진 여러 가지 전은 반 이상이나 남겼다. 하지만 내가 만든 메기탕과 미역국은 맛있다며 거의 남김없이 먹었다. 봉지로 사 온 종가집 총각김치는 여행하던 중 먹는 김치라서 더 입에 당겼는지 양이 모자랐다.

다른 일이 겹쳐 친구들과 여행을 같이 못 하는 친구 한 명이 손님상을 준비하고 있을 때 집에 찾아왔다. 나에게 30명 음식 장만하느라 돈이 들었을 거라며 그 비용에 보태 쓰라며 돈 봉투를 내민다. 음식 장만은 내가 자의로 하는 거니 절대 돈을 받을 수 없다고 했다. 친구는 또 다른 친구가 돈이 들어갈 수도 있었을 거라며 회계를 맡은 친구에게 돈을 넘겼다. 그리고 집 안에 약속한 모임이 있다며 먼저 떠났다.

며칠 후 그 친구에게서 이메일을 받았다.

"명수야, 많이 많이 고맙고 내가 미안해. 금전적으로 보태지 않아서가 아니라 많은 손님을 치르려면 음식을 죄다 주문하더라도 상 차리는 데 할 일이 얼마나 많은데, 게다가 치르고 나면 나중에 치우고 정리하고 하다못해 쓰레기 모아 치우는 것도 일인 것을 내가 잘 아는데. 애들 떠난 후 설거지도 좀 도와주고 그랬어야 하는데. 글쎄 내가 요사이 건강이 좋지 않아. 어쩌면 이 미국의 다른 무리 사람들과 섞여 사는 탓이라고도 하는 내게도 의문이지만 기왕에 한 발을 들여놓으면 적극적으로 해야 하는데 나는 밤낮 주변에서 얼씬거리는구나. 그래도 가물가물한 눈으로 자세히 들여다보면 너희들 덕분에 옛날에 본 낯선 자취가 살아오겠지. 무뎌진 감각으로나마, 아 내가 그 세상을 살았었지 하고. 반가웠어. 명수 너가 그런 자리를 마련해주지 않았으면 아마 그 기회가 없었을 거야. 돈에 여유가 있다 해도 그런 자리를 마련하기가 쉬운 일은 아닌데. 고마워. 옛날 옛적에 읽은 애고니 앤드 엑스타시에 마이클 앤젤로가 피에타 조각을 끝낸 후 세인트 피터스 성당에 남몰래 옮겨 놓는데 카라라마블 채석장 인부들의 도움을 받고 나중에 돈을 주려고 하나 그 인부들이 거절하면서 We take our pay in heaven (천국에서 우리의 보수를 받을 거예요) 하던 게 생각났다. 복 많이 받어, 명수야."

그 친구는 여고 시절 글을 잘 써서 학교 문학지에 그녀의 글이 실리곤 하여 읽은 적이 있다. 그래서인가? 아니면 친구라서인가? 아무튼 난 그 친구의 글을 읽으며 무척 고마웠다. 마음이 뭉클해지면서 친구의 따뜻함을 느꼈다.

벌써부터 친구들이 다시 보고 싶다. 해마다 한번씩만 만나니 일 년을 다시 기다려야 한다.

◖ 화장장과 먼지

방구석 위에 붙어 있는 작은 스크린에서 번호가 나오고 있다.

이제 곧 번호가 나오면 소각이 시작될 것이다. 드디어 기다리던 번호가 나왔다. 방 안에 있는 사람들 모두 침묵을 하고 있다. 스님의 목탁 소리만 들린다. 가끔 스님의 말씀 소리도 들린다.

"여러분이 소중하게 여기는 만년필을 갖고 있었는데 어느 날 잃어버렸다고 하면 기분이 어떻겠습니까?"

그리고 다시 목탁 소리가 들린다.

"항상 옆에 있어 익숙하고 정이 들었던 만년필이라고 합시다. 그것을 잃어버리면 한동안 마음이 무척 슬프고 괴로울 것입니다."

스님의 목소리는 묵직하면서도 낮은 톤이다.

"마찬가지입니다. 우리에게 영혼이 머물러 있었던 육신이 90년 이상 같이 있었는데 지금 그걸 버리고 떠나야만 합니다. 그래서 슬퍼하고 있습니다."

마침내 기다리던 번호가 지나가고 다른 번호가 스크린에 나왔다. 또 다른 죽은 사람의 육신이 타고 있는 것이다. 방에 있던 사람들 모두 아래층으로 내려갔다. 투명한 유리창 안으로 막 소각된 시아버님의 뼛가루가 모여 있었다. 뼛가루에 녹지 않고 형체가 구부려진 철사 같은 이물질이 섞여 있다. 그건 얼마 되지 않는데도 더 뚜렷하게 눈에 띄었다.

모두가 차에 올라타 절로 향했다. 시아버님이 원하셨던 장례대로 행하기 위하여 절에 있는 뒷산을 올라가 나무 밑에 방금 소각한 뼛가루를 뿌렸다. 하얀 가루가 바람에 흩날리기도 했지만 소나무와 참나무 둥지 밑으로 조금씩 뿌려지고 있다. 우리 인생이 장수하여 90년을 넘게 살아도 결국은 이렇게 작은 모양인 먼지로 변하여 바람에 흩날리고 있구나.

앰트랙 2층 기차를 타고 집이 있는 프리몬트에서 새크라멘토까지 가면서 기차 창문 밖을 내다보곤 하였다. 기차 안 2층에 있는 카페에서 커피 한 잔을 시켜놓고 커피 향을 맡으며 투명한 유리창 밖을 내려다보았다. 가끔씩 차창 밖으로 바람에 날아가는 마른 나무 잎새가 보인다. 미세한 먼지도 같이 흩날리고 있다. 그때 들려오던 보컬팀 캔사스 '바람 속의 먼지(Dust in the wind)' 노래 가사다.

"잠시 눈을 감았을 뿐이야. 그런데 그 순간이 순식간에 사라지고 있어. 신기하게도 눈앞에서 내 모든 꿈들이 스쳐 지나가고 있었어. 바람에 흩날리는 먼지들. 그것들은 모두 흩날리는 먼지일 뿐인데… 우리는 그저 바람에 흩날리는 먼지일 뿐이야. 모든 것은 그저 바람에 흩날리는 먼지일 뿐이야."

1977년에 노래가 발표되었는데 40년이 지나도 미국 앰트렉 기차 카페에서 들려오고 있다. 차창 밖을 내다보며 듣고 있다가 난 잠시 눈을 감았다. 슬픈 곡조라서인지 지나온 시간의 추억들이 떠오르면서 눈물이 흘러나왔다. 그런데 눈물을 흘리고 나니 그 가사가 이상하게도 내 마음을 차분하게 정화시킨다.

사찰 뒷동산 소나무 둥지 밑으로 아직도 온기가 있는 시아버님의 소각된 뼛가루가 뿌려지고 있다. 그렇게 흩날리는 가루를 보며 왜 눈에서 눈물이 계속 흐르고 있는 것일까? 이루고 싶은 꿈을 향하여 몸부림치며 살아가는 삶이 허망하게 느껴져서일까? 부자나 가난한 자나, 권력자나 평범한 사람이나, 지식인이나 배우지 못한 사람이나, 유명세를 타고 있는 사람이나 그렇지 못한 사람이나 모두가 흙이 되어 언젠가는 먼지로 변한다.

모두가 평등하게 한 줌의 흙으로 변하고 있다. 인생의 끝이 똑같이 평등하게 먼지로 변하는 걸 보며 남은 인생에 대해 생각해 본다. 남이 보기에 성공하여 남보다 더 잘 되어 보려는 헛된 꿈은 잠시 눈을 감고 있는 찰나에 불과한 것이다.

상대편을 배려하는 따뜻한 마음의 사람이 되고 싶다. 가족들과 친구들에게 그러한 기억으로 남겨지고 싶다. 그런데 아직도 너무 부족한 나를 본다.

PART 3

추억, 자녀와 함께

◗ 아들의 이력서

아들이 대학에서 의과 대학으로 막 들어갔을 때이다.

아들이 학교를 옮길 때 사용하던 소지품 중 필요한 물건들을 골라 차에 싣고 새 대학으로 가는 걸 도와주었다. 집으로 돌아온 난 아들의 방에서 옛 대학 기숙사에서 쓰던 책들과 옷가지 등을 정리하고 있었다. 책갈피에 끼어있던 종이 한 장이 떨어졌다. 다시 제자리 책갈피에 집어넣으려다 글을 읽게 되었다.

아들의 이력서였다. 아들의 이름, 전화번호, 이메일 주소 등이 맨 윗줄에 쓰여 있었고 다음 줄부터는 언제부터 언제까지 어디서 무슨 일을 했었다는 내용이 자세히 적혀 있다. 아들이 고등학교 때였다. 학교에 다니면서 일을 하고 있었다는 건 알고 있었다. 고등학교 근처에 있는 학원에서 파트타임으로 일할 학생을 구하고 있었다. 하루는 아들이 집에 와서 들떠 있는 목소리로 나에게 말했다.

"엄마, 저 일하게 되었어요. 여러 명이 응시했는데 제가 뽑혔어요. 내일 저녁부터 학교 수업이 끝나면 그곳에서 일하다 집에 올 거예요."

"아서라. 너 좋은 대학 들어가려면 고등학교 1학년 2학년 때 학교 성적이 매우 중요하다 들었어. 네가 일하면 너 공부할 시간이 모자라잖아. 용돈이 필요하면 엄마가 줄 테니 가서 일할 생각 아예 하지 말아라."

"엄마 말씀도 맞는데요. 그렇지만 전 그곳에서 일하고 싶어요. 제가 학교 공부도 열심히 해서 좋은 성적 유지할 테니까 일하게 해 주세요."

그때 아들이 일하겠다는 고집을 꺾지 못했다. 다음 학기 성적이 떨어지면 그걸 이유 삼아 그만두게 하려 하였다. 그러나 예상과 달리 아들은 좋은 성적을 계속 유지하였고 대학입시 중의 하나로 보는 SAT 영어도 만점을 받아왔다. 그리고 나는 그 일을 잊어버리고 있었다. 나는 아들이 그 학원에서 무슨 일을 하느냐고 꼬치꼬치 물어본 적이 없다. 단지 최저 임금 받고 하는 일이라 전화 받고 장부 정리하며 도와주는 사무직 정도의 일이라고 여기고 있었다. 그런데 책갈피에서 떨어진 종이 한 장의 이력서에 어떠한 일을 했는가에 대한 근무 내용이 나를 놀라게 했다.

물론 전화도 받고 장부 정리도 도와주었다. 그 이외에도 아들은 학원이 끝나 모두 돌아간 후 혼자 남아 책상을 닦았고 교실과 사무실 바닥을 쓸었고 또 안에 있는 쓰레기통들까지 끌고 나가 주차장 밖에 있는 큰 쓰레기통에 버린 내용이 적혀 있었다. '내 아들

이 청소부로도 일했단 말인가?'

물론 학원 원장이 아들을 신용했기에 열쇠까지 맡기며 그러한 임무를 주었을 것이다.

하지만 아무리 커도 어린 아기로 보이는 엄마에겐 고등학생인 내 아들은 보호 받아야 할 시절이었다. '혼자서 어두운 시간에 그런 일을 하다니? 나쁜 깡패라도 지나가다 행패 부리면 혼자서 어떻게 하려고.' 시간이 흘러 고등학교를 졸업하고 대학 4년을 다닐 때였다. 대학은 집에서 500마일 이상 떨어져 있었기에 아들이 일하며 학교를 다니고 있었는지 전혀 몰랐다. 의과 대학을 가고자하는 마음이 있었기에 병원에서 의사를 따라다니며 도와주는 볼런티어로 일하는 것은 알고 있었다. 그런데 이력서에 적혀 있는걸 보니 대학 시절 일본 식당 스시 만드는 집에서 웨이터로 일한 것이 쓰여있다. 어느 날 아들하고 집 근처 일식집에서 같이 식사를 하고 있었는데 아들이 스시 종류에 대해 많이 알고 있는 게 신기했었다. 이제야 알 것 같았다. 물론 대학생이 되었기에 일자리를 구할 때 18살이 지나서 더 이상 미성년이 아니기에 법적으로 부모의 허락을 받을 필요는 없다.

'그래도 이런 이력서를 만들 때 병원에서 자원봉사로 일한 것만쓸 것이지, 웨이터로 일한 건 쓰지 않아도 됐을 텐데.'

나는 귀공자같이 생긴 나의 아들이 음식을 날라주며 남의 시중을들어주는 웨이터로 미천한 일을 했었다고 생각하니 속이 상했다.

'엄마 아빠가 너희들 소중히 키우느라 이렇게 열심히 일하고 있

었는데, 돈이 필요하면 부모한테 손을 내밀지 왜 아무 말도 하지 않고 그런 일 했니?'

나는 나도 모르게 체면만 생각하고 있는 나 자신을 발견하며 부끄러워졌다. 엄마 아빠도 이젠 남부럽지 않게 잘살고 있다는 잘난 척하는 오만이 나에게서 보여서였을까? 나 자신에 대해 알아갈수록 부끄러워지면서도 한편으로는 아들이 대견스럽게 느껴졌다.

의과대학을 응시하며 학교에서 물어보는 여러 가지 질문 내용 중 어디서 하루에 몇 시간 일했느냐에 대해 다른 사람들의 시선을 염두에 두는 엄마와는 달리 거짓 없이 대답한 아들이 대견했다. 어쩌면 의과 대학 응시를 한 그 많은 학생들 중에 뽑혔던 건 최저임금 근무를 성실히 일한 아들의 이력서에 시험관이 감동을 받은 건 아니었을까.

하찮은 일이라도 부끄러워하지 않고 본인이 필요한 용돈을 만들며 부모의 도움 없이 혼자서도 할 수 있다는 독립정신을 보았을 것이다.

◗ 스트레스

      스트레스가 무엇인가 하는 설명을 초등학교 담임 선생님에게서 처음 들었다.

  혼자서 산길을 걷고 있다. 그런데 갑자기 호랑이가 내 앞에 나타났다고 하자. 가만히 있으면 잡아먹힌다. 어떻게 하겠느냐? 호랑이와 싸우겠느냐? 아니면 도망가겠느냐? 호랑이에게 잡아먹히지 않으려고 죽을힘을 다하여 도망가고 있는 나의 모습이 떠올랐다. 아무리 빨리 뛰어도 점점 내 뒤를 따라오고 있을 호랑이를 상상만 해도 오금이 저린다. 그때 난 생각했다. 싸우는 것도 스트레스 받지만 도망가는 것 또한 스트레스 받을 것이다.

  그런데 스트레스가 나쁜 것만은 아니라고 한다. 정상적으로는 스트레스가 전혀 없는 삶보다 스트레스가 어느 정도 있는 삶이 더 좋다고 한다. 스트레스가 좋은 동기를 부여하기 때문이다. 직장에서 더 높은 지위로 승진을 하게도 만들고 마라톤의 마지막 일 마일을 남겨놓고 포기하지 않고 끝을 내게도 한다.

  그러나 스트레스를 풀지 않고 오랫동안 내버려 두면 직장, 가족

관계, 그리고 건강에 있어 심각한 문제를 만들 수 있다. 통계에 의하면 미국 인구의 70% 이상이 스트레스 때문에 친구 또는 연인들과 싸운다고 한다. 오스트리아 출신의 헝가리계 캐나다인 내분비학자 한스 셀리에(Hans Selye)는 추위, 외상, 독극물 등 외계로부터의 부적당한 자극이 뇌하수체전엽 부신계의 호르몬 분비로 대응한다고 하는 스트레스설을 제창하였다. 스트레스를 받았을 때 전신에 나타나는 반응을 일반적응증후군(General Adaptation Syndrome)이라고 명명하였다. 한스 셀리에의 스트레스 반응을 알아보자. 스트레스 요인에 대처해 평온한 상태를 유지하려는 생리상 반응, 즉 '싸움-도주 반응'을 하는 과정이다. 즉 우리의 몸은 스트레스를 받으면 스트레스에 경계하거나 스트레스에 저항한다. 스트레스 저항은 3단계로 구분된다. 1단계는 경보, 2단계는 저항, 3단계는 탈진이 된다. 여기서 탈진은 장시간 노출됨으로 신체적 고갈을 야기할 뿐만 아니라 심리적으로 정서적인 불안정한 상태에 취약하게 만들 수 있다는 점에서 매우 위협적이다.

스트레스 받았을 때 심리적으로 나타나는 여러 가지 증상을 살펴보자. 우울, 걱정, 분노, 불안, 예민 반응, 수면 장애, 기억 장애, 집중 장애, 판단을 잘못하거나 잘못된 결정을 내린다. 신체에 나타나는 증상은 어떠한가? 근육통, 가슴 통증, 매사에 기운이 없고 피곤하다. 장시간 스트레스가 계속되면서 정신적으로는 정신 이상이 생기기도 하고 신체적으로는 심장병, 고혈압, 부정맥, 심장마비, 또는 스트로크이 생길 수 있다.

그렇다면 어떻게 스트레스를 풀까? 여러 가지가 있지만 제일 먼저 권장하는 건 운동이다. 걷는 운동, 줌바댄스 두 번째로 글쓰기, 그림 그리기 등 본인이 좋아하는 취미 생활을 한다. 세 번째로 많이 웃으라고 한다.

스트레스가 생기는 원인을 찾아보니 사람마다 모두 다르다. 제일 큰 스트레스는 배우자가 죽었을 때라고 한다. 그리고 자식이 죽었을 때, 부모님이 돌아가셨을 때이다. 두 번째로 이혼이라고 나와 있다. 세 번째는 직장에서 해고되었을 때, 네 번째는 장기간 병에 걸렸을 때, 다섯 번째는 사업이 잘되지 않아 빌린 돈을 갚지 못할 때라고 적혀 있다. 물론 그 순서는 다를 수도 있다.

아들이 의대 공부를 하고 있을 때 잠시 시간을 내어 집에 찾아왔다. 오랜만에 집에 왔기에 난 아들을 기쁘게 하기 위하여 바다가 내려다보이는 경치 좋은 리츠 칼튼 호텔로 가서 아들의 기분을 좋게 하려 하였다. 대학 들어가기 전 아들이 바쁘게만 지냈던 게 떠올랐다. 아들은 집에서 쉬고 싶다 하였다. 하지만 난 아들과 같이 좋은 추억을 만들고 싶었다. 전망이 좋은 곳 이름난 호텔에 가서 아들과 식사도 하며 커피도 같이 마시며 그곳의 멋진 경치 구경도 시키고 싶었던 것이다. 아들은 아직 한 번도 가보지 못한 곳이었다.

호텔은 집에서 30마일 떨어진 하프문 베이에 있었지만 가는 길이 산길이라 오르락내리락하며 돌고 있었다. 엄마와 아빠를 따라오기는 했지만 아들의 표정은 내내 굳어 있었다. 호텔 카페 커다란 창문으로 내려다보이는 해변가의 풍경과 골프장의 잔디는 아름다웠다. 파도가 칠 때마다 하얀 거품이 눈에 선명하게 들어왔다. 초록색의 잔디와 출렁이며 나타나는 파도에 의한 거품의 하얀색이 조화를 아름답게 이루어 한 폭의 그림을 보는 듯했다. 커피 맛을 즐기며 앞에 앉아있는 아들을 보았다. 아들도 아름다운 경치에 감동받고 있기를 바랐다. 어릴 때부터 그림 그리기를 좋아하는 아들이었다. 그런데 밖을 내다보지 않는다. 고개를 숙이고 있다. 무언가 참는 얼굴 표정이다. 표정이 좋지 않은 아들 얼굴을 보니 나 또한 기분이 좋지 않다. 멋진 해변이 내려다보이는 풍경을 배경으로 하고 아들과 함께 사진 한 장을 찍고 싶었다. 이곳에 아들과 왔었다는 추억을 남기고 싶었다. 밖으로 걸어 나가는 아들의 발이 무척 느리고 무거워 보인다. 사진을 찍을 때도 어깨가 구부정하다. 자세를 똑바로 하고 얼굴에 웃음을 담고 찍으라 했다.

"엄마, 한 장만 더 찍고 저 들어가 쉬어도 될까요?" 다른 배경으로 더 많이 찍고 싶었으나 아들이 지쳐서 하는 모습을 보고 카페 안으로 다시 들어왔다.

"기분이 별로 좋지 않아 보인다. 엄마하고 아빠하고 같이 온 게 싫으냐?" 아들은 아무 말도 없다.

"처음 왔을 때 저 멀리 바닷가 절벽이 내려다보이는 풍경이 좋아 그림을 좋아하는 네가 집에 오면 꼭 보여주고 싶었다. 마침 네가 집에 온다기에 이곳에 예약한 것이었는데."

그제야 아들이 말한다.

"엄마 전 집에서 잠이나 푹 자고 가면 충분해요. 그게 저에게는 제일 잘 쉬고 가는 거예요. 이렇게 경치 구경하는 것 피곤해서 그래요."

"왜? 의과 대학에서 공부하는 게 힘드냐?"

"수업 받는 게 흥미가 없어졌어요. 제가 왜 의사가 되려 했는지 후회가 돼서요. 얼마 전에 이런 일이 있었어요. 당뇨병 환자에게 이런 음식은 피해라 운동을 하며 체중을 줄이라고 했어요. 그런데 3개월마다 진료 받으러 오는데 그때마다 가리지 않고 같은 음식 계속 먹고 있고 운동도 하지 않아요. 몸은 여전히 뚱뚱하고 피검사 테스트 결과는 나아지기는커녕 더 나빠지는 환자를 보면서 과연 의사로서 내가 할 수 있는 게 무엇인가 회의도 들고 짜증이 나요."

"의대 입학이 못되어 속상해하는 사람이 많다고 들었어. 여러 해를 시도해도 들어가기가 어렵다고 해. 넌 이미 들어갔잖아. 엄만 네가 항상 자랑스럽고 고마울 뿐이다."

"의과 학생들에게 설문조사를 했어요. 제 주위 친구들을 비롯하여 거의 대부분 의대 들어온 걸 후회하고 있다고 나왔어요. 스트레스 받아 심한 경우 자살까지 생각하고 있다고 했어요."

그제야 난 스트레스를 받고 있는 아들이 보였다. 아무것도 도와줄 수 없는 엄마로서 마음이 아팠다.

집으로 되돌아오는 길이다. 신선한 공기를 마시고 싶으니 차 창문을 열어달라고 아들이 말한다. 차 창문을 열었다. 달리는 차 창문으로 바람이 쌩쌩 들어온다. 조금 있더니 차를 잠깐 세워달라고 한다. 차를 세우니 밖으로 나가 무릎을 꿇더니 조금 전 호텔에서 먹은 음식을 모두 토해내고 있다. 구불거리는 산길을 운전하니 피곤함에 차멀미까지 겹친 것 같다. 아들의 이야기를 들으며 한스 셀리에의 저항 3단계 탈진 상태가 떠오른다. 장기적으로 스트레스 받고 있는 아들이 혹시라도 건강이라도 해칠까 걱정이 된다. 또 한편 집으로 쉬러 온 아들을 끌고 다니며 더 피곤하게 만든 엄마의 우둔함이 보여 부끄러워진다.

의과 대학 학생들에 관한 기사를 읽었다. 첫해는 광범위한 의학 지식을 배우며 기억하려고 지친다. 둘째 해는 의사 면허 시험이 시작되어 준비해야 한다. 셋째 해는 클리닉에서 로테이숀하며 직접 환자를 대면하고 배운 것을 적용하여야 한다. 마지막 넷째가 되는 해는 졸업 준비를 하며 레지던트 프로그램에 들어갈 수 있도록 준비하여야 한다. 그러다 보니 의과 대학 4년 동안 쌓인 스트레스 때문에 심신이 불에 타 재로 변하고 있다고 쓰여 있다.

그러니 스트레스를 받은 학생은 나의 아들뿐만이 아니었다. 그후에 아들은 그 시절 스트레스를 잘 견디고 마취과 전문의로 일하고 있다.

스트레스 때문에 살이 빠지거나 도리어 살이 찐다는 기사를 읽자 내 모습이 보였다. 나 또한 남들이 내 얼굴을 알아보지 못할 정도로 20파운드가 늘어난 시절이 있다. 지금은 하루에 만 보 걷기 운동을 하면서 조금 빠지긴 했다.

손자병법에 적을 알고 나를 알면 백 번 싸워도 위태롭지 않다는 말이 있다. 우리 몸에 이상 신호가 생길 때 스트레스라는 적을 알고 지혜롭게 대처하며 살아가야겠다.

◖ 열 손 가 락

　　아들이 초등학교 1학년이 되어 학교가 시작하는 첫날이었다. 수업 시간 교실에 들어와 자원봉사를 할 수 있는 학부모들은 볼런티어 종이에 사인하라고 하였다. 하루 8시간 닷새를 일하거나 대신 하루에 10시간씩 일하면 나흘만 일해도 일주일에 40시간이 된다. 나는 10시간씩 나흘만 일하기로 하고 일주일에 하루는 자원봉사를 할 수 있다고 사인하였다.

　　교실에 들어가 담임 선생님께 종이도 날라드리고 학생들도 도와주는 일이었다. 그러다 보니 누가 공부를 어떻게 하는지 보였다. 하루는 산수 문제를 연습하며 풀고 있었다. 그런데 학생들마다 연습하는 문제지가 다들 틀렸다. 대부분의 학생들은 한 자릿수 더하기 빼기를 하고 있었다. 그런데 몇몇 특수한 학생들은 세 자릿수가 쓰여 있는 산수 문제를 더하고 빼며 연습하고 있다. 또 어느 학생은 세 자릿수가 세 자리 줄까지 되어있는 남들보다 복잡한 문제지였다.

　　그러자 나는 내 아들은 어떤 문제지를 연습하고 있는지 궁금해졌다. 가서 들여다보니 한 자릿수 연습 문제지였다. 그것도 빼기 문제에서 헤매고 있다. 아들은 열둘에서 일곱을 빼는 문제(12-7=?)에서 답을 못 찾아내고 손가락만 쳐다보며 열 손가락을 고물고물 움직이고 있었다. 가슴이 철렁 내려앉았다.

왜 이렇게 못하지? 아들의 두뇌는 정상보다 모자란 것인가? 어릴 때 슈퍼 마리오 게임을 할 때가 떠올랐다. 나보다도 게임을 훨씬 잘하여 놀란 적이 있었다. 그런데 간단한 더하기 빼기도 못 하고 있으니 걱정이 아니 될 수 없었다.

나는 궁금하여 수업 시간 중 잠시 쉬고 계시는 선생님께로 다가가 물었다.

"왜 이렇게 실력에 차이가 나죠? 세 자릿수 산수 문제 푸는 학생도 있는데 제 아들은 한 자릿수인데 빼기도 제대로 못 하고 있으니 걱정이 됩니다."

"걱정 마세요. 세 자릿수 문제 푸는 학생들은 학교가 시작하기 전 부모들이 학원에 보내 먼저 연습하다 왔기에 잘하는 거예요. 똑같은 문제지를 주면 지루해할까 봐 어려운 문제 종이를 준 거예요. 아드님은 영어를 아주 잘하고 있어요. 고학년이 되었을 때 영어 잘하는 학생들이 남들보다 더 앞장서고 있습니다."

나는 수학을 잘해야 두뇌가 더 좋다고 믿고 있었다. 영어를 잘하는 학생이 더 앞장선다는 선생님의 말이 이해가 되지 않았다.

그날 집으로 와서 10살 위인 딸에게 말했다.

"12에서 7을 빼는 걸 몰라 시간이 한참 지나도 손가락만 움직이고 있더라."

동생보다 10살 위인 딸은 잠깐 생각에 잠기는 것 같더니 사과 12개를 부엌에서 갖고 왔다.

"손가락은 10개밖에 없지? 12라는 숫자는 10개에다 2개가 더 있는 거야."

그러면서 사과 2개를 따로 놓았다.

"자 이것 봐. 우선 손가락 10개에서 7을 빼면 3이 남지?"

딸은 사과 10개에서 7개를 제외하고 남은 사과 3개를 아들에게 보여 주었다.

"이 남은 세 손가락에 아까 옆에 두었던 두 손가락을 합하면 5개가 되는 거야."

손가락 대신 사과 3개와 옆에 두었던 사과 2개를 합하니 5개 사과가 되었다. 다시 비슷한 문제를 더 연습하였다. 학교에서는 손가락 10개만 쳐다보며 고개를 갸우뚱하며 풀지 못하던 빼기 계산 문제를 이제는 무척 빨리 잘한다. 10개가 넘는 모든 숫자들은 우선 옆으로 밀어 놓고 나중에 합하면 되었다. 조리 있게 설명하는 누나 덕분에 아들은 숫자가 들어가는 과목도 두려움 없이 무척 잘하게 되었다.

나 또한 확률 문제를 배우면서 이해가 되지 않았던 때가 있었다. 다른 사람에게는 아주 간단한 문제이지만 이해가 되지 않는다면 지능이 모자라 이해 못 하는 것으로 단정 지을 수가 있다. 하지만 일단 문제를 이해시키면 그다음은 쉬워진다는 걸 알았다.

어찌 보면 지능이 높아도 이해가 되지 않을 때도 있다는 걸 발견한다. 아들이 2살 때였다. 12살짜리 누나 옆에서 닌텐도 게임을 보고 있던 아들이 따라 하는 걸 지켜보았다.

슈퍼 마리오 게임이다. 무척 빠르게 하였고 라이프 1이 끝나면 라이프 2로 올라갔고 또 라이프 3으로 올라갔다. 그렇게 하는 걸 옆에서 보던 나도 같이 해 보았다. 라이프 1에서 라이프 2로 올라가지 못했다. 여러 번 하였는데 그때마다 성공을 못 하였기에 게임이 중단되었다. 그때 열이 머리끝까지 퍼져 올라갔다. 아이들이 게임을 너무 많이 하다 미쳐버렸다는 신문기사가 실린 걸 보았는데 나도 그럴 뻔했으니까 그 아이 심정을 이해한다.

아들은 누나가 할 때 옆에 앉아 있다가 유심히 보고 흉내 내며 따라 하는 건 확실했다. 그런데 난 딸이 하는 걸 쳐다보고 있어도 게임 장면의 연속 되는 순간들이 외워지지 않았는데 아들은 모두 기억하고 있었다. 누나가 라이프 3에서 4로 올라가면 아들도 어느새 라이프 4를 따라가고 있었다.

단지 기억력만이 좋아서일까? 난 나의 지능이 그렇게 낮다고 생각해 본 적이 없었다. 아무튼 난 그때 슈퍼 마리오 게임 말고도 집안에 할 일이 많았기에 다시는 시간 낭비하지 않겠다고 했다.

아들은 초등학교 1학년 담임 선생님 말씀처럼 책을 많이 읽어선지 영어를 잘한다. 하지만 간단한 빼기를 못하는 아들을 보며 걱정하던 엄마였다. 학교가 시작하기도 전에 구몬 학원을 다니며 이미 배워 온 세 자릿수 문제 푸는 반 동무들 때문에 그 아이들과 비교가 되어 자신을 잃거나 기가 죽어 수학을 싫어할 수도 있었다. 이제는 영어뿐만 아니라 수학도 아주 잘한다. 그 이유는 단 한 가지로 보인다. 누나가 손가락 대신 사과를 들고 와서 이해시키듯이 옆에서 이해 시켜 주는 사람을 만나는 게 중요하다고 본다.

무조건 외우는 주입식 교육보다는 먼저 이해시킨 후 비슷한 문제를 반복하는 교육이 더 효과적이라고 본다.

영 재 교 육

아들이 초등학교 3학년 때다.

영재 교육(GATE)프로그램에 뽑힌 학생 이름 발표가 있는 날이었다. 아들의 이름이 없다. 내 나이 너무 늦게 태어나서인가? 임산부의 나이가 많을수록 기형아가 나올 확률이 높다고 하여 36세 이상인 산모에게는 병원에서 조사 받기를 원했기에 나도 조사를 받았었다. 조사는 정상으로 나왔는데도 무슨 일이 생기면 내 나이 늦게 태어난 아이라서 그럴까 하는 의문이 생긴다.

아들보다 10살이 더 많은 누나는 게이트 프로그램에 뽑혔었다. 게이트 프로그램은 전체 학생의 5%만 뽑혔다. 그러니 100명 중에 5등 안에 드는 학생만 뽑히는 거였다. 게이트 프로그램의 게이트(GATE)는 Gifted and Talented Education의 첫 자를 따서 만들어진 단어이다. 재능이 있고 탤런트가 있는 학생의 약자를 따서 만든 게이트 프로그램은 다른 뜻으로는 영재 교육이었다.

뽑히지 못해도 그렇게 기분이 나쁘거나 절망 되는 일은 아니었다. 원래 똑똑한 사람들의 성격은 편협하여 보였고 사회생활도 원만히 못 하는 것으로 부각되어 왔기에 5% 안에 안 들어도 잘 살아갈 수 있다는 마음이 있었다. 그런데도 마음 한구석이 궁금해지고 있다.

아들은 학년이 올라갈수록 구몬 같은 학원이나 개인 교습을 받지 않았는데도 계산 문제도 빨리 잘하였고 책 읽는 것을 무척 좋아했었기에 독해력도 남보다 낫다는 것을 알고 있었다. 게이트 프로그램 시험관이 혹시 잘못 채점한 것은 아닐까? 학교에 전화하니 담임 선생님이 친절히 전화를 걸어왔다.

"저도 의아하게 생각하고 있었습니다. 게이트 프로그램을 담당하는 관할 교육청에 다시 검토하여 달라고 한 후 그 결과를 연락해 드리겠습니다."

그리고 며칠 후 연락이 왔다.

"아들의 답안지를 검토하니 뒤 문제를 전혀 하지 못했다고 합니다. 앞 문제에 대한 답을 너무 많이 쓰느라 시간이 모자랐을 거라고 합니다. 그러니 합산 점수가 낮게 떨어져 나온 거지요."

'아들이 문제를 빨리 풀지 못하는구나. 비슷한 문제를 반복하는 드릴이 필요하다고 들었는데 공부는 시키지 않고 야구, 테니스 등 운동 연습만 시키며 시간 낭비하고 있었다니 엄마 잘못이다.'

"알았습니다, 선생님. 답안지 검토까지 해 주시며 시간 써 주셔서 고맙습니다. 죄송합니다."

"전혀 그렇지 않습니다. 답안지를 검토하다 시험관이 놀라운 사실을 발견했습니다."

어린아이들의 두뇌를 어떻게 판단하여 게이트 프로그램으로 골라내는지는 이해가 되지 않았다.

대학에 들어가서 처음으로 IQ 검사를 해 본 적이 있다. 주로 숫자 패턴과 그림 패턴의 문제다. 3개의 숫자나 그림을 본 후 어떤 숫자가 나오냐의 수학 문제 그리고 그림 패턴 문제였다. 대학생은 그런 IQ 시험 보는 게 가능하지만 3학년 어린아이들에게는 어떤 시험 문제로 본다는 것일까? 나는 어린아이들의 시험 문제도 내가 대학교 때 시험 본 그런 식의 비슷한 문제인 줄 알았다. 그런데 선생님의 대답은 예상 밖이었다.

"시험 문제 중에 숫자에 관해 설명하거나 그림으로 표현하라고 했습니다. 4에 대해 내가 알고 있는 대로 대답해라? 보통 학생들은 4=2+2, 4=1+1+1+1 그렇게 썼습니다. 그런데 아드님은 그러한 대답을 쓴 이외에도 시곗바늘이 4시를 가리키고 있는 걸 그렸습니다. 그것뿐만 아닙니다. 바이올린의 4개의 스트링을 아주 정확하게 그렸습니다. 숫자 설명 대답에 10개 이상씩 그림을 그리며 정확하게 묘사했습니다. 도리어 시험관은 관찰력이 높은 아드님에게 무척 놀라고 있습니다."

"합산 점수가 이미 나쁘게 나왔으니 영재 프로그램에 들어가려면 너무 늦은 거지요?"

"그렇지 않아요. 결과에 의문이 있으면 재검토하여 뽑힐 수 있도록 하는 규정이 있어요. 그래서 관할 교육청에서 연락이 왔어요. 아드님을 일대일로 인터뷰하겠다고 합니다."

아들은 일주일 후 인터뷰를 하였다. 궁금해지고 있다. 이번엔 무슨 문제를 냈을까?

"인터뷰할 때 물어본 질문에 대답은 다 하였니?"

아들은 멋쩍어하며 대답한다.

"아니요. 대답 못 한 것도 있어요."

"무슨 질문이었는데?"

"동서남북을 물어보았는데 대답 못 했어요."

'아이고. 동서남북을 모르고 있었다니? 학교에서 가르치지 않았다면 모를 수도 있겠지.'

아들이 다니고 있는 공립학교에 대해서 갑자기 짜증이 났다. 왜 이런 프로그램을 만들어 학생들을 영재 아이와 보통 아이로 갈라 놓고 있는가? 아직 어린아이에 불과한데 벌써 차별하는 거야? 영재 프로그램에 들어가서 자기 머리 좋다고 너무 자만하여 학업을 열심히 하지 않아 대학 못 들어가는 학생도 있다고도 들었다. 그렇다면 뽑히지 않은 게 더 좋을지도 모르지. 나는 그렇게 생각하며 내 기분을 달래고 있었다.

그런데 며칠 후 집으로 편지가 왔다. 편지 내용은 이러했다.

"미국 전체 학생 중 상위권 5% 안에 있는 학생들을 위한 GATE 프로그램에 들어온 당신의 아들에게 축하드립니다."

솔직히 영재 프로그램에 들어가도 되었고 들어가지 않아도 되었다. 건강하게 공부할 수 있다는 것만으로도 얼마나 축복 받은 일인가.

그런데도 이 편지는 나를 기쁘게 했다. 아들이 어려운 상황에서도 헤쳐 나갈 것 같았다. 누군가가 천재와 바보는 종이 한 장 차이라 하지 않았던가? 나 자신이 바보같이 느껴질 때 초등학교 때 받은 이 편지 한 장은 아들을 향해 말할 것이다.

"그래 너는 상위 5% 안에 있는 두뇌를 가졌으니까 어떻게든 한 번 부딪쳐 봐라. 끝까지 노력하면 넌 해낼 수 있어." 하며 용기를 주고 부추길 것만 같았다.

◗ 단 하나의 주문

아들이 초등학교 4학년 때였다.

학생들은 상품 목록이 있는 팸플릿을 가지고 왔다. 주로 초콜릿이나 선물 포장지였다. 상품 주문을 제일 많이 받아오는 학생 하나가 상을 받는다. 학생들은 주로 자기가 사는 동네 주변을 돌아다니며 문을 두드린 후 우선 어느 학교의 몇 학년에 재학 중이라고 자기소개를 하였다. 그리고 상품 목록 팸플릿을 보여주며 이것을 주문하면 학교에서 하는 행사 기금을 모으는 데 도움이 된다고 설명을 한다. 상품이 주문되면 한 달 후에 주문 받은 학생이 배달하였고 돈은 그때 내면 된다. 주로 성탄절이나 부활절 한 달 전에 하였다. 선물을 준비하려는 학부모들은 선물 포장지를 밖으로 사러 나가지 않아도 되었기에 시간 절약이 되었고 학생과 학교를 도와주는 좋은 기분도 들어서 동참을 하였다.

학교에서는 전혀 강요를 하지 않았고 또한 학생들도 자발적으로 참가하였다. 그런데도 이번에는 초등학교 학생 대부분이 참가하기를 원했다. 제일 많이 주문 받아온 학생에게는 우주선의 모습을 볼 수 있는 스미소니안을 관람할 수 있게 워싱턴 D.C.까지 가는 왕복 비행기표를 포함하여 호텔비 등을 모두 받을 수 있다고 하였다. 밤하늘의 별과 달을 보면서 우주선을 타고 날아다니는 우주인이 되고 싶은 꿈을 꾸던 아들이라 그 상은 매력적으로 다가오고 있었다.

한국에서 살았다면 상 받을 기회는 확실히 더 높았을 것이다. 왜냐하면 주변에 친척이 많이 있으면 주문을 더 많이 받을 수 있다. 할아버지, 할머니, 큰아버지, 작은아버지, 삼촌, 외삼촌, 고모, 이모, 사촌 형이나 사촌 누나들에게서. 한국에서 조부모님의 제삿날이나 명절 때 친척 가족들이 많이 모이던 그날이 그리워진다. 명절 때마다 친척들이 매번 우리 집에 모였었다. 준비하느라 뒤치다꺼리하며 힘들어하시던 어머님이 고생하는 것 같아 사람들이 모이는 것이 싫었다. 친척도 없이 우리끼리만 조촐하게 사는 모습이 도리어 메마른 삶으로 다가오며 그때가 한없이 그리워진다.

아무튼 엄마 아빠 두 명만 있는 미국에서 주문을 많이 받아오는 건 승산이 없는 게임인 게 뻔했다. 그런데도 아들은 동네 방방곡곡을 돌며 상품을 팔아보겠다고 나섰다.

"네가 워싱턴 D.C.를 꼭 가고 싶으면 엄마가 돈을 줄 테니 돌아다니지 않아도 괜찮다."

"고마워요. 하지만 제힘으로 돈을 만들어서 그곳에 가고 싶어요."

현관문 밖으로 나가는 아들의 뒷모습을 보면서 알지 못하는 불안이 찾아왔다. 문을 열었던 동네 사람들이 귀찮은 듯 대문을 쾅 닫아버리는 모습들이 눈에 어른거린다. 그러한 모습 앞에서 마음에 상처 입을 아들이 가여워졌다. 혼자서 길을 걷고 있다 몰매라도 맞지 않을까 봐 별의별 걱정이 스친다. 아들의 뒤를 따라다니며 멀리서라도 바라보며 지키고 싶었다. 그러다 아들에게 들키기라도 하면 아들이 더 싫어할 것 같았다.

'그래, 혼자 다니게 놔두자. 아들의 독립성도 생길 것이고 성격도 더 강해질 거야.'

한참 시간이 흘렀다. 집에 올 시간이 지났는데도 들어오지 않고 있다. 마음이 조금씩 초조해지고 있다. 한 집도 주문을 받지 못하여 어깨가 축 처진 아들의 실망스러운 모습이 눈앞에 다가왔다. 터벅터벅 걸어오고 있는 모습이다. 그래선지 나 또한 마음이 밑바닥까지 내려가고 있다.

"도와주세요. 한 집이라도 좋으니 아들이 문을 두드렸을 때 산다고 해 주세요."

내가 필요할 때에만 하나님께 간절히 기도한다는 누군가 한 그 말은 참으로 맞는 말이다. 10분쯤 지나자 아들이 터벅거리며 집으로 들어왔다. 아니나 다를까. 아들의 얼굴은 현관문을 나가며 밝게 웃을 때와는 달리 어두운 표정으로 들어왔다. 걸어 다니느라 힘들었는지 기운이 쭉 빠져 보인다.

"힘들지. 우선 샤워부터 하고 좀 쉬도록 해라. 그런데 어떻게 되었어? 사겠다는 사람은 있든?"

"딱 한 집에서 포장지 산다고 했어요."

한 집이라? 나는 갑자기 궁금해졌다.

"언제쯤이야? 사겠다고 한 집이 네가 집에서 나가자마자였어? 아니면 한 시간 지나서였어?"

"바로 집에 들어오기 전 그러니까 10분 전 아니 5분 전?"

한 집이라도 좋으니 산다고 해 주세요 하며 간절히 기도하던 바로 그 시간이었다. 나는 기도의 응답을 받은 것을 느꼈기에 가슴이 뭉클해졌다. 그 기도의 내용은 아주 사소한 것이었다. 포장지 하나 값은 2불도 되지 않는다. 내게는 돈의 가치보다 아들이 한 곳도 주문을 받지 않으면 어쩌느냐가 더 큰 부담으로 다가오고 있었다. 하찮은 내용의 기도 제목이라도 간절히 기도하니 하나님께서 내 기도를 들어주셨다는 생각이 들었다. 우연히 시간이 맞아 들어간 것일까? 다른 사람에게는 그렇게 볼 수도 있다. 하지만 난 진심으로 간절히 기도했다. 그래서 기도의 응답을 받았다고 느꼈기에 더 기뻤다.

아들에게 말을 전했다.

"사실은 엄마가 너 들어오기 10분 전부터 마음이 초조해져서 기도했어. 단 한 집이라도 좋으니 아들의 주문을 받게 해 주세요. 주님이 기도 들어주신 거다."

아들이 기뻐하리라 생각했다. 아들의 얼굴이 찌푸려진다.

"엄마, 다음에 기도할 때는 한 집이라 말고 많은 집이라고 기도해 주세요."

여러 시간을 돌아다녔는데 단 한 개의 주문만 받아왔기에 아들은 우주선을 못 가게 되어서 화가 나 있다.

"주문 받는다는 게 원래 힘든 거란다. 엄만 네가 한 집이라도 주문 받아서 너무 기쁘다."

무엇보다도 아들이 안전하게 집으로 되돌아와서 기뻤다. 주문 받는 게 쉬운 일이 아니라는 것을 아들은 배웠을 것이다. 두 시간 이상 돌아다니다 겨우 하나 받아왔다. 그래도 그렇게 돌아다니니 하나라도 주문을 받아오지 않았는가. 가능성이 있다는 걸 배웠을 것이다. 만약에 하나도 주문 받지 못했다면 얼마나 실망했을까.

태어나서 사회생활 첫걸음으로 아들이 받아온 단 하나의 주문은 나에게는 백 개의 주문 받아 온 것 이상으로 가치 있고 기쁘기만 했다.

1센트짜리 사탕

학교에는 수업 외에도 여러 가지 과외활동이 있다. 물론 그 과외활동을 꼭 해야만 하는 것은 아니다. 그럼에도 아들이다 보니 엄마로서 과외활동 중 운동 종목 하나에 꼭 넣고 싶었다. 부부가 모두 일하다 보니 과외활동에 데려다주고 끝나면 다시 데리고 와야 하는 게 제일 어려웠다. 과외활동을 같이하는 부모님과 상의하여 한번은 그쪽에서 한번은 내가 데리고 오며 아들의 과외활동을 시키고 있었다. 내가 데리고 오는 날에 직장에 빠져야만 했기에 주말을 도맡아 일하였다. 아들이 들어간 과외활동은 야구 종목이다. 초등학교 1학년의 어린 나이엔 티볼이라고 한다. 몇 주의 연습이 끝나자 티볼 리그 시합을 주말에 한다고 한다. 직장에는 이미 주말에 일을 한다고 하였기에 주말 스케줄을 빠지기는 눈치도 보였고 힘들었다.

리그 시합은 그동안 훈련 받았던 선수들이 모두 모인다. 조를 짜서 시합을 한다. 경기는 아침부터 해지기 전까지 계속된다. 모든 경기 진행과 준비는 부모들의 몫이다. 아들이 시합하는 날이

다가왔다. 연습하고 있는 아들을 데리려 갔더니 팀맘마라고 부르는 여자분이 나에게 와 말을 건다.

"시합 날 교내 잔디밭 근처에 마련한 간이 상점에서 스낵을 아이들에게 팔고 있습니다. 이번 토요일 일요일 오셔서 볼런티어로 일해 주세요."

주말 볼런티어에 왜 내가 뽑혔는지 이해가 되지 않았다. 주말에 일을 한다고 이미 말한 후라 더 난감했다.

"시합하는 날 스낵을 파는 걸 몰랐는데요. 왜 그렇죠?"

"스낵을 팔아 남은 이익으로 스포츠 과외활동 기금에 보태고 있습니다."

"아. 그렇다면 제가 볼런티어로 일하는 대신 100불을 드리겠습니다."

갑자기 기분 나쁘다는 듯 팀맘마가 얼굴을 찌푸린다. 찌푸려진 얼굴을 보며 얼른 다시 설명했다.

"저도 남편도 모두 일해요. 그래서 볼런티어로 일하는 대신 100불 돈으로 드리려고요."

팀맘마를 이해시키려고 말을 하였으나 그녀의 동그랗고 통통한 얼굴 표정이 더욱더 사나워진다.

"여기 티볼 스포츠팀의 학부모들 모두가 일하고 있어요. 저도 일하고 제 남편도 일합니다. 스포츠 과외활동 사인업 종이에 볼런티어로 일한다는 조항이 있어요. 그 종이에 사인한 것으로 알고 있으니까 시합 날 잊지 말고 나와서 일하셔야 합니다."

종이 한 장을 읽고 사인했던 기억이 떠오른다. 연습하다가 다쳐도 스포츠 과외활동팀에서 책임을 지지 않는다는 조항을 읽은 건 생각이 났다. 하지만 부모가 볼런티어로 일하지 않으면 그 팀에서 축출되는지의 조항을 읽은 기억은 나지 않는다. 아마도 내가 무심코 넘겨 읽었던 것 같다.

"병원에서 약사로 일하고 있어요. 이미 제가 주말에 일한다고 했어요. 다들 주말에는 일하기를 원치 않거든요. 병원 약사로서 책임감을 느껴서예요."

"아들 운동 시합 날 볼런티어 일 때문에 빠져야 한다고 말하면 틀림없이 바꾸어 줄 거예요."

팀맘마 말이 맞았다. 주말 스케줄을 바꾸려고 주뼛거리며 부탁을 했을 때 예상외로 약사 한 명이 쉽게 바꾸어 주었다. 그 약사도 젊었던 시절 아들 시합 때면 볼런티어로 스낵을 팔았다고 한다.

시합 날이 되었다. 날씨는 무척 맑았고 학교 운동장에는 대부분의 아이들과 학부모들이 거의 모두 나와 있었다. 멀리서 보니 군중들이 벌떼처럼 바글거리는 모습이다. 내가 볼런티어로 일할 곳을 찾아가 보니 바퀴가 달린 이동식 간이상점은 마치 뒷마당의 헛간 하나를 세워 놓은 듯 생각보다 아주 작았다. 간이상점 안을 들어가니 앞에 있는 널찍한 카운터에는 온갖 캔디 종류, 과자와 스낵들이 진열되어 있다. 뒤쪽에는 소시지를 데우고 있는 학부모가 있고 그 옆의 다른 학부모는 빵에다 마요네즈를 바르며 막 데워진

소시지를 얹어 봉지에 넣고 있다. 나보고는 진열장 앞에 서서 아이들이 주문하면 돈을 받아 현금통에 넣으라고 한다.

내가 맡아서 할 일을 익히기 위해 진열장에 놓여 있는 캔디 종류를 보고 있다. 캔디 종류가 그렇게 많은지 몰랐다. 제일 많은 양의 캔디가 놓여있는 가격을 보니 1센트라고 적혀 있다.

'팔아 보았자 이익도 별로 남지 않을 캔디를 왜 이렇게 많이 갖다 놓았을까?'

한 군데서 시합이 막 끝났나 보다. 아이들이 간이상점으로 몰려왔다. 아직 점심시간으로는 일러선지 소시지 핫도그보다는 대부분 캔디를 원한다. 첫 번째 아이는 5개 집어서 5센트를 받았다. 그다음 아이는 25센트 쿼터 동전을 받아 20센트를 거슬러 주어야한다. 다행히 현금통에는 거슬러 줄 1센트짜리 구리 동전이 잔뜩있었다.

조금 큰 아이들이 나타나 캔디 대신 과자 이름을 말한다. 들어보지 못한 이름이다. 나중에야 알았다. 어린아이들에게는 이미 알려진 과자 이름이었으나 나는 알지 못한 것이다. 옆에서 마요네즈 바르고 있는 분이 가르쳐 주어 진열장에서 끄집어내어 팔았다. 그뒤에 있는 아이는 또 다른 과자 이름을 말한다. 과자 이름 외우기가 약 이름 외우는 것보다 더 힘들다는 것을 알았다. 조금 후 다시 다른 시합이 끝난 것 같다. 아이들이 점점 더 모여들며 줄을서서 기다린다.

그런데 맨 앞에 서 있는 아이가 25센트 쿼터 동전을 하나 주며

1센트짜리 캔디 10개를 원했다. 봉지에 담아 넣어주자 5개는 초록색 나머지 5개는 빨간색으로 달라고 한다. 그래서 바꾸어 주었다. 다시 마음이 바뀌었나 보다. 모두 초록색으로 달라고 한다. 나는 조바심이 났다. 멀리 긴 줄 뒤에 기다리는 아들 모습도 어렴풋이 눈에 들어온다. 느림보처럼 일하는 엄마 모습이 아들에게 어찌 보일까 염려도 된다. 뒤로 길게 서 있는 다른 아이들이 발을 동동거린다. 다시 시합을 보러 가야 하는데 자기 차례가 되려면 줄이 너무 길기 때문이다.

그런데도 이 조그만 아이는 초록색 캔디 10개가 마음에 흡족하지 않은가 보다. 다시 10개 모두 빨간색으로 달라고 한다. 뒤에서 발을 동동거리는 아이들의 긴 줄을 보며 나 또한 짜증이 나고 있다. 그런데 그 아이에게 빨간색 캔디로 모두 10개로 바꾸어 주니 그 고사리 같은 손으로 받으며 무척 행복한 표정이다. 맑고 환한 표정을 짓고 나에게 고맙다고 눈인사를 한다. 캔디 10개를 들여다보며 마치 값비싼 보물이라도 받은 듯 자랑스러워한다. 그 어린아이의 행복한 얼굴을 읽는 순간 내 마음속에 있던 짜증은 눈 녹듯이 사라지며 나 또한 행복했다. 차례가 되어 나타나 1센트짜리 캔디를 사 가는 아들 또한 볼런티어로 돕고 있는 엄마가 자랑스러운지 환하고 행복한 얼굴이다.

그날 볼런티어 일을 마치며 나는 여러 가지 배우고 깨달았다. 우선 100불보다 1센트의 가치가 얼마나 큰지 알았다. 100불을 센트로 환산하니 10,000센트이다. 숫자상으로는 100불이 1센트보다

만 배나 크다. 그런데도 1센트가 100불보다 더 가치 있게 보인다. 내가 그날 볼런티어 일을 하지 않고 그냥 100불을 팀맘마에게 주었다면 난 고사리 같은 아이들에게서 1센트의 가치를 배우지 못했을 것이다.

돈도 한 푼도 받지 못하고 한나절 힘들게 볼런티어로 일했는데 만족이 오는 이유가 무엇일까? 내가 판 과자와 캔디 모두 합하여 100불보다 훨씬 작은 이윤을 남겼다 해도 행복한 마음을 아이들에게 주었다고 생각하니 마음이 뿌듯해진다.

볼런티어 일과 비교하면 약국 일은 습관이 되어서 그런지 나에게는 너무 쉬운 일이다. 그런데도 약국에서 일하며 힘들다고 가끔 나에게 불평했었던 나의 어리석었음을 깨달았다. 다시는 불평 말고 어느 곳에서나 감사하며 일해야겠다고 다짐해 본다.

◗ 치맛바람

수녀님이 이곳 미국에 방문하였을 때다. 초등학교에 다니는 아들에 관해 이야기하고 있었다. 아마도 내가 한 행동에 대해 우쭐해져서 말을 꺼낸 것 같다.

"제 아들이 초등학교 3학년 때 성적표를 받아 왔어요. 체육 점수만 빼고 전부 A 받아 왔어요. 그런데 체육 점수가 B로 보이는데 그게 한 과목이라도 제 눈에 거슬리기 시작했어요. 그래서 학교를 찾아가서 체육 선생님께 항의를 했지요."

수녀님은 아무 말씀도 하지 않고 계속 듣고 계신다.

"태어날 때부터 체질이 달라 운동을 잘하는 아이로 태어날 수도 있고 운동을 잘 못 하는 아이로 태어날 수도 있는데 그렇게 채점을 하면 부당하다고 봅니다. 그 체육 점수 때문에 B를 받아 전체 평균 학점이 낮아져 대학 들어가는데 불리할 것 같아 '부모로서 걱정이 됩니다'라고 체육 선생님을 찾아가 항의를 했어요."

어쩌면 난 나의 아들을 보며 어렸을 때 나의 모습을 보고 있었기에 그런 항의를 한 것 같다. 아들은 나의 체격과 달리 아빠를 닮아 키도 크고 몸집도 건강하게 생겼지만 스포츠는 좋아하지 않았다. 그리고 썩 잘하지도 못했다. 그 점에서 꼭 나를 닮았다는 생각이 들었다. 그래선지 엄마에게 받은 유전인자가 전해져 운동을 못 하는 것이라고 단정 짓고 있었다. 몇 년이 지나면 곧 중학생이 될 것이고 다시 고등학생이 되어 대학 입학 원서를 준비해야하는데 나로서는 다른 과목에서 전부 A를 받더라도 체육 한 과목에 B가 나오는 게 대단히 못마땅했다.

그래서 체육 선생님을 찾아가 의견을 말하였던 것이다. 나를 닮아 선천적으로 체육을 못 하는 사람은 다른 보충 가산점이 있을 것만 같았다. 예를 들어 실기 시험 대신 경기 진행을 물어보는 필기 문제는 아들이 공부를 하면 성적을 올릴 것 같아서였다.

내가 만난 체육 선생님은 키도 크고 몸도 날씬한 젊은 백인 여성이었다. 그 체육 선생님 말씀이다.

"우선 초등학교 때 받는 체육 점수는 대학 들어가는 학점에 전혀 영향을 미치지 않습니다. 그리고 아드님이 체육을 못하여 B를 준 것이 아닙니다. 다른 아이들이 시합을 할 때 흥미가 없는지 쳐다보지도 않고 옆에 앉은 다른 아이들과 잡담을 하여서예요. 운동을 못하는 체질이기에 B를 준 것이 결코 아닙니다."

"수녀님. 제 아들이 체육 시간에 한눈팔며 옆 아이들과 잡담을 하여서래요. 그러면서 한마디 덧붙여서 이렇게 말했어요. 만약에 아드님이 다른 아이들이 시합할 때 한눈팔지 않고 같이 재미있게 보고 있으면 학점이 올라갈 수도 있습니다라고요."

나는 그 말을 하자마자 그 다음은 신이 나서 말했다.

"수녀님, 우리 아들이 무슨 성적을 받았을까요?"

수녀님은 조용히 듣고만 계신다.

"체육 점수가 A가 나왔어요. 물론 아들한테 말을 했지요. 체육 시간이 재미없더라도 시합 중 열심히 쳐다보라고 했거든요. 제가 그 체육 선생님과 말하고 난 바로 그다음 학기 성적이 올라갔어요. 성적표에 B가 보이지 않고 전부 A가 보이니까 제 기분이 얼마나 좋았던지요."

내가 하는 말이 끝나자마자 수녀님이 말씀하셨다.

"그런 걸 치맛바람이라고 한단다."

치맛바람? 내가 초등학교 다닐 때다. 한국에서 자식들에게 과잉보호 하는 극성스러운 엄마들에게 쓰이던 단어다. 치맛바람 일으키는 여자로 내가 보이고 있었나? 나는 나에 대해 방어의 태세를 취하며 수녀님께 난 치맛바람 학부모가 아니라며 길게 설명했다.

"수녀님. 미국에서 살면서 깨달은 건 누군가 잘못하고 있다는 생각이 들면 항의를 해야 된다고 봐요. 그래야 무엇이 잘못되어 가고 있는지 알아 고칠 수가 있잖아요. 치맛바람은 자식의 잘못된 점을 지적하면 그건 고치지 않고 선생님께 과분한 선물을 한다거나 이유 없이 자주 학교에 찾아가며 선생님께 영향을 주어 좋은 성적 받았기에 그런 용어가 생긴 것 같아요. 저는 평상시 치마도 입지 않고 바지 입고 다니지만 제가 치맛바람을 일으켰기에 아들 성적이 올라갔다고 생각지 않는데요."

수녀님은 아무 말씀도 하지 않고 여전히 얼굴에 미소만 지었다. 아무리 생각해도 나를 여전히 치맛바람 일으키며 자녀 성적이나 올리는 학부모로 보는 것 같았다. 선생님의 의견을 들어가며 자녀의 학습 태도를 고쳐 성적 올리는 치맛바람은 나쁘지는 않다고 생각이 들면서도 나는 갑자기 부끄러워지고 있다. 아마도 치맛바람이라는 단어가 좋지 않았던 기억으로 다가와서 일 것이다. 성적 올라가는 것만 좋아하는 극성스러운 엄마가 되고 싶지는 않아서였다

자식을 따듯하고 포근하게 감싸주는 그러한 엄마가 되고 싶어서였다.

미숀 산호제 성당

　　　프리몬트에 있는 미숀 산호제 성당은 캘리포
니아가 미국 영토가 되기 50년 전에 세워진 곳이다.

　아들이 초등학교 때 역사를 배우면서 성당 모형을 만들어 오라
는 과제를 받아 왔기에 그 과제를 준비하다 알게 되었다. 재료는 두
꺼운 마분지와 풀, 가위 그리고 색연필 등을 이용하여 만든다. 아
들이 그때 만들어간 성당 모형이 학교 전체에서 일등으로 뽑히고
다시 알라메다 카운티에서 주최하는 행사에서 일등상을 받아 일
년에 한번씩 성대히 여는 카운티 축제의 전시장에 전시되었었다.

　성당 모형을 만들려면 여러 가지 재료도 필요하였지만 성당에
대한 답사가 필요했다. 아들과 나는 캘리포니아에 있는 21개의 성
당의 모습이 있는 사진, 그리고 역사에 대해 조사했다. 미국의 역
사는 그리 오래되지 않았다. 1492년 아메리카 신대륙이 발견되고
1776년 7월 미국의 독립이 되었다. 독립된 후 300년도 되지 않은
셈이다. 올해 2020년으로 계산하니 정확히 244년이 흘렀다. 한국
단기 4300년이 넘는 역사에 비교하면 15분의 일도 되지 않는다.

그래서 미국에서는 100년이 넘으면 역사적인 곳으로 불린다.

프리몬트에 있는 미션 산호세 성당은 내가 사는 집에서 아주 가깝다. 집에서 1.4마일밖에 되지 않는다. 차로는 5분 거리이고 걸어서는 30분 안에 갈 수도 있다.

스페인의 신부님들이 아메리카 신대륙 캘리포니아 지역에 사는 원주민 사람들을 교화시키기 위해 성당 21개를 지었는데 프리몬트 미숀 산호세 성당은 21개 중 14번째로 지은 역사적인 곳이라고 한다. 미션 산호세 성당이 지어진 해는 1797년 6월이다. 캘리포니아와 텍사스 땅이 1846년 이전에는 멕시코 땅이었는데 2년간의 전쟁에서 미국이 승리해 1848년 2월 2일부터 미국 영토가 된 것을 알아냈다. 캘리포니아의 주 수도도 지금의 새크라멘토가 아니라 1850년경에는 내가 사는 프리몬트에서 가까운 실리콘 베이 지역의 하나인 산호제인 것도 알아냈다. 미국의 역사와 전통을 잘 모르는 나로서는 그렇게 미국 역사를 아이들을 통해 배운다.

옛 곳을 찾아가 돌아다니며 걷다 보면 옛날의 시간을 느낄 수 있다. 성당 뒤에 자리 잡고 있는 신부님과 수녀님의 무덤을 보며 220년 전으로 되돌아가 그곳 주민들을 위하여 일하다 이름도 없이 떠난 후 조용히 쉬고 있는 성인들의 마음이 느껴온다.

대화 1,
바디랭귀지

공원 산책길을 걷고 있다.

산책길의 엇갈리며 마주치는 길목에서 개들이 서로를 향하여 으르렁거리며 짖는다. 그런가 하면 꼬리를 흔드는 개들도 있다. 개들은 언어가 없기에 그렇게 자기의 감정이나 생각을 전한다. 동물들과 달리 사람들에게는 언어가 있다. 내 생각을 상대편에게 전하려면 여러 단어가 들어간 언어를 사용한다. 적절한 단어를 사용해야 내 생각을 더 상세히 전할 수 있다.

하지만 아무리 많은 단어를 기억하고 적절한 단어를 선택해서 내 생각을 상대편에게 완벽하게 전해도 그 언어가 상대편에게 알아들을 수 있게 하는 영향은 단지 7%라고 한다. 그 외에 나머지 93%는 목소리 톤, 사람의 기분, 얼굴 표정과 시선, 몸짓이라고 한다.

목소리 톤 때문에 약국에서 일하다 일어난 이야기를 잠시 해보자. 간호사에게서 전화가 왔다. 내가 설명을 하는데 끊겨서 들린다고 했다. 전에도 전화 줄이 흔들리면 그런 적이 있었기에 흔들리지 않게 가만히 잡고 이야기했다. 그랬더니 이제는 내 목소리가 너무 소프트해서 잘 들리지 않는다고 했다. 나는 가능한 한 크게 소리를 내며 다시 환자와 약에 관해 설명했다. 그러자마자 간호사가 화가 난 목소리로 나에게 대들었다.

"왜 고함지르는 거예요?"

"조금 전 당신이 제 목소리가 너무 부드러워 잘 들리지 않는다고 했지요. 그래서 단지 크게 말했을 뿐입니다."

그제야 전화를 건 간호사 쪽에서도 내가 짜증이 나서 고함지른게 아니었다는 것을 알았다며 사과했다. 목소리 톤이 올라가면 이렇게 오해가 다분히 일어날 수 있다. UCLA의 앨버트 메라비언 교수는 사람들이 대화할 때 모습을 보며 조사 연구를 하여 언어의 영향은 단지 7%라는 것을 알아내었다. 그때 '7-38-55룰'이라는 의미 있는 숫자가 만들어졌다. 그렇다면 나머지는 무엇이 영향을 미칠까?

말하는 사람의 기분이라고 한다. 자기가 좋아하는 주제에 대해 말하고 있는 것과 싫어하는 주제에 대해 말하고 있는 것에 현저한 차이가 있다고 한다. 그래서 말하는 사람의 목소리 톤은 38%나 영향을 미친다. 대화할 때 목소리 톤이 38%의 영향을 미친다면 나머지 55%는 어디서 영향을 받을까?

말소리가 전혀 들어가지 않는 바디랭귀지 즉 시선, 몸짓의 표현 그리고 태도 등이 나머지 55% 영향을 미친다고 한다. 그러니 우리가 대화할 때 표정이나 시선, 몸짓 등의 영향을 미리 인식하며 대화하는 것이 지혜로운 대처 방법이다.

그렇다면 우리가 사용하는 전화나 텍스트 메시지 또는 이메일에서의 대화는 어떠할까? 텍스트 메시지로는 전한 사람의 표정도 읽을 수 없고 몸짓 등도 볼 수 없다. 그래서 짧은 글에 감정을 표현하기 위하여 글자를 진하게 만들거나 느낌표, 물음표 등 기호를 집어넣는다. 또한 표정이 들어간 그림 이모티콘을 집어넣는다.

새벽에 일어나 아침 커피를 마시며 새들이 재잘거리는 소리를 듣는다. 언제 들어도 아침에 지저귀는 새들의 목소리는 활기차고 참신하게 들린다. 음악 소리를 듣는 듯이 아름답기까지 하다. 우리도 새벽의 새들처럼 맑은 소리로 대화한다면 목소리 톤 때문에 듣는 사람이 오해하여 기분 나빠지지는 않을 것 같다는 생각이 든다.

또한 서로가 보면서 대화할 수 있을 때는 나의 시선, 표정 등 그리고 몸짓을 사용한 바디랭귀지를 사용하여 내가 하고자 하는 말을 효과적으로 더 잘 전할 수 있을 것이다.

아들이 중고등학교 다닐 때다.

학교 수업 이외에 엑스트라 커리큘럼 과외 활동이 있다. 예술 클럽, 학교 신문 클럽, 지역 봉사 활동 클럽, 스포츠 클럽 등 여러 분야가 있어 본인이 좋아하는 곳을 골라 가입하면 된다. 아들은 학교 신문 편집 클럽에 들어갔고 또한 학교 수영 클럽에 들어가 방과 후 모임을 했다. 같은 수영 클럽에 들어 있는 아들 친구 중 하나는 디베이트 클럽에 들어가 활동한다고 했다.

나는 디베이트 클럽에서 무엇을 하는 건지 몰라 아들에게 물어 보았다. 비슷한 나이의 학생들이 모여 주제를 정하고 토론한다고 한다. 그런데 아들 말에 의하면 친구가 그 팀에 들어가 무척 스트레스 받는다고 했다. 너무 스트레스 받아 몸도 마르고 학교 성적도 떨어지고 있다고 한다. 나는 이해가 되지 않았다. 비슷한 나이의 학생들이 모여 주제를 하나 정한 다음 서로의 생각과 의견을 말하고 토론하는데 무엇이 그렇게 스트레스를 주는 것일까 의아했다. 그러자 아들이 다시 설명한다.

디베이트 경연이 정규적으로 열린다고 한다. 토론할 주제를 미리 알려주지 않지만 요사이 일어나고 있는 정치, 경제, 시사 문제 등에 대해 주제가 나오면 자기의 견해와 의견을 정해진 시간에 서로가 논쟁한다고 했다. 그런데 그때 상대편의 감정을 상하게 하면 점수가 깎인다고 했다. 상대편의 감정을 건드리지 않으며 자기 생각을 잘 표현하여 청중들의 공감을 받아야 점수가 가해진다. 또 한 가지는 상대편의 비방 때문에 내 기분이 나빠져 감정적으로 표현을 하면 점수가 또 깎인다고 했다.

디베이트 팀을 통하여 살아남는 학생들이 나중에 정치 사회 언론 각 분야에서 중요한 큰 인물들이 나온다고 한다. 중·고등학교 때부터 그들은 지혜롭게 대화하는 걸 배우고 있는 것이다. 서로 반대되는 이슈에 대해 논쟁을 할 때 상대방이 나에 대해 비방하는 소리를 들어도 감정을 폭발하지 않는 인내심을 배우고 또한 상대편이 한 주장을 무시하며 비방하지 않으면서도 자기의 견해를 잘 전하는 대화의 올바른 가치를 배우며 실제로 실력을 닦고 있는 것이었다.

아들에게 디베이트 클럽 활동에 대해 듣자 나의 아들 또한 중·고등학교 시절부터 그런 곳에 들어가 경험을 쌓으면 좋아 보였다.

"너도 그 친구처럼 그 팀에 들어가면 어때? 그런 토론 준비하다 보면 책도 더 많이 읽으며 사회, 정치, 역사 그리고 철학 등 두루두루 네가 접할 것 같아서다."

"엄마 전 사진 찍고 글 쓰는 게 더 좋아요. 신문 편집반에 들어가 에디터로 일하고 있잖아요."

자기 친한 친구가 디베이트 클럽에 들어가 스트레스 받아 몸도 빠지고 성적도 떨어진다고 말했는데도 엄마가 들어가라 하니 아들의 얼굴 표정이 못마땅하다는 듯 찡그려진다.

"아 엄마가 잠시 잊어버렸네. 아들이 좋아하는 과외 활동을 하고 있다는 걸. 엄마는 디베이트 클럽보다 아들이 좋아해서 들어간 신문 에디터 클럽이 훨씬 더 좋다!"

아들의 표정이 찡그려지자 나는 대화 속의 하나인 바디랭귀지가 떠올랐다. 아들은 나에게 짜증을 부리며 화내지는 않았지만 나는 아들의 표정에서 기분이 나빠진 것을 읽을 수 있었다. 난 목소리도 부드럽게 하고 얼굴에 함박꽃 같은 웃음을 지으며 다시 엄지손가락을 올렸다.

"우리 아들 최고!"

이제부터라도 대화의 한 방법인 바디랭귀지를 사용하며 이미 상하게 한 아들의 기분을 달래주고 싶었다. 아들을 사랑하고 있다는 마음을 알리고 싶어서였다.

◖ 어 린 동 생 과 함 께

법적으로 12살 미만의 아이가 집에 혼자 있으면 부모들이 추궁을 당할 수가 있다. 주마다 틀리지만 보통은 12살이 넘으면 혼자서 판단할 능력이 있다고 하여 집에 혼자 두어도 괜찮다고 한다.

초등학교 졸업할 때까지는 아이들을 돌보는 집에 맡겨 직장이 끝나자마자 아이를 데리고 집으로 왔다. 하루는 직장에 일하러 나가려고 하는데 아이를 봐주는 집에서 전화가 왔다. 갑자기 열이 나며 몸살 기운이 있으니 아이를 봐줄 수가 없다고 한다. 시간이 너무 촉박했다.

14살이 된 딸아이는 곧 노란색의 스쿨버스를 타러 나갈 시간이 가까워지고 있다. 누나보다 10살이나 어린 네 살배기 아들을 아이 봐주는 곳으로 데리고 가야 하는데 갈 곳이 없었다. 엄마 아빠 둘 다 일하다 보면 이렇게 집안에 아이들끼리만 남겨질 때가 있다. 주위에 부모도 친척도 없이 사는 이민 생활이다 보니 이런 응급 상황일 때가 제일 어렵다.

직장에 전화하여 못 나간다고 하면 얼마나 좋을까? 체인 약국에서 일하던 나는 다른 약사가 휴가였기에 내가 나가지 않으면 약국 문을 닫아야 했다. 남편은 이미 출근을 하였고 연락이 되지 않는다. 그렇다고 전화 연락이 오기를 무작정 기다리고 있을 수도 없었다. 시간만 흐르고 있다. 약국 문을 닫을 수는 없었다. 법적으로 딸이 14살이기에 동생을 볼 수 있다는 생각이 들었다. 급한 대로 딸에게 부탁했다.

"엄마가 일단 약국에 가서 약국 문을 열고 다른 약사와 연락이 되면 다시 집에 올 테니 그동안만 동생을 보고 있으렴."

그리고 나는 직장으로 급히 향했다. 겨우 다른 약사와 연락이 되어 집으로 올 수 있었으나 시간은 이미 3시간이나 지나버렸다. 집으로 전화를 했으나 딸과 연락이 되지 않는다. 뒷마당이라도 나간 것일까? 임시 약사가 일하러 나온다고 해도 약국까지 오는 데 벌써 반나절이 지났다. 딸의 학교가 2시경에 끝나 집으로 올 시간이었다. 난 부리나케 집으로 되돌아왔다. 집에 오니 딸도 아들도 보이지 않는다. 부엌 밥상 위에 노트가 보인다.

"엄마가 집에 와서 찾을까 봐 글 쓰고 있어요. 동생과 함께 학교에 같이 갔으니 걱정하지 마세요."

얼마 후 딸이 아들과 함께 스쿨버스를 타고 집으로 왔다.

"어떻게 된 거야?"

"동생하고 아침에 같이 스쿨버스 타고 학교에 갔어요."

나는 딸의 대답을 들으며 놀라서 반문했다.

"동생이 너희 반에 같이 들어갔다는 거야?"

"네."

"동생이 시끄럽게 굴지 않았어?"

나는 네 살배기 아들이 누나가 배우는 교실에서 지루하여 울거나 소리라도 지르며 수업을 방해하였을 것을 연상하면서 물어보았다.

"책하고 종이 그리고 연필 주었더니 뒷자리에서 그림 그리며 조용히 앉아 있었어요."

"선생님은 싫어하지 않았어?"

"수업이 시작하기 전 선생님께 사정을 말씀드렸더니 동생이 뒷좌석에 앉아도 좋다는 허락을 받았어요."

딸의 그 이야기를 들으며 가슴이 찡하게 아려왔다. 한 번도 지각하지 않고 결석하지 않았던 딸이었다. 엄마 아빠가 둘 다 일해 제대로 못 봐주어 항상 미안했는데 4살짜리 동생까지 데리고 학교에 갔던 것이다. 누나가 수업 받는 교실 뒷좌석에서 외톨이가 되어 조용히 그림만 그리며 시간을 보낸 아들에게도 미안했다.

'고맙다, 딸아 그리고 아들아. 나중에 너희들이 결혼하여 가정을 갖고 아이 낳으면 근처에 살면서 네 아이들은 엄마가 정성껏 돌봐줄게.'

난 미안함을 그렇게 달래고 있었다.

아들 1,
딸의 기도

　　　　　아기가 임신되었다는 것을 알고 얼마나 기뻐했던가.

　첫째 딸이 태어나고 10년이 지나도록 소식이 없었다. 아마도 미국 와서 대학 다니며 공부하느라 또한 직장생활 하느라 정신없이 바빴던 것이 가장 큰 이유일 것이다. 자제분이 두셋 있는 다른 가족이 부러웠다. 나와는 달리 남편은 딸 하나면 충분하다고 했다. 자식 많이 있는 것보다 부부 사이만 좋으면 괜찮다고 했다. 딸 하나만 있으면 외로워 보였다. 나중에 부모가 늙어 먼저 떠나면 형제자매도 없이 혼자 남을 딸이 외로울 것만 같았다. 딸도 여섯 살이 되더니 자기 친구들은 동생이 있는데 자기는 왜 혼자냐고 항의했다. 엄마가 늙으면 아기를 가질 수 없다고 친구들이 말했다며 더 나이 들기 전에 동생 하나 가지라고 한다. 하루는 저녁 시간에 딸이 잠자고 있는 방으로 들어갔다. 엄마가 들어온지 모르고 침대 앞에 무릎 꿇고 중얼중얼 기도하고 있다. 나는 딸 등 뒤에서 나도 모르게 엿듣게 되었다.

"하나님 제 동생을 갖고 싶습니다. 저희 엄마 아빠가 더 늙기 전에 제 동생을 하나 꼭 만들어 주세요. 저는 여자 동생이 있으면 좋겠어요. 그런데 엄마 아빠는 제가 딸이라 두 번째 아기는 아들을 원하고 있어요. 하나님, 엄마 아빠 위해서 남자 동생을 하나 꼭 갖게 해 주세요. 예수님 이름으로 기도합니다."

난 딸의 기도를 엿들으며 조용히 방 밖으로 나갔다. 가슴이 뭉클해 왔다. 딸에게 아들 갖고 싶다고 말한 적도 없는데 엄마 아빠의 마음을 어떻게 알아챘는지도 궁금했다. 아마도 딸도 있고 아들도 있는 집을 보며 나도 모르게 부러워하며 내뱉은 말을 들은 모양이다. 부부가 모두 직장 생활을 하다 보니 딸 하나만 키우기도 무척 바빴기에 난 하나만 있는 것도 감사하다며 지내고 있었다. 딸의 기도를 엿들은 후 거의 4년이 지난 후다.

마치 예상하지 않았던 보너스를 받듯이 갑자기 아기가 임신이 된 걸 알았다. 오랫동안 아기 소식이 없어서 포기하고 있던 차였다. 전혀 계획이 없었는데 임신이 되었다는 것을 안 순간 너무 기뻤다.

나이 36세가 되어 임신이 되면 불구아가 나올 확률이 크다며 태아의 유전자 검사를 위해 양수 검사를 하라고 산부인과 의사가 말한다. 정상적인 아기가 태어나는 게 모든 부모들의 마음일 것이다. 혹시라도 불구아가 태어날까 무섭기도 했다. 딸이거나 아들이거나 상관없이 정상적인 아기가 태어나게 해 달라고 기도했다. 스탠포드 대학 병원에서 진단 검사를 하였다. 얼마 후 직장에서 일하는데 전화가 왔다.

"축하합니다. 아기가 아무 이상이 없습니다."

나는 그 소식에 너무 기뻤다. 내가 원하지 않으면 성별을 알아도 병원 측에서 먼저 가르쳐 주지 않는다. 나는 조심스레 물어보았다.

"딸을 원하세요? 아들이기를 원하세요?" 병원 측에서는 곧바로 대답하지 않는다.

"딸이 하나 있으니 이번에는 아들이면 좋겠어요. 하지만 딸이래도 상관없어요. 건강하다니 그게 제일 기쁩니다."

금방 대답을 하지 않는다. 대답을 기다리고 있던 나의 마음이 조금씩 떨려오고 있다.

"당신이 원하는 아들입니다."

그 대답을 듣는 순간 나는 뛸 듯이 기뻤다.

'아. 나도 내 평생에 아들을 한번 가져 보는구나.'

아니 조금 전까지 딸이라도 감사하다고 그러지 않았어? 변덕쟁이 같으니라구? 마음이 금세 변해서 그렇게 좋아하는 거야? 확률은 반반이었는데, 내가 성별을 정하는 게 아니잖아. 그렇다면? 난 갑자기 여섯 살 때 침대 앞에서 무릎 꿇고 기도한 딸의 기도가 떠올랐다.

딸의 순진하고 간절한 기도 모습에 하나님이 감동하신 건 아닐까?

아 들 2,
초 등 학 교

　　　　　　아이가 태어난 후 자라는 걸 보는 부모의 마음은 무척 기쁘고 즐겁다. 시간이 지나도 갓난아기였던 시절이 엊그제 같다. 어느새 자라나 한 해 두 해가 되어 가더니 아장아장 걷는다. 처음으로 혼자서 뒤뚱거리며 일어나 걷는 모습을 보는 부모는 너무 대견하여 환희에 찬 함성을 지른다. 아버님과 함께 공원을 걸으며 난 나의 아이들이 커 가면서 기뻤던 이야기를 했다. 처음에 걷는 모습을 볼 때 너무 기쁘고 자랑스러웠다고 했다.

　아버님은 아이들이 처음 초등학교에 들어갔을 때의 모습도 무척 흐뭇하셨다고 말씀하신다. 아버님의 아이들이라면 나도 그중의 하나이다. 초등학교 입학식 전날이 떠오른다. 저녁이 되어 잠을 자기 전 난 내 머리맡 바로 위에 새 가방과 새 운동화를 두고 잠을 잤던 기억이 난다. 그 시절에는 유치원이 보편화되지 않았기에 나로서는 학교에 처음 들어간 것이다. 얼마나 학교에 가고 싶어 기다렸는지 마음이 두근거려 잠을 설쳤던 것 같다. 그렇게 좋아하는 나의 모습을 보며 아버지도 내 마음을 읽었는지 모른다.

가방을 등에 메고 활기차게 걸어가는 조그만 아이의 모습에 이제는 많이 자랐구나 하며 흐뭇해하신 것 같다.

두 아이를 키우다 보면 성격이 서로 다르다는 것을 발견한다. 딸은 아빠를 닮아서 차분했고 아들은 나를 닮아선지 성격이 급한 편이다. 나를 처음 본 사람들은 나의 첫인상이 무척 얌전하고 조용하다고 했다. 내가 다른 사람 앞에서 화를 낸다는 걸 상상을 할 수 없다고 했다. 그 이야기를 들으면 부끄러워진다. 내가 그렇지 않다는 걸 스스로 알아서이기 때문이다. 내가 전혀 화를 못 낼 것 같다고 말한 사람들에게 물어보았다. 왜 그렇게 생각하느냐고? 내 목소리가 조용하고 부드럽다고 한다. 거기다 처음 보았을 때 내 얼굴이 항상 공손한 기색으로 얌전하게 보이며 예의 바르게 행동하여서란다. 대학 졸업 후 병원 약국에 들어갔을 때 나를 처음 본 선배 병원 약사가 한 말이 떠오른다. 지금까지 살아오며 나처럼 때 묻지 않고 순수한 얼굴을 본 적이 없다고 한다. 그건 다른 사람의 눈에 처음 보이는 첫 인상에 불과하다. 얌전하고 앳되게 보이는 인상이라며 상대편의 좋은 평을 듣고 있으면 고마웠다. 하지만 나도 화를 참지 못하고 폭발한 적이 여러 번 있다. 그래선지 부모들은 자기와 닮은 자식이 혹시 문제를 일으킬까 봐 걱정도 한다. 아직 아무 일이 생기지 않았는데도 부모들은 걱정한다. 급한 성격 때문에 친구들과 싸우다 얻어터지기라도 한다면? 도리어 상대편을 두들겨 패 구치장에 들어가게 된다면? 그래서 아들이 초등학교 때 물어본 적이 있다.

"친구들 하고 잘 지내고 있지?"

"네, 잘 지내고 있어요."

"엄마가 옆집 사람한테 들었는데 초등학교 다니는 학생인데 마리후아나 담배 또는 마약을 판다는 아이가 있다 들었어. 뜬소문이기를 바란다. 그런 아이들이 너에게 접근하면 어떻게 하니?"

"예, 있어요. 저한테도 다가와 물어보았어요."

"뭐라고?"

난 깜짝 놀랐다. 어린 아이들이 돈이 있다면 얼마나 갖고 있다고 벌써부터 꼬시다니? 다른 나라와는 비교도 되지 않는 앞선 전쟁 무기와 미사일로 강국을 이루고 또한 풍족하고 여유 있는 경제 부국으로 세계에서 일등의 나라로 군림하고 있는 미국이다. 우리의 아이들, 또 그 아이들의 아이들이 살아갈 나라이다. 그런데 마약과 담배를 파는 범죄 집단이 초등학교까지 들어가 어린아이들을 유혹하고 있다니 미국의 앞날에 걱정이 앞섰다.

"넌 그래서 어떻게 했어? 선생님께 가서 말했어?"

"아니에요. 이미 친구한테 들어서 누군가가 팔고 있는지 대부분 알고 있어요. 저에게도 접근하기에 상대편을 화나지 않게 하며 거절을 했어요. 다시 저에게 와서 친구 삼으려 해도 상대편 기분 나쁘게 하지 않으면서 제가 멀리하고 있어요."

"선생님한테는 왜 말하지 않았니?"

"그 친구 스스로 마음 바꾸기를 원하고 있어요. 선생님이 알면 그 친구가 퇴학당하잖아요. 그건 저도 원하지 않아서예요."

아들은 아직 초등학교 다니는 어린아이이다. 그래서 생각도 단순하리라 했다. 초등학교 다니는 아들의 대답을 듣고 깊게 생각하고 있는 아들이 보여 놀랐다. 걱정거리를 미리 만들며 살고 있었던 엄마이다.

이제부터 아들을 신임하며 마음 편하게 살아야겠다.

아들 3,
사춘기

사춘기 시절이 되면 위험해진다는 말을 많이 듣는다.

육체적으로도 변화하지만 정신적으로 자아가 성숙해지며 독립적으로 되고 싶어 한다. 자기와 사상이 다른 부모와 사회에 대하여 반항 의식도 갖는다. 그러다 보니 학교에서 모범생이던 학생이 갑자기 비뚤어지기도 한다. 또한 부모와 말다툼도 하고 아예 부모와 말을 하지 않으며 반항도 한다. 그래서 자식이 사춘기 시절에 잘못될까 봐 부모로서 두려움도 갖는다.

사춘기 자식들을 키웠던 경험 있는 지인들에게 물어보았다.

"그 시절엔 바쁘게 보내야 한다." 대부분 그런 충고를 많이 들었다.

할 일 없이 시간이 남으면 나쁜 생각을 할 수 있고 나쁜 친구를 만나 나쁜 짓을 할 수 있다. 그걸 방지하려면 아이들을 무료하게 내버려 두지 말라고 했다. 바쁘게 보내게 하려면 무엇을 배우게 하든가, 용돈을 주며 집안일을 시키든가, 사회 봉사활동에 참가하게 하라고 했다. 난 그 여러 가지 바쁘게 시간 보내는 것 중 무엇을 배우게 하는 거로 선택했다.

아들은 남보다 그림 그리는 걸 좋아했다. 그래서 방과 후 미술 학원을 보냈다. 그리고 피아노와 바이올린 두 악기를 배우게 했다. 남자아이이므로 스포츠도 중요하다고 생각했다. 그런데 미식 축구, 복싱, 씨름 등은 모두 위험해 보였다. 나름대로 안전하다고 고른 스포츠는 수영이다.

다른 분들의 조언에 따라 바쁘게 시간 보내게 하려다 보니 아들이 배우러 가는 곳이 너무 많았다. 또 배운 걸 연습해야 하는 것도 너무 많았다. 그런데도 난 아들을 바쁘게 만들고 있다고 생각하며 만족해하였다. 그런 나의 모습을 본 지인 한 분이 내가 백화점 교육을 시킨다고 했다. 그분의 눈에는 내 욕심이 지나치다 생각했을 것이다. 하지만 난 그때 아들을 무료하게 시간 보내지 않게 하는 것에만 초점을 맞추었다. 그런데 엄마의 모순된 어리석음이 그때는 보이지 않았는데 지금에야 보인다.

아들은 그림 그리는 걸 좋아한다. 그런데도 아들이 그림 그리는 것보다 피아노와 바이올린을 더 잘하기를 바랐다. 아들이 별로 좋아하지 않은 악기를 매일 30분씩은 연습을 시켰다. 연습을 시작하여 10분도 되기 전에 아들은 등이 가렵다며 긁적인다. 5분 정도 더 연습하고 화장실로 간다. 아마도 30분에서 15분이나 20분 정도만 연습하는 것 같다. 나는 그런 모습이 보기 싫었다. 악기를 별로 좋아하지 않은 아이는 괴로웠고 옆에서 지켜보고 있는 엄마도 괴로웠다. 바이올린 선생님의 가르침이 좋아선지 아들은 그 어려운 오디션에 뽑혀 모두가 되고 싶어 하는 콘쳐르마스터가 되었다. 콘쳐르마스터로 뽑혔을 때 엄마인 나는 무척 기분이 좋았다. 일 년에 한 번 하는 오케스트라 연주에 아들이 일어나서 바이올린 음 소리를 내면 모두들 아들의 소리에 맞춰 조율했다.

하지만 아들이 음악보다 미술을 더 좋아했던 걸 엄마는 알고 있었다. 그림을 그릴 때의 아들 모습을 보면 그림 속에 정신이 빠져 시간 가는 줄 모른다. 모양 구조 등이 짜임새 있고 그 안에 색감이 꽉 차 있다. 그리고 전체 디자인이 남들과 다르게 창의적으로 그렸다.

왜 엄마는 아들이 좋아하는 미술보다 아들이 별로 흥미가 없는 음악을 하도록 강요했을까? 음악은 연습할수록 기술이 느는 게 눈에 확연히 나타나는 데 비해 미술은 그렇지 않아서였던 것 같다. 이제 와서야 엄마인 내가 아들의 행복한 시간을 빼앗아 버린 것에 미안함과 죄책감이 생긴다.

아들이 고교 시절에는 스포츠 과외 활동으로 수영반에 들어갔다. 수영 연습은 악기 연습하듯 하루에 30분씩 하는 게 아니다. 학년이 올라갈수록 연습 시간이 길어진다. 방과 후만 하는 게 아니다. 아침 새벽에도 일어나 연습하러 가야 한다. 여름에야 더우니까 시원하기라도 하겠지만 한겨울 콧김이 하얗게 나오는 추운 날도 물속으로 들어가야 한다. 물론 덥혀진 따뜻한 수영장 물이기는 하지만 물 밖에 나오면 온몸이 추위에 떨린다. 또한 극심한 육체 운동이라 한두 시간 수영하면 온몸이 지쳐 집에만 돌아오면 잠이 쏟아진다.

하루는 아들이 무척 피곤해 보였다. 내일 치르는 시험을 보니 수학과 역사 두 과목이나 있다. 난 아들에게 저녁 수영 연습을 빠지라고 했다. 수영 훈련을 받다가 고교 성적이 나쁘게 나오면 대학을 못 들어갈 수도 있는 상황이었다. 내일 치르는 두 과목 시험 점수가 엄마에게는 더 중요해 보였다. 아들은 수영 연습을 하러 가겠다고 한다. 아직 어려 운전 면허증을 못 따 운전을 못 하는 아들이기에 엄마가 연습하는 곳까지 못 데려다준다고 했다.

그러면 집에 남아 시험공부를 하리라 생각했다. 수영 훈련은 고교 수영장이 아닌 올림픽 경기장 크기의 큰 수영장으로 만들어진 올로니 컬리지에서 실시되었다. 집에서 2마일 정도 떨어져 있다. 더구나 수영장은 가파른 언덕 위에 자리 잡고 있다. 그곳의 가파른 언덕을 걸어 올라가는 것도 보통 힘든 일이 아니다. 엄마가 가지 말라고 했는데도 아들은 자전거를 꺼내 수영장을 갔다. 끝까지 자기 고집만 피우며 수영하러 간 아들이 미웠다. 수영 연습이 끝나 아들이 집에 되돌아왔다.

"자, 이제 시간도 얼마 남지 않았는데 내일 시험은 어쩌려고 그러니?"

"엄마, 전 시간이 너무 많으면 잡생각이 떠올라 정신 집중이 되지 않아요. 그런데 시간이 얼마 없으면 한 번만 읽어도 머릿속에 쏙쏙 들어와요. 그래서 수영 연습하고 온 거예요."

다음 날 시험 치른 두 과목 모두 좋게 나왔다. 필요 없는 걱정에 잔소리만 하며 엄마가 아들을 괴롭혔던 것이다. 그림 그리는 걸 더 좋아한다는 것을 잘 알면서도 외면하고 엄마가 좋아 보이는 음악 악기 훈련만 강요시켰다. 이제는 되돌아갈 수 없는 중·고등학교 시절 아들과 함께 했던 시간들이다.

그러했던 나 자신이 부끄러워진다.

아빠와 딸

　　아빠들은 딸이 태어나면 딸 사랑에 푹 빠지는 것 같다. 아내의 사랑까지 모두 빼앗아가는 것 같다.

　내가 사는 동네 프리몬트에 사는 분의 말씀이다. 레스토랑 비즈니스를 하기에 자동차가 여러 대 필요했다. 새로 SUV 4x4 차를 구입해서 고속도로를 운전하는데 차가 떠는 느낌이 온다고 했다. 특히 구부려서 들어가는 고속도로 진입로에서 핸들을 돌리면 더 심하다고 했다. 이러다 마치 차가 옆으로 엎어질 것 같은 느낌이 와서 불안하다고 남편에게 말했다.

　"당신이 운전을 제대로 못 해서 그러는 거야. 방금 산 새 자동차인데 고장이 있을 리가 없지."

　남편은 아내의 말을 전혀 귀담아듣지 않았다. 몇 개월 후 대학에 다니던 딸이 학기말 시험이 끝나 잠시 집에 들렀다. 마침 시간 여유가 있었던 딸이 차에 기름을 넣으려 집에서 멀지 않은 주유소로 갔다. 주유소에 내리자마자 딸이 아빠에게 전화했다.

　"아빠, 이 SUV 차가 떨리고 있어요. 핸들을 돌릴 때면 더 심해요."

"거기 어디냐? 움직이지 말고 그대로 있거라. 아빠가 곧장 너한 테 갈 테니까."

엄마 말은 전혀 믿지도 듣지도 않았던 아빠였다. 그런데 딸의 단 한 통의 전화로 아빠는 그 차를 바꾸고 다른 차를 샀다고 한 다. 혹시라도 차가 엎어져 딸이 다칠까 봐 걱정되어서였다. 아내보 다 딸만 걱정하는 아빠가 아닌가?

내 딸이 초등학교 그리고 중·고등학교 다닐 때다. 과학 시간에 학생들에게 내주는 과제물이 특이했다. 선생님 마음에 흡족하게 과제물을 해 온 학생들은 자기의 성적에 가산 점수가 더 붙었다. 과제물은 혼자 하기에 쉽지는 않았다. 그래서 부모들이나 형제, 자매들이 많이 도움을 주었다.

과제물의 예를 들어보자. 계란 한 알을 3층에서 떨어뜨려도 깨뜨 리지 않게 포장하여 오라고 했다. 포장 박스의 사이즈는 너무 크지 않은 어느 한도 안에서라고 박스의 길이를 정해 주었다. 또 다른 과제물은 자동차 길이의 한도를 정해준 후 나무로 자동차를 조립 해 고무줄을 이어 제일 멀리 가게 만들어 오라고 했다. 누가 제일 좋은 기록을 내느냐가 중요하기 때문에 서로 경쟁이 벌어졌다.

아빠와 함께 딸은 그 숙제를 했다. 계란 두 다즌을 들고 백화점 3층 건물 위에 가서 박스 안에 솜, 종이, 비닐백, 닭 날개 등 이것 저것을 넣어 보며 떨어뜨리는 실험을 하다 갖고 간 계란이 다 깨 져 낭비한 적도 있다. 자동차도 며칠을 고안하여 그림을 그리고 모형을 만든 후 마룻바닥에서 고무줄을 잡아당기며 만들었건만

학교에 가지고 가면 딸보다 더 멀리 가게 만든 학생들이 여럿 있었다.

비록 선생님을 흡족하게 하지는 못했지만 그러한 과제물을 아빠와 딸이 같이 하면서 무조건 외우는 지식의 교육보다 생각하게 만들며 탐구하는 창의와 발견의 교육도 연습했으리라 본다.

무엇보다 아빠와 딸이 그러한 숙제를 같이하면서 더 가까워질 수 있었다. 그래서 나중에 시간이 지나면 아빠에 대한 좋은 추억으로 남을 것이다.

그런데 또 한 번은 이런 과제물이 있었다. 집에서 콜라 빈 병, 빈 알루미늄 깡통 모아놓은 것 30개 이상 학교에 갖고 오면 점수를 올려준다고 했다. 학생들에게 리사이클의 중요성을 알리기 위해서였을 것이다. 아니면 학생들이 갖고 온 것을 모아 재활용품으로 팔면 얼마 되지 않은 돈이라도 학교 기금으로 쓰려고 했던 알뜰 살림 모금운동일 수도 있다. 그 숙제를 받은 날 집안 차고를 찾아보니 몇 개밖에 없었다.

딸은 그 과목에서 이미 A를 받고 있었기에 구태여 점수를 더 가산할 필요는 없었다. 과제물을 해 가지 않아도 A가 나오는 게 확실했는데도 선생님이 해오라는 숙제를 못 해 가니 공연히 마음은 좋지 않았다. 나는 딸에게 이번에는 과제물을 갖고 가지 말라고 했다.

다음 날이었다. 학교에서 온 딸이 아빠가 아침에 만들어 주어 학교에 빈 깡통 30개를 가지고 갔다고 한다. 남편이 퇴근 후 집에 왔을 때 어떻게 구했나 물어보았다.

"그런 걸 왜 알려고 해? 당신은 알 필요가 없어."

더 궁금해지고 있다. 드디어 알아냈다. 하지만 나는 남편이 딸의 과제물 도와준 방법에 너무 놀랐다. 월요일 새벽이면 쓰레기를 치우는 차가 온다. 그래서 일요일 저녁에 쓰레기통 3개를 차고 앞 도로변에 세워둔다. 파란색 통은 일반 쓰레기이고 초록색 통은 잡초 뽑은 것, 나뭇가지 자른 것 등이고 회색 통은 재활용할 수 있는 신문지 또는 알루미늄 빈 깡통 등을 넣어둔다.

남편은 새벽 일찍 일어나 쓰레기 차가 오기 전 옆집, 앞집에 있는 재활용 쓰레기통을 열어 빈 깡통 30개를 모아 딸에게 준 것이었다. 동네 사람들이 보았으면 내 남편을 빈 깡통 쓰레기 주워 담는 넝마주이 또는 거지로 보았을 것 같아 얼굴이 화끈거린다. 그렇게 딸을 위하는 아빠가 있었기에 딸이 비뚜로 나가지 않고 공부를 잘해 주었구나 하는 생각이 든다.

그렇지만 동네 주변 사람들 앞에서의 나의 체면은 완전히 구겨진 것 같다.

◖ 요하네스버그

미국 학교에서는 90점을 받아도 성적표에 A 그리고 100점을 받아도 성적표에 A로 나온다. 딸은 100점을 원한다. 1점이라도 모자라 99점을 받으면 표정이 변한다. 또한 과목 전부 A를 받아야 한다.

한 번은 딸의 성적표 과목 하나가 B로 나왔다고 한다. 학교 계단에 앉아 이마를 계단 시멘트 바닥에 부딪히며 우는 딸의 모습을 보았다며 딸 친구 엄마가 나에게 전한다. 미국 학부모 중 어느한 분은 내가 일하는 약국으로 아들의 성적표를 들고 와 자랑한적이 있다. 성적표를 들여다보니 대부분 C였다. 단지 한 과목이 B가 나왔기에 기뻐 자랑하고 있었다. 그렇게 똑같은 B를 받아도 기뻐하는 사람이 있고 딸처럼 한이 맺혀 우는 사람도 있다.

시멘트 층계 바닥에 이마를 부딪치며 우는 모습을 본 딸의 친구가 자기 엄마에게 말한 것이 다시 나에게로 전해지며 들었을 때난 가슴이 아려왔다. 모든 과목을 A 받기가 어렵다는 것을 엄마인 나는 이미 잘 알고 있었다. 특히 딸이 다니는 이 고등학교의 어느 과목은 A를 주지 않는다고 평이 나 있다. 그 과목을 고등학교에서 B나 C를 받았는데 버클리 대학에 가서는 도리어 A 학점이 나왔다고도 한다.

성적 좋게 받으라고 부모인 내가 강요를 한 것도 아니다. 공부 잘하는 딸을 보며 부모는 기뻐해야 할 것이다. 그런데 완벽에 집착하는 딸의 모습을 보며 도리어 걱정을 하고 있는 나를 본다.

버클리 대학의 성적은 벨 곡선으로 평이 나 있다. 미국 전국 고등학교에서 성적 좋은 학생들만 모인 곳이다. 어느 고등학교에서는 단 한 명만 버클리에 입학이 허락되었다고도 한다. 고등학교 때는 남보다 우수하여 들어왔지만 대학에서 강의하는 과목에서 성적이 갈라진다. 다들 A를 받을 학생인데도 성적표는 A부터 D 그리고 F까지 나오는 벨 곡선의 학점을 준다. 학점이 까다롭게 나오다 보니 큰 꿈을 갖고 올라온 머리 좋은 학생들이 D나 F를 받고 너무 실망하여 정신이 이상해진 경우도 있다고 한다. 아무튼 버클리 대학을 들어가기도 어렵지만 졸업하기는 더 어려운 건 사실이다. 그런데 버클리 대학에서 거의 전 과목 A를 받으며 어너 학장 리스트에 이름이 들어가 해마다 사무실 앞에 딸의 이름이 붙어 있었다고 딸의 친구로부터 들었다.

딸은 어렸을 때부터 의사가 되기를 원했다. 내가 의사가 되라고 강요한 건 아니다. 본인이 의사가 되려는 동기가 뚜렷하게 있었다. 의대 들어가기가 힘들다는 것을 들어선지 모든 것에 열심히 했다. 볼런티어 일도 이곳저곳 하였고 대학 교수님 연구실에서 리서치도 하였다. 버클리를 졸업하기 전 의대 들어가는 MCAT시험을 보았다. 좋은 성적이었다. 누가 보아도 의대 들어갈 수 있는 실력이었다.

딸은 버클리 대학을 졸업하기 전 남아프리카 의료 봉사를 6개월 동안 가겠다고 사인을 하였다. 물론 그런 봉사활동이 입학원서 자기소개 에세이 란에 써 있으면 들어갈 확률은 높아질 것이다. 그렇지만 봉사활동의 6개월이라는 긴 시간을 소비하지 않고도 들어갈 수 있다면 구태여 하지 않아도 될 것이다. 주위에서 의대에 들어간 선배들이 너는 학교 성적과 MCAT 성적이 좋으니 남아프리카에 가서 볼런티어 일을 따로 하지 않아도 입학이 된다고 조언하였다. 그런데도 딸은 입학 원서를 내기 전 모든 것을 완전하게 만들고 싶었다. 이러이러해야 입학관의 눈에 띄어 대학에 들어갈 수 있다는 다른 사람들의 충고를 받아들이고 모두 실행을 한 것이다.

딸이 남아프리카를 떠난 후다. TV 뉴스를 보고 있었다. 그 시절 남아프리카에는 에이즈 환자가 많았다. 딸이 의료 봉사하는 곳도 그러한 에이즈 환자가 들끓는 남아프리카의 큰 도시인 요하네스버그에 있는 한 클리닉이었다.

우연의 일치였을까.

그 많은 나라가 이 세상에 존재하는데 하필 그날의 주요 뉴스는 남아프리카의 소식을 전하고 있다. 뉴스의 내용인즉 에이즈 환자가 급속히 늘고 있는 남아프리카의 요하네스버그에 어린 10대

소녀들이 강간을 많이 당하고 있다고 하였다. 그 이유는 에이즈에 걸리면 사형 선고 받은 것처럼 죽어가야 하는데 처녀와 그 짓을 하면 낫는다는 소문이 돌고 있어서라고 했다. 그래서 얼굴이 앳돼 보이는 계집아이들이 피해를 당하고 있다고 보도되고 있다. 그 뉴스를 듣는 순간 난 공포에 질렸다. 내 딸은 대학생이라도 아직도 어리고 앳되게 보여 중학생 같다는 말을 주위에서 많이 하였다. 나는 뉴스를 듣자마자 걱정이 되어 그 즉시 요하네스버그의 딸이 거주하는 곳으로 전화를 하였다.

비죤스인액숀(Visions in Action)이라는 볼런티어 기관에 들어가 같이 생활하는 곳이다. 미국 적십자같이 체계화되어 대학 캠퍼스 안에서는 많이 알려진 기관이었고 안전하다고 들었다. 그런데도 뉴스를 듣는 순간 두려움이 엄습해 왔다. 딸 대신 다른 여학생의 목소리가 전화로 들려온다. 딸을 바꾸어 달라고 하니 지금 옆에 없다고 한다.

"거기는 지금 몇 시예요?"

"새벽 6시예요."

"새벽 6시인데 딸은 어디 있나요?"

"아침마다 이 시간이면 밖에 나가 조깅을 하고 돌아와요."

"다른 사람하고 같이 조깅하고 있지요?"

"혼자서 하는데요."

"들어오는 대로 엄마한테 곧 전화하라고 연락해 주세요."

그 위험한 곳을 혼자서 뛰어다니고 있다니 당장 가서 딸을 집으로 끌고 오고 싶었다. 20살이 되었지만 아직 15살 중학생으로 보이는 내 딸이 혼자서 거리를 달리고 있다가 에이즈에 걸린 사람에게 잡혀 몹쓸 짓을 당하는 모습이 눈에 어른거렸다. 비행기로 16시간이나 걸리며 9,000마일 떨어진 곳이니 당장 끌고 올 수는 없었다. 무엇보다도 딸이 자기의 목표를 위해 계획하고 실행하는 것을 방해하는 부모는 되고 싶지 않았다. 하지만 딸이 다시 미국에 있는 집으로 올 때까지 6개월 동안을 난 항상 조마조마하며 지냈다.

여러 곳 의대 입학 원서를 낸 곳 모두 합격이 되었다. 명문대 의대는 응시하는 학생들 학점이 모두들 좋다고 한다. 그래서 성적 이외에도 역경이나 고난을 이겨낸 것을 많이 본다고 한다. 빈곤한 가정이었거나 몸이 아파 휴학을 한 후에도 다시 학업을 계속한 학생들에게 입학할 확률이 더 높아진다고 한다.

나의 딸이 미국에서 알아주는 명문대학 아이비리그 대학에 입학이 된 건 요하네스버그에서 6개월 동안 봉사활동 했던 어려운 경험이 있었기에 합격된 것 같다. 딸이 아이비 리그 대학의 하나인 예일 의대에 입학이 되었다고 소식이 전해져 북가주 한국일보에 자랑스러운 한국인의 자녀 하나로 기사가 실렸다. 아는 분마다 나를 보고 "축하합니다."라고 한다.

아무것도 한 일이 없는 엄마인 내가 축하를 받았다. 버클리 대학을 졸업하기도 전에 본인이 가고 싶어 하던 의과 대학에서 입학 허락을 받은 딸이 기뻐하니 나 또한 기쁘고 행복했다.

요하네스버그에서의 6개월 자원봉사가 끝나자 어느새 정이 들었던 그곳 주민들이 딸에게 준 선물들이 책꽂이 선반 위에 놓여있는 게 눈에 들어온다. 나무와 돌멩이를 손으로 직접 깎아 만든 수공예품들이다. 나의 딸 이름 그리고 고맙고 사랑한다는 메시지가 담긴 글이 일일이 손으로 새겨져 있다.

그동안 딸이 다치지 않고 되돌아와서 제일 먼저 감사하고 또한 우리보다 열악한 환경에서 사는 주민들을 위하여 사랑하는 마음으로 돌보다 그들의 사랑도 받아왔음에 가슴이 뿌듯하다.

◖ 간소화

　　　　　많이 갖고 있는 것보다 적게 갖고 있는 것이
더 힘들다는 것을 깨닫는다. 마치 많이 먹는 것보다 적게 먹는 것
이 더 힘든 것과 같다.

　미니멀리즘이라는 단어가 새롭게 인기를 끌며 젊은이들에게 부
각되어 그렇게 살아보려고들 한다. 딸과 아들이 엄마보다 더 간소
하게 정리하며 살고 있다는 걸 알아챘다. 이유를 물어 보니 학교
다닐 때 이사 가며 거처를 옮기다 보니 물건 나르기가 너무 힘들
어 오랫동안 사용하지 않는 물건은 그때그때 없애는 걸 배웠다고
한다.

　딸과 아들이 어렸을 때 사용하던 그랜드 피아노와 보통 크기의
볼드윈 피아노가 집에 있다. 아이들이 어렸을 때 사용하던 것이라
추억이 많이 담겨있다. 검정색인 그랜드 피아노는 거실 실내 장식
용으로도 으뜸이다. 아이들 키우느라 여유가 많지 않던 시절 장만
하여선지 내게는 집안의 가보처럼 가치 있게 보인다. 딸을 주느냐
아들을 주느냐 고민하다 이미 결혼한 딸을 주려고 말을 꺼냈다.

나는 딸이 무척 기뻐하리라 생각했다.

"엄마, 말씀은 고마운데요. 저희 집에 피아노가 있으면 집안이 좁아 보여서요."

가격도 비싼 새 그랜드 피아노를 그 시절 구입하여 조심히 사용하였기에 아직까지 흠 하나 없는 고급품이었는데도 집에 놓으면 집안이 좁아 보인다고 싫다고 하는 것이다.

명품만 파는 산호제 거리를 돌아다니며 한나절을 딸과 함께 즐거운 시간을 보낸 적이 있다. 유리 창문으로 아주 예쁜 옷 하나가 보였다. 디자인도 깜찍하고 색상도 세련되어 고급스러웠다. 안으로 들어가 가격을 물어보니 예상하던 대로 무척 비쌌다. 아주 오랜만에 엄마와 딸이 함께 쇼핑 나들이 나왔기에 하나 사서 딸에게 입히고 싶었다. 한참을 옷을 바라보며 생각하던 딸이 싫다고 한다.

"엄마, 제가 새 옷을 하나 사면 갖고 있는 옷을 하나 버리기로 작정했어요. 이 옷도 무척 맘에는 들지만 버리고 싶은 옷이 없어서요."

정말로 버리고 싶은 옷이 없었을까? 아니면 엄마를 배려하여 엄마 돈을 쓰지 않으려 한 것일까? 둘 다 맞을 수도 있다. 내 옷장 속에 비하면 딸 집 옷장 속은 옷도 별로 많지 않고 잘 정리되어 있다.

나는 왜 이렇게 필요도 없는 게 많은가 생각해 본다. 첫째는 세일할 때 물건을 사 모았던 것 같다. 예를 들어 75% 세일 할 때가 있다. 천불짜리를 250불 주고 샀으면 250불 돈이 내 지갑에서 나갔는데도 750불 돈을 절약한 기분이다. 둘째는 성탄절, 그리고 생일 등 명절에 선물하기 위하여 내가 필요 없어도 선물용으로 사들인다. 셋째는 낡고 오래되면서도 독특한 물건을 보면 콜렉숀과 투자하는 거라며 사고 싶어진다. 이제는 이미 샀던 걸 잊어버리고 또 사들인다. 그러다 보니 사들인 게 점점 많아진다.

또한 나는 함부로 버리지 못한다. 결혼할 때 고급스러운 감으로 만들어진 옷들은 이젠 너무 작아서 몇 번이고 버리려고 했다. 언젠가 살이 빠지면 다시 입으려고 간직하고 있었다. 그런데 살이 빠지기는커녕 더 불어난다. 이젠 사이즈가 작아도 결혼 기념 추억으로 남기고 싶어 간직하고 있다. 한 번도 입어 보지도 못 하고 옷장 옷걸이에 걸려 있는 것도 많다. 무얼 샀는지도 잊어버려 시간이 흐른 다음에 보면 이런 옷도 있었구나 한다.

딸은 미국에서 자랐고 난 한국에서 자라서일까? 어렸을 때부터 자라 온 환경과 주위 사람들 영향을 받아 나의 생각과 성격이 바뀌며 만들어진 걸까? 식사를 하다 할머니께서 하신 말씀이다. 아마도 내가 더 먹지 않고 밥공기에 남긴 걸 보신 모양이다.

"이 쌀 한 톨 하나하나 만들려고 일년 내내 농부들이 얼마나 고생했나 생각해 보아라. 네가 먹다가 남은 밥 버리면 벌 받는다."

"할머니, 누구에게 벌 받아요?"

"죽은 후의 세상에서 옥황상제님한테 벌 받는다고 들었다."

내가 어린 시절 한국에서는 음식이 썩기 전에 또는 옷이 해어지기 전에 버리는 걸 나쁘게 여겼다. 그렇게 어렸을 때 들은 말들이 무의식에 남아 있어 버리지 못하여 내 주위에 지저분하게 쌓여있는 것인지도 모른다. 버려야지, 정리해야지 하며 매일 미룬다. 물론 어느 때는 버리고 나서 후회한 적도 있다. 더 이상 필요 없으려니 했건만 버리자마자 필요하게 되는 경우도 있다.

쓸모없는 물건을 버리지 못하여 집안 가득 축적하는 사람을 미국에서는 호더(Hoarder)라고 한다. 산호제 지역의 부자 동네 로스가토스 힐에 있는 집이 경매로 나왔다. 10밀리온이 넘는 집이다. 집 주인이 얼마 전에 죽었다고 한다. 그 집 안을 들어가는 순간 싸구려 잡동사니 물건으로 집안이 가득 차 있는 것을 보고 놀랐다. 집 밖은 부자들이 모여 사는 동네 분위기로 멋있었는데 집안은 쓰레기로 가득 차 있어 매스꺼울 정도로 더럽고 추악해 보였다.

미니멀 라이프로 살아가는 사람들은 자기 주변에 있는 물건들을 간소하게 갖는다. 비우는 것의 미학을 즐기며 단순하고 최소한의 물건들로 살아보려고 한다. 일본의 미니멀리스트 사사키 후미오가 쓴 『나는 단순하게 살기로 했다』가 2015년 출판되자마자 베스트셀러가 되었다. 이 책을 읽은 많은 젊은이들은 미니멀리즘의 책 내용에 공감하며 저자와 같이 단순하게 살아보려 삶의 탈바꿈을 시도한다고 한다. 한국에서는 이미 오래전 미니멀리즘의 사상이 담겨있는 법정 스님의 『무소유』라는 수필집이 출간되어 열풍을 일으켰다.

미니멀리즘은 단지 물건을 소유하는 것만이 아니다라는 것도 깨닫는다. 나이가 들어가면서 하고 싶은 것이 너무 많아진다. 여행, 독서, 글쓰기, 음악 감상, 드라마 보기, 영화 보기 등 또 배우고 싶은 것도 너무 많다. 역사, 철학, 심리학, 한자, 스페인어, 피아노, 댄스 등. 시간이 모자라다. 그러자 그것도 미니멀리즘을 적용하기로 했다. 꼭 필요한 물건만을 간직하듯이 배우고 싶은 것도 하나씩만 하며 간소하게 하여 여유 있는 삶을 살아보려고 한다.

중매

시대가 바뀌면서 여러 가지가 변한다. 아주 오래 전에는 자식이 자라면 부모가 짝 지어주는 사람과 결혼하기를 원했다. 좋아하는 사람이 생기면 숨기고 부모 몰래 만나다 들키면 부모의 노여움을 사기도 했다. 요사이의 부모들은 부모가 짝 지워 주는 대신 서로가 먼저 알고 지내다가 결혼하기를 원한다.

딸이 결혼할 나이가 되었다. 딸은 그때 사귀는 사람이 없었다. 자식이 결혼 적령기의 나이가 지나가면 시간이 갈수록 부모로서 걱정이 앞선다. 남편 선배의 부인 중에 중매 소개소를 차리고 비즈니스 하는 분이 계셨다. 신랑감이 아이비 리그의 하나인 코넬에서 박사 학위를 받고 현재 큰 제약회사에 연구원으로 취직이 되어 있다며 소개를 하였다. 신랑감의 아버지는 한국에서 일년에 10억 이라는 돈을 자선단체에 기부도 하는 분이라며 집안도 좋다고 말한다.

서로 떨어져 있으니 우선 이메일을 주고받고 하며 알아가면서 사귀는 게 좋아 보인다며 내 딸의 이메일 주소를 받아 갔다. 신랑

감 후보로 우선 한국 사람이어서 마음에 흡족했다. 거기에다 이름 있는 아이비리그 명문 학교를 졸업했다고 하여 나는 좋다고 했다. 중매로 소개를 하는 분의 말씀을 그대로 딸에게 전했다. 갑자기 딸이 엄마에게 기분 나쁘다는 듯 말한다.

"엄마 내가 그 남자의 아버지와 결혼하는 거예요?"

"아니 뭐라고? 무슨 질문이 그러니? 당연히 아들이지."

"그런데 왜 아버지가 10억씩 기부한다는 이야기를 하세요?"

나는 들은 이야기를 전했을 뿐이었다. 하지만 딸로서는 아버지가 10억을 기부하든 하지 않든 별로 흥미가 없는 것이었다. 마치 내가 돈을 보고 좋아서 소개시키려 하는 것처럼 보여 민망했다. 나 또한 돈이 많은 사람에게는 그다지 관심이 없었다. 나에게 더 관심이 있었던 것은 무엇일까? 똑똑한 사람이었다.

두뇌가 명석한 사람의 신랑감을 만나면 그들의 자식 또한 똑똑한 자식이 나올 것 같았다. 소개하는 분의 말을 들으니 신랑감 후보의 아버지도 나와 같은 생각을 하고있다고 한다. 둘이 결혼하면 그들의 자식도 머리가 뛰어날 거라며 꼭 중매가 성사되기를 바란다고 했다 한다.

신랑 후보감으로부터 딸에게 이메일이 왔다. 이메일을 읽고 나의 딸이 만나지 않겠다고 한다. 아직 보지도 못하고 만난 적도 없는데 이해가 되지 않았다. 남자가 보스턴에서 캘리포니아로 오니 꼭 한번 만나기를 원한다고 소개하는 분에게서 다시 연락이 왔다. 딸이 싫다고 한다. 나중에 물어보니 첫 번째 받은 이메일에 이렇게 쓰여 있었다고 한다.

"부모님들 때문에 우리가 이제 만나야만 하는 사이가 되었구나."

딸은 그 문장 하나를 읽고 정이 떨어졌다고 한다. 소개하는 분을 통하여 다시 여러 번 연락이 와도 만나지 않는다. 서로 인연이 닿지 않았나 보다. 나로서는 아쉬웠지만 별도리가 없었다.

딸이 고등학교 때다. 혹시라도 남자 학생한테서 전화가 오면 걱정을 하였다. 고등학교 역사 시간은 주로 다섯 명이 조가 되어 역사와 사회에 대해 토론하며 과제를 해 가야 했다. 그러다 보니 과제를 제출하기 위해서는 같은 조의 다른 사람의 의견도 첨부해야 한다.

아무리 많이 읽어 잘 알고 있어도 혼자만 한 것으로 과제를 해 가면 점수를 잘 받지 못한다. 그러다 보니 같은 조의 남학생에게서 전화가 오고 가는 것이었다. 하지만 전화 받는 엄마는 남자 목소리가 들리면 걱정이 된다. 남학생이 다가와 너를 좋다고 해도 절대 친구 만들지 말라고 말했던 게 떠오른다.

딸 친구 언니 중에 고등학교 때 남자와 사귀다 결혼하여 아기 키우는 게 힘들다고 대학 가는 것도 포기하는 걸 보았기에 이성 간의 사귐을 반대했다. 그러나 딸이 결혼 적령기가 지나가도 데이트할 생각을 하지 않으니 고등학교 시절 사귈 기회가 있었다면 사귀도록 내버려두는 게 좋아 보였다. 그때 공연히 잔소리했다며 후회가 된다. 이렇게 부모들도 변한다. 좋은 대학을 들어가고 성공을 하면 딸에 대해 칭찬과 부러움 담긴 말도 듣는다. 하지만 사귀는 남자 만날 시간도 없이 공부만 하다 인생을 적적하게 사는 걸 원하는 부모는 없을 것이다.

하루는 나와 나이가 비슷한 분들이 모여 이런저런 이야기를 하는 걸 들었다. 아직 결혼을 못 한 자제분을 갖은 분들이 하는 이야기다. 한 분이 말을 시작했다.

"요사이는 결혼했다고 한 후 2년도 되지 않아 이혼하는 젊은 부부가 많아요. 너무 많이 이혼들 하니까 결혼 축하장에 가면 얼마나 갈까 그런 생각부터 들어요. 이혼할 바에야 차라리 결혼하지 않는 게 낫지요."

그러자 다른 분은 말한다.

"아니에요. 전 이혼하는 일이 있더라도 결혼하기를 바라고 있어요. 그런데 제 딸에게 결혼 신청하는 사람이 있어야지요. 여자가 먼저 결혼하자고 할 수도 없고요. 나중에 늙어서라도 한 번도 결혼 못해 본 여자라고 더 업신여김을 당할 것 같아서예요."

"저도 그래요. 이혼 그건 두 번째 일이에요. 우선 결혼했으면 좋겠어요. 얼마 전에 제가 꿈을 꾸었는데 병아리가 알에서 삐악삐악거리며 나왔어요. 어찌나 그 꿈이 기쁘던지요. 제 딸이 임신하는 꿈이 아니겠어요?"

나는 그 이야기를 듣고 물었다.

"따님은 아직 결혼하지 않았는데 벌써 애기가 태어나는 태몽을 꾸었어요?"

"사귀는 남자 친구가 있는데 3년이 지나도 결혼 신청을 하고 있지 않아요. 그래서 제 딸이 임신되게 해 달라고 기도하고 있었거든요. 그러면 아기 때문에 결혼하지 않겠어요?"

그 말을 듣고 나 혼자만 놀라는 것일까? 시대가 변해도 너무 변한 건 아닐까 생각을 해본다. 이렇게 결혼하는 게 어려운 일이다 보니 나이가 되었는데도 아직 결혼을 못 한 자제의 부모들은 걱정을 한다.

몇 해가 지난 후 샌프란시스코에서 열리는 새로 나온 IT 컴퓨터 전시회에 참가했다가 그곳에 참가한 청년이 멀리 서 있는 나의 딸이 귀엽다며 다가와 말을 걸었다고 한다. 이태가 지난 후 딸에게 청혼했다. 나무랄 데 없는 사윗감이다. 결혼 전에도 결혼 후에도 병원에서 당직하느라 새벽까지 일하는 날은 저녁을 손수 준비하여 병원을 찾아가 딸을 돌보는 걸 보았다. 자상한 사위를 보며 고마움이 생긴다. 이렇게 언젠가는 결혼할 사람이 나타나 가정을 만들 때까지 부모들은 어떻게 될지 모르니까 조바심도 갖고 걱정도 한다.

문득 여러 해 전 소개하는 분을 통해 이루어지지 않은 중매가 떠올랐다. 이메일 한 번만 받고 서로 얼굴도 못 본 채 끝난 중매 소개였다. 이메일 하나 속에서도 상대편의 성격을 알아챌 수 있었을까?

아니면 단지 인연이 닿지 않아서였을까?

◑ 아 가 의 오 해

　　　　　　따스한 봄날이다. 창밖으로 들어오는 햇볕이
방안을 밝게 비춘다. 집안에 있는 것보다 대문 밖을 나가 햇볕을
받으며 걷고 싶다는 충동이 들어온다. 딸이 사는 집에서 한 블록
정도만 걸으면 동네 공원이 나온다. 그 공원에는 테니스 코트가
있어 학생들이 짝을 맞추어 테니스 치는 것 말고는 별로 사람이
모이지 않아 조용하다. 초록색으로 덮인 상록수 나무가 가장자리
에 우거져 있고 넓은 잔디밭이 있다. 그리고 어린이들이 놀 수 있
게 미끄럼틀과 그네가 있으며 모래밭도 있어 해수욕장에서 노는
플라스틱 장난감으로 모래 장난을 하기도 안성맞춤이다. 그래서
가끔 손녀딸을 데리고 그 곳으로 간다.

　나는 두 살배기 손녀딸 손을 붙잡고 공원을 향하여 걷고 있다.
아가는 아장아장 걷고 있다. 너무 조용하게 걷고 있었기에 무언가
아가에게 말을 하고 싶어진다. 아가는 말은 제대로 못했지만 알아
듣기는 한다.

　"아가야, 너 엄마 좋아해?"

"야." 아가는 고개를 끄덕이며 엄마가 좋다고 작은 목소리로 대답한다.

"아가야, 너 아빠 좋아해?"

"야." 이번에는 아까보다 아가의 목소리가 무척 크다. 거의 함성을 지르는 듯하며 "야." 하고 말한다.

아가의 목소리 크기로 보아 엄마보다 아빠를 더 좋아한다는 것을 단번에 알아챌 수 있다.

"아가야, 너 할아버지 좋아해?"

"야." 아가는 잠시 생각을 하더니 처음 엄마를 물었을 때와 같이 작은 목소리로 조용하게 대답한다.

나는 마지막으로 다시 물었다.

"아가야, 할머니 좋아해?"

내 손을 꼭 잡고 아장아장 걷고 있는 아가가 당연히 "야."라고 대답하리라 생각하며 물었다.

단지 아가의 목소리가 커질까 작아질까 궁금했다.

내 옆에서 내 손을 꼭 잡고 걷고 있던 아가가 갑자기 얼굴을 옆으로 홱 돌리며 대답한다.

"놉."

두 살밖에 되지 않은 이 어린 아가가 벌써 할머니를 놀리며 장난하고 있구나 생각했다. 다시 물었다.

"아가야, 할머니 좋아하지?"

다시 고개를 돌리며 강하게 대답한다.

"놉."

두 번씩이나 그런 대답을 들으니 갑자기 서운해진다.

내가 이 아가에게 무슨 잘못을 했나 곰곰이 따져 보아도 전혀 생각이 나지 않는다. 아가를 울린 적이 한 번도 없다. 내 시간 써가며 내 돈 써가며 장난감, 옷 사다 준 것밖에 없는데 왜 나를 싫다고 하는지 이해가 되지 않는다. 그날 공원에서 딸 집으로 되돌아왔다. 남편과 내가 집으로 갈 시간이 되었다.

"안녕히 가세요 하고 인사해야지." 엄마가 말하자마자 아가는 할아버지에게만 쪼르르 달려가서 꼭 안고 할아버지 얼굴에 뽀뽀를 한다. 나는 내 차례를 기다리며 아가에게 두 팔을 벌렸다.

그런데 아가는 나에게는 다가오지 않는다.

"아가야 할머니에게도 가서 인사해야지." 아가는 엄마 얼굴만 멀뚱히 쳐다보고 있다.

"너 할머니한테도 나이스 해야지." 엄마가 약간 큰 소리로 말하며 엄하게 변하자 아가는 그제야 나에게 천천히 다가와 얼굴에 입을 맞춘다. 마음에 없는 뽀뽀를 하고 있는 것을 단박에 느낄 수 있다.

나는 무척 섭섭해진다. 이제 다시는 아가 보러 오지 않겠다. 옷도 장난감도 사다 주지 않으리라. 환갑이 넘은 할머니가 2살짜리 아가에게서 마음의 상처를 입었다. 이 녀석이 계집애라 심리학 지그문트 프로이트가 제시한 오이디푸스 콤플렉스가 있어 자기와 성이 다른 아빠와 할아버지만 좋아하고 나는 미워하는 게 아닌가 별의별 생각이 다 떠오른다.

몇 주가 지났다. 아가는 나보고 오라고 하지 않았는데도 내가 먼저 찾아갔다. 아가의 재롱떠는 모습이 눈앞에서 어른거렸다. 아가가 너무 보고 싶어 좀이 쑤셔 가지 않고는 못 배겼다. 이런 것이 사랑이구나 하며 다시 배운다. 상대편은 좋아하지 않는데도 나 혼자 좋아서 푹 빠져 있다.

오랜만에 딸 집에 다시 갔다. 엄마 아빠가 어디서 구했는지 예쁜 옷을 입고 있다. 마치 샌 존스 옷을 사다 입힌 것 같다. 사이즈만 작았지 영락없는 그 회사의 디자인과 같다. 나중에 딸한테 들으니 센 존스 스타일로 아기 옷을 만들었지만 그 회사 제품은 아니라고 했다. 내가 사서 입고 싶어 하던 디자인 옷을 입고 있는 아가의 모습이 너무 깜찍하고 예뻤다.

"아가야 네가 입고 있는 옷 너무 예쁘다. 할머니가 입었으면 좋겠다."

아가는 새로 사온 장난감을 자기 방에서 끌고 나와 나에게 보여준다. 요사이 장난감은 실제 부엌에서 사용하는 물건이 모두 있다. 사이즈만 키에 맞게 작을 뿐이다. 냉장고와 오븐이 있다. 찬장도 붙었다. 프라이팬, 컵, 냄비 모두 실제와 똑같다. 크기만 작아 앙증맞게 보인다.

"아가야. 이 장난감 너무 귀엽다. 너무 앙증맞아 할머니가 갖고 싶어."

부엌에서 일을 하며 나와 아가를 슬며시 지켜보던 딸이 드디어 알아냈다.

"엄마가 아가에게 옷 예쁘다 그리고 장난감 갖고 싶다 하니까 아가가 엄마를 싫어하는 거예요."

"난 단지 예쁘고 마음에 든다고 강조한 것뿐인데."

"아가는 할머니가 다 빼앗아 갈까 봐 방어하는 것 같아요."

"저렇게 작은 옷을 내가 어떻게 입겠니? 그리고 장난감도 내가 갖고 가면 나에겐 쓰레기만 되지."

"아가는 그걸 모르는 것 같아요. 그래서 할머니를 멀리 하려는 것 같아요."

다음날부터 다시는 아가에게 그런 말을 하지 않았다.

어느 날 직장에서 응급환자가 생겨 토요일인데도 나는 못 가고 남편만 아가를 보러 갔다.

아가는 계속 할머니 어디 있느냐고 나를 찾았다 한다. 토요일이면 할아버지와 할머니가 항상 숟가락과 젓가락 놓이듯 같이 붙어 아기 보러 왔었기에 할아버지 혼자 오니 내가 어디 있나 무척 궁금했나 보다. 그 말을 듣는 순간 아가도 나를 무척 좋아하고 있다고 생각이 들어 기분이 좋았다.

딸 때문에 내가 무엇을 잘못하는지 알아내어 아가가 오해하지 않고 할머니를 그 전처럼 좋아하니 기쁘다. 우리는 나이가 들어도 이렇게 사소한 일로 오해가 생긴다. 잘못한 게 없더라도 상대편이 기분 나빠한다면 나 또한 무엇을 잘못하였을까 곰곰 살펴봐야겠다. 오해를 푼 후 더 이상 사이가 멀어지지 않도록 노력해야겠다는 걸 아가의 오해를 통해 배우고 있다.

PART 4

나의 견해

걱정과 열 1, 세 가지 방법

　　　　　마음의 걱정과 몸의 열은 서로 다르지만 비슷한 점이 있다.

　사람의 몸이 아프면 열이 생긴다.

　예를 들어 우리의 이마가 벽에 쾅 하고 부딪혔다고 치자. 그러면 부딪힌 자리가 부어오르면서 열이 난다. 열이 나는 이유는 우리 몸에 있는 자연 치료를 원활하게 하려 백혈구가 나타나 싸운다. 멍이 들어 염증이 생긴 이마 주위로 백혈구 수가 늘어난다. 그렇게 싸우게 하기 위해 몸에 열이 난다고 한다. 그렇다면 열이 난다는 것은 우리 몸에 좋은 현상이 아닌가. 하지만 열이 너무 나면 도리어 우리 몸의 정상이었던 몸 안의 장기를 망가뜨릴 수 있다. 그러니 열이 너무 올라가면 입고 있는 옷을 벗든가 열 내리는 해열제를 먹으며 열을 떨어뜨려야 한다.

　마찬가지로 걱정은 사람의 마음이 아플 경우 생긴다.

　우리는 어려운 상황이 생기면 앞으로 어떻게 될까 하며 걱정을 한다. 어려운 상황이 닥쳐오고 있는데도 아무 상관도 없이 지낼 수도 있다. 그러면 결과는 똑같을 수도 있지만 대부분 더 나빠지게 마련이다. 그래서 앞으로 일어날 일을 예측하고 분석하면서 결정을 내리기도 하고 계획을 세운다. 그렇게 할 수 있게 만드는 게 걱정이다.

그러니까 전혀 걱정 없이 지내는 사람보다는 웬만한 걱정은 하는 게 좋다. 입학시험 보기 전도 그렇고 취업 면접시험 가기 전도 그렇다. 걱정을 하면서 내가 할 수 있는 최선을 다한다.

그런데 걱정을 너무 많이 하는 사람이 있다. 처음에 나의 몸을 고치기 위해 열이 나는 것은 좋은데 너무 열이 나면 나의 몸의 장기를 망가뜨리듯 걱정도 처음에 적당히 나를 위해 하는 것은 좋은데 너무 걱정을 많이 하면 도리어 하고자 하는 일을 더 망칠 수가 있다. 결국 걱정이 마음의 병으로 변하며 심해지면 몸으로 전환되어 몸의 병까지 얻을 수 있다.

그렇다면 어떻게 심하게 일어나는 걱정을 없앨 수 있을까 생각해 본다. 다음은 내가 시도한 걱정을 잊어버리게 하는 세 가지 방법을 적어보았다. 완전히 다 잊어버릴 수는 없겠지만 다른 것에 몰두하다 보면 걱정하는 생각을 줄일 수는 있었다.

첫째로 몸을 피곤하게 만든다. 열심히 산책하며 걷거나 수영을 하거나 피트니스에서 줌바댄스 춤을 추면 몸이 지친다. 쓰러져 잠을 곤히 자게 만든다.

둘째로는 많이 웃도록 한다. 재미있는 코미디 동영상이나 재미있게 쓴 글을 읽는다

셋째로 보이지 않는 것을 믿는 사람들은 기도를 한다. 기도를 하면 그들에게만 보이는 절대자가 도와준다는 생각에 안심하여 걱정을 잊어버릴 수 있다.

당신이 걱정이 되면 그건 나쁜 것이 아니다.

그러나 너무 걱정하여 그 걱정이 당신을 온종일 사로잡고 있다면 내가 시도해 보았던 세 가지 중에 하나라도 해보라. 무엇이 당신에게 제일 맞는지 사람마다 다르기에 당신 스스로 찾아내야 한다.

실컷 웃거나 잠을 푹 자거나 또한 내가 할 걱정들을 보이지 않는 절대자에게 다 맡겨버리면 잠시라도 걱정할 만한 사건들을 잊어버리고 정신도 몸도 홀가분해질 것이다.

나이가 꽤 많은 90세가 넘은 사람 중에 온종일 몸에 좋은 약만 찾으면서 무슨 음식이 좋지 않다더라 무슨 약이 좋지 않다더라 하며 걱정만 하며 사는 사람을 만난 적이 있다.

걱정만 하며 길게 살면 무슨 의미가 있을까. 우리는 필요 없이 너무 걱정하여 우리의 시간을 낭비하지 않는 게 좋다. 또한 우리의 삶은 그렇게 길지도 않다. 이 지구상에 잠깐 왔다 가면서 걱정만 하며 불행하게 살 이유가 없다고 본다. 잠깐을 살더라도 기쁘고 행복하게 살아야 한다.

"그러므로 내일 일을 위하여 염려하지 말라 내일 일은 내일이 염려할 것이요 한 날의 괴로움은 그날로 족하니라" 성경 구절이 마음에 다가온다.

걱정과 열 2,
마음 챙김

걱정이 생길 때 내가 해본 세 가지 방법을 적었다. 그 이외에도 걱정에 대해 좀 더 자세하게 관찰한 마음 챙김 또는 마음 지킴에 대한 글을 읽어보자.

하버드 의대 심리학 교수인 로널드 시걸(Ronald Siegel)의 '마음 챙김(Mindfulness) & 명상(meditation)'을 통해 제안한 다섯 가지 방법을 적어본다.

첫째로 당신과 당신의 생각은 다르다는 것을 알아야 한다. 때때로 생각은 스스로를 기만한다고 한다. 그 말의 뜻은 당신이 생각한다고 그게 진짜가 아니다라는 뜻이다. 때로는 이 생각하면서 저 생각에 사로잡히기도 한다. 그렇게 떠도는 생각에 또 다른 생각으로 대응하면 오히려 그 생각에 더 사로잡혀 심하게 저항할수록 더욱 생각의 노예가 되어 간다고 한다. 그러므로 지금 바로 여기 이 순간을 있는 그대로 받아들이고 느끼라고 한다.

둘째로 판단하지 말고 관찰하라고 한다. 나쁜 생각들과 논쟁을 벌이지 말고 그냥 내버려 두라고 한다. 그저 우리가 체험하고 있는 것들을 그대로 끌어안으라고 한다. 고통스러운 경험들을 줄이려고 노력하기보다는 그 경험들을 포용하는 마음의 그릇을 키우라고 한다.

셋째로 정신을 흩트리지 말고 주위에 녹아들어 가라고 한다. 그러려면 명상이 가장 좋은 방법이다. 어떻게 명상하는지는 수련을 통해 방법을 찾아야 한다. 우선 당신의 감각에 집중한다. 예를 들어 커피를 마실 때는 향을 음미하고 식사를 할 때는 맛에 집중한다. 또한 당신 주위의 사람이 어떤 이들인지 지켜보고 그들의 말과 생각에 주의를 기울이라고 한다. 그러다 보면 스스로에게 되뇌는 생각이 이 세계 그 자체가 아님을 깨달을 것이다.

넷째로 나쁜 생각에 '나쁜 생각'이라는 딱지를 붙여 놓으라 한다. 나쁜 생각을 피하거나 다투지 말라고 한다. 그리고 다시 당신의 감각에 집중한다. 호흡에 집중하고 엉덩이에 닿은 의자의 촉감을 느끼고 옆자리에 앉은 사람에게 주의를 기울이라 한다. 나쁜 생각들에는 조롱하는 제목이나 평범한 이름도 좋으니 딱지를 붙여 놓으라고 한다. 일단 딱지를 붙여 놓으면 당신의 주의를 감각으로 돌려놓기 편하다. 이 방법은 꽤 효과가 있다고 한다. 항우울제만큼의 효과가 있다는 연구도 있다. 사실 이런 훈련을 계속해 온 사람들은 약을 끊어도 될 정도라고 한다. 주눅들기보다 여유를 갖고 나쁜 생각을 조롱하는 이름을 붙여줘라.

다섯째로 그래서 결국 감각으로 돌아와라. 이 모든 훈련을 통해 다시 감각에 집중하라고 한다. 계속된 훈련보다 사람을 더 빨리 성장시키는 건 없다. 사물만 아니라 사람에게도 관심을 기울이며 당신 주위의 세계에 온 정신을 집중하라고 한다.

이 다섯 가지 방법의 마음 챙김에 쓰여 있는 생각에 대하여 처음에는 이해하기 쉽지 않았다. "이 생각하면서 저 생각에 사로잡히기도 한다. 그렇게 떠도는 생각에 또 다른 생각으로 대응하면 오히려 그 생각에 더 사로잡혀 심하게 저항할수록 더욱 생각의 노예가 되어 간다 한다."

철학자 데카르트는 "나는 생각한다. 그러므로 나는 존재한다."라고 말했다. 라틴어로 "코기토 에르고 숨"의 문장은 유명하다. 데카르트는 후일 "우리가 의심하고 있는 동안 우리는 의심하고 있는 자신의 존재를 의심할 수 없다."라고 하면서 다음과 같은 라틴어 명제를 제시한다. 라틴어로 "두비토 에르고 코기토, 에르고 숨" "나는 의심한다. 그러므로 나는 생각한다. 그러므로 나는 존재한다."

데카르트는 여타의 지식이 상상에 의한 허구이거나 거짓 또는 오해라고 할지라도 한 존재가 그것을 의심하는 행위는 최소한 그 존재가 실제임을 입증하는 것이라고 주장했다. 인식이 있으려면 생각이 있어야 하기 때문이라는 이유이다.

그렇다면 데카르트는 생각을 하라고 하는데 왜 '마음 챙김'을 쓴 하버드 교수인 로널드 시걸은 생각을 피하고 감각에 집중하라고 하는가? 그런데 마음 챙김에서의 생각은 일어나지도 않을 일을 미리 걱정하며 의심하는 나쁜 생각이라는 점에서 틀렸다는 것을 깨닫게 된다. 다시 말해 나의 존재에 대해 긍정적 방향으로 가는 의심이 아니라 부정적인 방향으로 가는 의심은 결국은 쌓이면 심신의 병을 얻는다. 그런 나쁜 부정적인 생각이 일어날 때 훈련을 통해 감각에 집중하면서 당신 주위의 세계에 긍정적 방향으로 마음을 지키는 것이다.

◖ 상대성 원리

　　　　　한 학생이 상대성 이론의 공식을 아무리 들여
다보아도 잘 이해가 되지 않아 아인슈타인에게 물었다고 한다.

"시간과 공간에 대한 상대성 이론에 대해 비유를 들어 쉽게 설
명해 주세요. 어떻게 시간이 늘어났다 줄어들었다 합니까?"

"똑같은 시간이라도 당신이 뜨겁게 달군 불 쇳덩이 위에 올라가
있으면 시간이 무척 길게 느껴질 것이고 당신의 사랑하는 여인이
곧 떠나야 한다면 지금 같이 있는 시간이 무척 짧게 느껴질 것이
다. 그게 상대성 이론이다."

그렇다면 상대성 이론은 단순히 자연 법칙이 아니고 일종의 사
고 체계라고 할 수 있다.

1905년 아인슈타인이 〈운동하는 물체의 전기 역학에 대하여〉
라는 논문에서 특수 상대성 이론의 공식인 E=MC^2을 처음으로
선보였다. 그 후로 현재까지 상대성 이론은 너무나 유명하다.

그전에 뉴턴과 갈릴레오가 해결하지 못했던 측정의 대상이 되
는 물체와 측정의 기준이 되는 기준 좌표계의 관계를 이해하기 위

한 고민에서 상대성 이론이 시작되었다고 한다. 아인슈타인 스스로가 『물리학의 진화』에서 상대성 이론은 돌파구가 있을 것 같지 않은 심각하고 깊은 옛 이론의 모순을 해결하기 위해 생겨났다고 말했다. 또한 그는 이 새로운 이론은 일관성과 간결함을 유지하면서 옛 이론의 모순을 강력히 해결하고 있다고 말했다. 시간 팽창, 동시성의 상대성, 길이 축소 등 시공간에서 일어나는 것을 예측하는 상대성 이론의 공식으로 빛의 굴절과 블랙홀에 대한 새로운 발견 등이 발표되었다.

아인슈타인에 대한 또 다른 이야기다. 두뇌는 별로 좋지 않지만 최고의 몸매에 최고의 미모를 갖고 있는 한 젊은 여인이 IQ가 160이 넘는 아인슈타인에게 편지를 썼다.

"저와 당신이 결혼하면 세상에서 제일 머리도 좋고 얼굴도 예쁜 자식을 낳을 것입니다."

그러자 아인슈타인이 그녀에게 답장했다.

"당신과 나 사이에 나온 자식은 외모는 저를 닮아 못생기고 머리는 당신을 닮아 바보가 나올 수가 있습니다."

이 이야기는 재미로 누군가 만들어낸 이야기일 수도 있다. 유전인자는 물리학이 아니라 생물학에 관한 이야기다. 중·고등학교 시절 유전인자 DNA를 생물 시간에 배우며 친구한테서 들은 이야기다.

대부분의 남자들은 첫눈에 아름다운 여자의 외모를 보고 사랑에 빠질 수 있다. 물론 어여쁜 여자가 머리도 좋고 성격도 좋을 수 있다. 또한 그렇지 않을 수도 있다. 만약에 마음을 사로잡는

매혹적인 여인에게 자기가 싫어하는 요소를 갖고 있는 것을 미리 알았다 하자. 그렇다면 사랑에 빠지지 않았을 것이다. 자기가 좋아하는 것만 상상하며 미리 그림을 그린 후 스스로 사랑에 빠지는 것이다. 바로 그 이유 때문에 좋아서 결혼하였는데 다른 점이 나타나자 참을 수 없이 싫어서 이혼도 한다.

다음은 똑같은 상황인데도 실제 생활 경험에서 달리 느껴지는 경우를 보자.

골프 이야기다. 직장 다닐 때 바쁜 시간을 쪼개어 틈이 나면 몇 시간씩 골프 치러 가면 너무 즐거웠다고 한다. 시간의 여유가 있으면 얼마나 더 즐겁고 행복할까 하며 그런 날을 꿈꾸고 있었다. 그래서 일찍 은퇴를 했다. 그런데 은퇴 후 시간이 많아 골프를 치는데 시간이 지나니까 전혀 즐겁지가 않았다. 직장에 다닐 때처럼 시간에 쫓기지 않았기에 여유로운 나날을 보내고 있었다. 골프 친구들은 아직도 직장에서 일하고 있기에 혼자 골프채 들고 골프장을 돌아다녔다. 그런데 재미가 하나도 없었다. 부슬부슬 빗방울이 떨어지며 온몸이 젖은 옷으로 축축해지자 골프채를 메고 혼자서 걷고 있는 자신이 처량해 보였다고 하였다.

시간뿐만 아니라 돈도 그렇다. 돈이 풍족하지 않을 때가 있었다. 몇 푼 안 되는 것이라도 어쩌다 내가 좋아하는 것을 사면 기분이 무척 좋았었다. 그러나 이제 여유가 생겨 아무 때나 내가 갖고 싶은 것을 살 수가 있다. 비싼 것 산다고 나에게 불평하는 사람도 없다. 그런데 돈을 써도 별로 기분이 좋아지지 않는다. 젊었을 때 아이들 생각하며 꽁꽁 돈을 모아놓고 쓰지 않다가 어쩌다 큰맘 먹고 샀을 때의 좋던 기분과는 비교가 되지 않는다.

어쩌면 우리의 삶 속에 작용하는 시간과 돈도 상대성 이론과 일치하는 것만 같다.

천 재 와 상 상 력

　　　　천재와 바보는 종이 한 장 차이라는 말이 있다. 그 말은 겉으로 보기에는 거의 비슷하다는 뜻일 것이다. 지체장애인 또는 지적장애인 등 특별한 병을 갖고 있는 경우를 제외하고는 모두 비슷하다.

　천재라는 것을 어떻게 알아내고 증명할 수 있을까? 그걸 사용하는 것 중 하나가 IQ 테스트다. 한스 아이젱크에 의해 만들어진 지능 테스트가 1950년대 유럽에서 가장 인기 있게 사용되었다고 한다. IQ 검사 수치의 85~115가 인구의 68%를 차지한다고 한다. 그러니 이 수치야말로 대부분의 사람들이 갖고 있는 보통의 지능이다.

　우리에게 잘 알려져 있는 물리학의 상대성 이론을 발표한 알버트 아인슈타인은 IQ가 160이다. 마이크로 소프트를 창설한 빌 게이츠는 대학 입시 전에 치르는 영수학 SAT시험을 1,600점 만점에 1,590점을 받았는데 그 점수는 IQ 160과 같은 수치라고 한다. 근경화중으로 목을 제대로 가누지 못하고 휠체어를 탄 모습으로 블랙홀과 우주에 대하여 설명하던 물리학자 스티븐 호킹의 IQ도 160이다.

이렇게 우리가 잘 아는 유명한 사람 이외에 우리가 모르는 천재는 얼마나 더 있을까? IQ 160 숫자는 0.003%라고 하니 십만 명 중 3명이라는 숫자이다. 2019년 전 세계 인구 숫자를 보니 77억 명이라고 하니 IQ 160의 천재가 지구에 23만 명이나 살고 있다. IQ 145 이상은 0.1%라고 한다. 거의 천재에 가까운 사람이 지구에 770만 명이나 살고 있다. IQ 130~145는 2%이고 그들을 수재라 한다. 100명 중의 2명이니 이 지구에 1억 5,400만 명이나 살고 있다. 이 통계가 맞다면 천재와 수재들의 숫자가 너무 많아 그들이 아주 평범하게 보인다.

니스베뜨 교수의 발표에 의하면 환경이 좋지 않던 가정에서 자라던 아이가 중산층 이상의 가정으로 입양이 되어 조사하니 IQ가 15에서 20 정도 올라갔다고 한다. 그 말은 IQ는 태어나면서 유전적으로 정해지기보다는 환경에 의해 또는 자기 노력에 의해 향상될 수 있다는 뜻이다.

천재와 수재들이 그렇게 많은데 실제로 두각을 나타내는 사람은 왜 얼마 되지 않은 걸까? 지능 이외에도 무엇이 그들을 빛나게 하고 있었던 것일까? 서유럽 여행을 하며 프랑스를 갔을 때다. 루브르 박물관을 관람하며 여러 화가들의 많은 명화를 감상하였다. 그 많은 명화 중 놓치지 않고 집으로 돌아가기 전 꼭 보고 싶은 게 하나 있었으니 레오나르도 다빈치의 모나리자 그림이었다. 사람들이 사진 찍느라 인산인해를 만들고 있었다. 그림 앞으로는 바리케이드 밧줄이 있어 줄 안으로 들어갈 수는 없고 또한 줄 밖에서도 오래 머무를 수 없었다. 뒤로 사람들이 계속 밀려오고 있기에 더 있고 싶어도 그냥 앞으로 걸어가야만 했다. 그래도 사진 하나는 기념으로 남겨놓고 싶었다. 미리 촬영 준비를 하고 모나리자 그림 앞에 오자마자 재빠르게 한 장을 찍었다. 같은 그룹으로 여행 온 다른 분들은 눈도장만 찍고 왔다며 서운해하는 분들이 많았다. 모나리자 그림은 예상했던 것보다 크기가 작았다. 그리고 유리 상자 안에 있었다. 그 그림을 사람들이 왜 그리 좋아하는지 처음에는 이해가 되지 않았다. 그러다 모나리자 그림에 대한 이야기를 들었다.

1911년 도난 사건 때문에 프랑스와 유럽을 넘어 미국에서까지 대서특필 되면서 더 유명해졌다고 한다. 1913년 모나리자 그림이 돌아온 후 그림을 보기 위해 사람들은 줄을 섰다고 한다. 연기가 자욱한 스푸마토 기법을 사용하여 눈과 입술의 윤곽을 모호하게 남긴 표정이 신비로움을 더해 준다고 한다. 또한 눈 가장자리에 선이 나타나게 하지 않았다. 모나리자의 시선은 앞에서 보든 옆에서 보든 그림을 보는 사람의 눈과 마주치고 있다고 한다.

모나리자 그림 이외에 우피치 미술관에 소장된 다빈치의 수태고지 그림은 르네상스의 특징인 원근법에 맞지도 않아 어설프게 그려졌다고 비판하는 사람들이 처음에는 많았다고 한다. 하지만 각도를 달리하니 그 수태고지 그림이야말로 원근법이 최고로 잘 되어 있었다고 한다. 원래 그림이 큰 성당의 오른쪽 앞쪽 벽에 높이 걸려 있었기에 아무도 그림을 정면에서 볼 수 없었다. 앞쪽에는 제단이 있어 접근이 불가능했다. 그러니 다들 그림을 밑에서 올려다볼 수 없었던 것이다. 다빈치는 그림을 보는 사람이 어디서 어떻게 보는가에 대해 미리 상상하며 그림을 그렸다.

모나리자의 시선 그리고 수태고지의 원근법 등 다빈치의 상상력이 그의 천재성을 나타내고 있다. 아인슈타인, 빌 게이츠, 스티븐 호킹도 그들의 상상력 때문에 위대한 업적을 이루고 있다. 그들에게는 지능 외에도 상상력이 풍부하였다. IQ 지능 숫자가 아무리 높아도 상상력이 풍부하지 않으면 우리와 같은 평범한 사람과 같이 종이 한 장 차이로만 다를 뿐이다.

천재가 상상력을 풍부하게 만드는 것일까? 아니면 상상력이 풍부하여야 천재가 되는 것일까? 비록 IQ는 평범하더라도 상상력이 풍부하면 더 크게 성공할 수 있다고 본다.

아이들이 자라날 때 학교 수업에서 얻는 지능 향상 이외에도 꿈과 상상력이 풍부하게 자라나도록 북돋아 주어야겠다.

가 난 과 부 1, 워 렌 버 핏

40년 전 처음 미국 와서 들은 이야기다.

이곳 미국은 가난하거나 부자이거나 하루 세 끼 먹는 밥은 다들 똑같다고 한다. 요사이는 배고픔의 차이로 가난한 사람과 부자를 가르며 판단하지 않는다는 말일 것이다.

오래전 한국에는 보릿고개 시절이 있었다. 지난해 가을에 수확한 양식이 바닥나고 올해 농사지은 보리는 미처 여물지 않은 5월에서 6월 식량 사정이 매우 어려운 시기를 의미한다. 가난하여 돈이 없어 양식을 못 사는 사람들은 배가 고프면 나무껍질이나 칡뿌리 또는 흙을 밥 대신 먹었다고 들었다. 그래서 심한 변비로 항문이 찢어지며 피똥을 쌌다는 이야기를 들은 적이 있다. 그 시절부자들은 식량을 비축하여 여전히 쌀밥을 먹었을 것이다. 그러나양식 살 돈이 없는 가난한 사람들은 오죽 배가 고프면 배를 채우기 위해 나무 껍데기를 긁어먹었을까?

음식이 너무 풍부해 굶는 사람이 없는 요즈음의 세상에서는 돈이 많은 부자들이 도리어 날씬한 몸매를 만들려고 일부러 한 끼

정도 굶기도 한다. 그러나 정말로 가난하여 여러 끼니를 먹지 못했을 때 배고픔의 고통이 어떠한지는 경험한 사람이 아니면 알 수가 없을 것이다.

부자들도 바쁘면 평범한 사람들과 마찬가지로 햄버거를 사 먹는다. 돈이 별로 없는 평범한 사람들도 고기가 안에 들어 있는 햄버거를 자주 사 먹는다. 그렇다면 무엇이 가난한 사람과 부자를 다르게 하나 생각해 본다. 그리고 왜 많은 사람들이 부자가 되려고 하나 생각해 본다.

가끔 한국 드라마를 본다. 직장에서 일하였기에 한국 드라마를 자주 볼 수는 없었다. 아이들이 대학에 들어갈 때까지 아이들 뒷바라지하느라 드라마 볼 시간이 없었다. 직장에서 다른 나라 사람들한테서 한국 드라마 이야기를 먼저 듣는다. '대장금'이 처음 나왔을 때 그리고 '겨울연가'나 '가을동화'가 처음 나왔을 때 내 주위의 동양 사람들은 그 이야기 속에 푹 빠져들었다. 한번은 동양인이 아닌 백인 정신과 의사가 나에게 '선덕여왕'을 보았느냐고 물어본다. 나는 아직 본 적이 없다고 했다. 자기 아내가 중국 사람인데 매일 저녁 집에 가자마자 아내와 그 드라마 연속극을 본다고 했다. 너무 흥미진진하니 나보고도 꼭 보라고 한다. 그 말을 듣고 선덕여왕 드라마를 보았다. 나 또한 다음 편이 궁금하여 밤을 거의 새우며 보았다. 선덕여왕 드라마의 이야기는 정신과 의사가 감동받을 만하였다. 각기 다른 사람들의 특징 있는 심리를 잘 묘사하였다. 저번 주에는 한 간호사가 나를 붙잡고 말한다. 넷플릭스에서 '사랑의 불시착(Crash Landing on You)'이 너무 재미있어 다음 에피소드가 나오기만 기다린다고 한다. 그렇게 나는 이곳에 사는 외국 사람들을 통하여 한국 드라마 타이틀을 듣고 있다.

그런데 요사이 나오는 드라마는 예전의 드라마와 달리 재벌이 사는 집이 나오는 걸 자주 본다. 얼마나 넓고 호화롭게 꾸미며 사는지 미국 TV에서 보여주던 'The Rich and Famous' 장면들이다. 그제야 가난한 사람과 부자를 분별하는 방법의 하나가 집 크기와 내부 장식의 호화로움이라는 걸 깨달았다. 보기에는 멋있고 성공한 사람들로 보인다. 그래서 그런 영상을 보며 부러움도 느낄 것이다. 그렇게 살지 못하는 사람들은 그 드라마를 보면서 자신은 초라하게 느낄 수도 있다.

2010년 세계에서 세 번째 부자로 포브스지는 미국 부자 워렌 버핏을 선정했다. 그는 미국의 기업인이자 투자가이다. 뛰어난 투자 실력가이며 기부 활동도 많이 하고 있다. 하루는 신문에서 워렌 버핏이 살고 있는 집과 그의 자동차에 대한 기사를 읽었다.

1930년에 태어났으니 올해 나이 89세이며 세계적인 부자인데도 그는 자기가 28살 때 구입한 네브래스카 오마하에 있는 평범해 보이는 집에서 살고 있다. 차도 6년이나 오래된 2014년 캐딜락 차로 운전하고 있다. 아마도 그는 보통 사람과 비슷한 평범한 집 그리고 평범한 차를 타고 다녀도 남들에게 처진다는 느낌은 들지 않을 것이다. 겉으로는 보잘것없이 보여도 스스로 자기 자신을 확실히 알고 있으면 남들에게 잘 보이고 싶은 욕망이 사라지는 것인지도 모른다.

보통의 사람들은 아파트 평수를 80평 이상 늘려 그 안을 호화롭게 장식하고 친구들을 초청하여 자랑하고 싶어 한다. 나는 남보다 다르고 평범하지 않은 부자라는 것을 알리기 위하여서일까? 당신보다 물질적으로 성공했다는 것을 알리기 위하여서일까? 아니면 그냥 보고 싶은 친구들에게 저녁 식사를 만들어주기 위해 초청을 한 것일까?

한국 드라마에 나오는 재벌의 널찍한 집과 호화로운 실내 장식들을 보며 우리의 젊은이들이 인생의 가치관이 지나치게 물질적으로 치우치게 될까 봐 노파심이 생긴다. 가난하거나 부자이거나 하루 세끼 먹는 밥은 다 똑같다는 말을 다시 기억하고 싶다.

더 큰 집에 살려고 남들과 경쟁하며 인생의 짧은 시간을 허비하기보다는 절제하며 검소하게 살면서 남들에게 기부도 하는 워렌 버핏 같은 현명한 부자가 한국에도 많이 나왔으면 하고 바란다.

러시아의 대문호 톨스토이가 쓴 〈사람에게는 얼마큼의 땅이 필요한가?〉라는 단편소설이 있다. 절제를 못 한 한 시골 농부의 욕심 때문에 일어난 사건을 소재로 한 글이다. 이야기의 끝은 허망하다. 마치 우리의 모습을 보는 듯하다. 만약 똑같은 상황이 나에게 일어난다면 조금 더 넓게 가지려고 나 또한 온 힘을 다해 뛰어다녔을 것이다.

그것을 단지 욕심이라고 나쁘게만 볼 수는 없다. 목표를 향한 동기로 볼 수도 있지 않은가? 그래서 소설의 주인공 파홈이 미련하다고만 비웃을 수는 없었다. 그가 단지 가여웠다.

시골에 사는 농부 파홈은 가난하여 땅이 없었다. 그래서 항상 자그마한 땅이라도 좋으니 자기가 소유한 땅에 작물을 재배하는 것이 꿈이었다. 어느 날 마을의 지주가 땅을 팔았다. 마을 농부들은 가진 돈으로 살 수 있을 만큼의 땅을 샀다. 파홈 또한 자신만의 땅이 생겨 매우 기분이 좋았다.

어느 날 파홈은 새로운 땅에 대한 이야기를 듣는다. 땅의 가격도 저렴하지만 비옥한 땅에서 작물이 무럭무럭 자라나 돈을 벌 수 있다고 한다. 파홈이 거래를 하기 위하여 그곳 원주민들이 사는 바시키르로 향한다. 땅값은 하루에 천 루불이라고 했다. 해가 떠 있는 동안 직접 걸어갔다가 제자리로 돌아온 만큼의 땅이 천 루불이라고 한다. 파홈은 신이 났다.

다음 날 파홈은 넓은 땅을 얻기 위해 잠도 설친 채 동이 트기 전에 일어나 멀리 떠났다. 해가 저물기 시작하자 그는 혹시라도 원위치인 제자리로 못 도착할까 두려움과 걱정에 휩싸인다. 처음에 시작했던 원위치로 돌아오지 못하면 천 루불을 모두 잃어버리기 때문이다. 파홈은 돌아오는 길이 너무 힘들어도 포기할 수 없었다. 간신히 해가 지기 전에 허겁지겁 약속 장소인 원위치로 돌아왔으나 파홈은 입가에 피를 흘리며 쓰러졌다. 그리고 그는 다시 소생하지 못하고 죽었다. 바시키르 사람들은 땅을 파서 파홈을 묻었다. 그가 가진 땅은 그의 머리끝부터 발끝까지 고작 죽은 후 들어가는 관 사이즈에 불과했다.

파홈이 만약 더 많은 땅을 차지할 수 있다고 하더라도 지혜롭게 3분지 2 정도에서 끝났다면 어떠했을까? 어차피 죽으면 자신을 묻을 땅만큼만 가질 수 있는데 조금만 더 하며 욕심을 내다보니 무엇과도 바꿀 수 없는 가장 소중하고 귀한 생명을 잃어버렸다. 그래서 이야기의 끝이 허망하다.

우리가 살아있는 동안 가장 소중한 것은 우리의 생명이다. 그런데도 때로는 건강은 생각지 않고 목표를 위하여 우리 몸을 혹사시키고 있지는 않은가?

처음 미국에 왔을 때 나와 같이 갓 이민 온 사람들과 서로 친구가 되어 지내다 보면 그들이 얼마나 일을 열심히 하고 있는지 새삼 놀라게 된다.

햄버거 가게를 하는 분이 계셨다. 그분에게는 두 살과 세 살짜리 어린 아이들이 있었다. 저녁 시간에도 얼마나 바쁜지 문을 일찍 닫고 집에 올 수가 없었다고 한다. 하루는 일찍 들어와 아이들을 안아주려 하니 아빠 얼굴을 알아보지 못하여 피하고 도망가더란다.

물론 다른 사람들을 쓰면 된다. 인건비가 들어가기도 하지만 그들이 내 맘에 들게 일을 하지 않는다. 심한 경우는 아는 사람에게 거스름돈으로 100불짜리를 내주기에 돈이 사라진다. 그러다 보니 남에게 맡기지 못하고 직접 부부가 일하는 경우를 많이 본다. 그렇게 쉬는 시간 없이 너무 일하다 건강을 해친 분들도 여럿 있다. 갖고 온 달러를 이미 다 써 버렸다면 아이들을 위하여서라도 밤낮으로 일을 해야 했다. 열심히 일하는 걸 그들의 욕심 때문이라고 나무랄 수는 없다. 그렇지만 휴식을 취하며 살아야겠다.

돈을 많이 모아 좋은 동네에서 건강하게 잘살고 있는 사람들 보면 마음이 흐뭇하다. 그런데 돈은 많이 벌었는데 쉬지 못하고 일하다 병으로 사망한 분들 이야기 들으면 파홈처럼 그들이 가엾다.

"사람이 만일 온 천하를 얻고도 제 목숨을 잃으면 무엇이 유익하리요 사람이 무엇을 주고 제 목숨과 바꾸겠느냐"(마 16:26) 성경 구절이 떠오른다.

중독과 도파민

　　　　　　19세기 중반 중국이 망하게 된 가장 큰 이유
가 아편 중독이라고 한다.

　아편 전쟁이 일어난 연유를 간단히 살펴보았다. 건륭제 말기부
터 관리들의 부정축재로 쇠퇴하기 시작한 청나라는 1780년대부터
영국 동인도 회사와 무역을 하게 된다. 영국 상인들은 육체 노동
으로 지친 중국의 하층민들을 대상으로 아편 장사를 했고, 아편
은 19세기 중국의 히트상품이 되었다. 청나라에서 아편 흡입의 악
폐가 널리 퍼져 건강을 해치는 자가 많아지고 풍기도 퇴폐해졌다.
청나라에서는 부패와 전투 능력 상실, 국가 기강 해이, 재정 타격,
폐단이 날이 갈수록 커져만 갔다. 결국 영국과 프랑스 연합국에
게 패배하였다. 이렇게 아편 중독은 집안을 풍비박산 나게 하며
나라까지 망하게 한다는 것을 일깨워준다.

　중독에는 여러 가지가 있다. 아편 중독 외에도 코카인 중독, 히
로인 중독, 알코올 중독, 니코틴 중독 등 요사이는 커피 중독, 설
탕 중독도 있다. 그런가 하면 게임 중독이라는 말도 자주 들린다.

중독이란 욕구가 너무 강하여 통제와 중단이 불가능한 것을 말한다. 예전에는 중독된 두뇌를 후라이팬에서 지글거리는 계란을 상상하라고 하였다. 일단 중독되면 고칠 수 없는 병으로 취급하였다. 하지만 근래에는 도파민을 이해하면서 중독도 고칠 수 있는 병으로 개념이 바뀌고 있다. 도파민이라고 하면 이상구 박사에 의해 널리 알려진 엔돌핀과 같은 물질로 착각하는 사람이 있다. 두 화학 물질은 기본적으로 행복 화학 물질이라고 할 수 있으나 도파민과 엔돌핀은 서로 같지 않다.

우리가 살아가기 위해 필요한 세 가지는 무엇인가?

뉴로사이언스 닥터 코리 윌러는 우리가 살아남기 위하여 꼭 필요한 3가지만 고르라고 한다면 첫째는 음식이요 둘째는 물이요, 셋째는 도파민이라고 한다. 그는 물론 산소도 살아남기 위해 꼭 필요하고 그 이외에도 필요한 것이 많다고 한다.

오래전 항해를 장시간 하던 뱃사람들이 이름 모를 병에 걸려 죽어갔다. 배 안에서는 신선한 야채나 과일을 먹지 못한다. 오랜 항해를 하다 병들어 죽어가는 사람들을 연구하다가 야채 속에 함유된 비타민 C 부족으로 괴혈병에 걸린다는 것을 발견했다고 한다. 이렇듯 우리 몸에 필요한 것을 섭취하지 못하면 병에 걸려 살아남지 못한다.

그렇다면 도파민은 무엇이며 어디에 사용하는가? 왜 도파민이 사람이 살아남기 위한 꼭 필요한 3가지 중의 하나라고 코리 윌러 의사는 말하고 있을까? 통계에 나온 도파민 수치를 살펴보자.

도파민은 사람 두뇌 속에서 정상적으로는 50나노이다. 여기서 나노는 나노그램 퍼 데시리터(Nano gram per deciliter)이다. 그런데 기분이 좋지 않은 날은 40나노로 나타난다. 흥미로운 것은 섹스를 할 때는 92나노로 올라간다. 맛있는 음식을 먹을 때는 94나노라는 수치가 나왔다. 또한 아주 행복한 날 예를 들어 복권이 당첨되었다거나 바닷가 모래사장에서 여가를 즐기며 행복할 때는 100나노까지 올라간다. 알코올, 마리후아나, 히로인 등도 100나노 수치가 나온다. 그러나 중독성이 강하며 비만 치료에도 사용하는 암페타민 같은 각성제 약을 먹으면 10배 이상이나 강한 1,100나노라는 수치가 나왔다.

도파민 수치가 10나노 이하로 내려가면 누운 자리에서 일어나지도 못한다. 그러다 점점 더 내려가며 죽기도 한다. 그렇게 평균 50나노의 도파민은 살아남기 위하여 동기 부여를 주는 우리 몸에 꼭 필요한 화학 물질이다. 도파민의 수치가 내려가면 우리 몸에 신호를 보낸다. 오랫동안 밥을 굶었다면 도둑질을 해서라도 음식을 훔쳐 먹으려 할 것이다. 사막을 걷다 물을 못 마시고 있었는데 물병 든 사람이 나타나면 칼로 찔러서라도 물병을 빼앗아 마실 것이다. 그렇지 않으면 죽는다는 것을 알기 때문이다.

약물 중독 과용으로 죽은 사람이 미국에서 2015년 통계에 5만 명이 넘었다고 한다. 전체 중독된 사람은 2,100만 명이고 그중 알코올에 중독된 사람은 1,500만 명이고 아편이나 히로인에 중독된 사람은 300만 명이라는 보고가 있다. 시간이 갈수록 더 많은 사람들이 중독에 빠져든다. 여러 가지 이유가 있을 것이다. 교통사고나 낙상 등으로 몸을 다쳐 진통제를 먹다 중독이 될 수도 있다. 젊은 학생들은 호기심으로 친구들과 같이 사용했을 수도 있다.

예전에는 빈민가 지역의 가정환경이 나쁜 곳에서 자라면 중독되고 범죄자가 될 확률이 크다고 했다. 그러나 요사이는 좋은 환경에서 자란 아이들도 중독되고 범죄자가 된다. 정신 병원 또는 감옥소로 끌려 들어가는 젊은이들 중에 부모가 판사이거나 의사 또는 사회에 잘 알려진 정치인이나 상류사회의 자식들도 꽤 많이 있다고 한다.

가끔씩 신문에 약물에 중독되어 범죄를 저지른 기사를 본다. 약 살 돈이 필요하여 조부모 집에 가 물건을 훔쳐다 판다. 심한 경우는 방어기능이 약한 할머니, 할아버지를 서슴없이 살인까지 저지른다. 그러한 짓을 한 부모를 살펴보니 아버지는 판사이고 어머니는 의사이다. 살인한 아들이 당연히 법에 따라 벌을 받아야 하지만 판사인 아버지는 그 아들이 감옥에서 죽기를 원하지 않을 것이다. 엄마인 의사는 아들이 평생 정신병원에 남아 있기를 원하지도 않을 것이다.

근래에 중독된 사람을 도파민을 이용하여 임상 실험한 결과 70%가 효과를 보고 있다고 읽었다. 40여 년 이상 약사로 일하며 중독된 사람들을 많이 보아왔다. 어느 때는 그들이 무섭기도 하다. 그러나 그들도 우리와 같은 사람이라는 것을 느낀다. 중독된 그들이 만약에 우리의 가족이거나 친구라고 한다면 어떻게 외면

할 수 있을까.

　도파민에 주목을 하며 약이 개발되고 있다니 중독된 환자의 앞날에 희망이 보여 기쁘다.

분노 1,
친구의 어린 시절

여고 시절 어느 한나절이다.

다음 수업이 시작할 때까지 쉬는 시간 동안 나는 주위에 있는 반 친구와 이야기하고 있었다. 보통 때는 그 친구와 대화를 해본 적이 없다. 보통 60명이 한 반에 있었기에 같은 반 친구로 일 년을 지내도 모두와 대화해 보기는 어려웠다. 그날은 대부분의 친구들이 행사 준비 때문에 교실 밖으로 나가 있었기에 안에 몇 남지 않은 우리는 자연스레 말이 오갔다. 정확하게 처음에 무슨 주제로 대화를 시작했는지 기억은 나지 않는다. 그러나 그 친구는 어릴 적부터 남자아이 옷을 입고 다녔다고 했다. 한 번도 치마나 예쁜 원피스도 입어보지 못했다고 한다. 머리도 남자아이처럼 항상 짧은 머리로 이발을 하였다고 한다.

"왜 그랬어?"

나는 놀라서 물어보았다.

"내 위로 언니만 셋이야. 엄마가 아들을 간절히 원했는데 내가 또 딸로 태어났나 봐. 그래서 점쟁이한테 가서 물으니 나를 남장을 시켜 키우면 다음엔 아들이 생긴다고 하더래."

그렇게 말하는 그 친구 얼굴이 밝아 보이지 않았다. 그렇게 말하고 있는 눈도 어둡고 슬퍼 보였다.

"언제까지 그랬어?"

"초등학교 다닐 때 내내 그런 모습이었어. 그래서 친구들과 어울리지도 못하고 놀림 받았어."

교실에 몇 되지 않게 남아있던 다른 친구 한 명이 우리 대화에 끼어든다.

"어렸을 때 부모 이야기 하는구나. 우리 아버지와 엄마는 치고받고 싸우면서 나를 공 던지듯 던지던 게 떠올라."

"정말이야? 너를 공 던지듯 던지다니 넌 무겁지 않았나 보다."

"갓난아기니까 그때야 가벼웠겠지."

"갓난아기라면 아주 어릴 땐데 넌 기억이 나?"

"아주 어려도 충격적인 건 뇌리에 박히나 봐. 그래서 기억나는 것 같아."

"난 시장에 엄마와 같이 갔다가 엄마가 보이지 않아 울던 건 기억 나. 내가 세 살 때였나?"

그렇게 우리는 어린 시절의 좋지 않았던 기억을 떠올리며 잡담하고 있었다.

어렸을 때 남장을 하고 다녔다는 친구와의 대화는 그날이 처음이었고 마지막이었다. 가끔 반에서 마주치고 했다. 그러면 그 친구가 한 말이 떠올랐다. 다른 친구들과 달리 조용히 앉아 있는 그녀를 바라보면 무척 어두워 보였다. 위로의 말을 해주며 다독거리고 싶었다. 하지만 나에게는 그런 용기가 없었고 어떻게 다가가야 하는지도 몰랐다.

대학에 들어가서다. 어느 날 신문을 읽고 있는데 끔찍한 기사가 실려 있었다. 그날 대화하던 친구의 이름과 사진이 나와 있었다. 휘발유를 몸에 붓고 성냥개비로 불을 붙여 온몸이 불에 타 죽었다는 기사였다. 너무 뜨거워 거리를 뛰다가 쓰러졌다고 쓰여 있다. 나는 그 기사를 읽으며 쇼크를 받았다. 다른 방법도 있었을 텐데 왜 하필 불에 타는 죽음을 택했을까? 무엇 때문에? 자살이라고 한다. 몸에 불이 붙어 살이 탈 때 얼마나 아팠을까? 타고 있는 몸보다 어릴 때 상처 입은 마음이 더 아팠을까? 몇 년 전 교실에 남아 그녀가 나에게 하던 말이 갑자기 귀에 울린다. "아주 어릴 때부터 남장을 하고 다녔어. 그래서 친구들과 어울리지 못했어." 그녀의 분노가 나에게 느껴진다. 아들만 위하고 딸을 무시하는 한국의 남존여비 사상이 불러온 비극이다. 또한 부모의 샤머니즘의 어리석은 맹목적인 믿음으로 빚어낸 결과이기도 하다.

요사이 아기를 못 낳는 젊은 부부를 만난 적이 있다. 남편도 이상이 없고 자기도 이상이 없는데 임신이 되지 않는다고 한다. 인공 시험관을 이용하여 아기를 쉽게 만든다고 말해주었더니 이미 그 방법도 여러 번 해 보았는데 계속 실패하였다고 한다.

"못생긴 딸이라도 좋으니 딱 하나만 낳으면 원이 없겠어요." 하며 한숨을 푹 쉰다.

고교 친구의 부모는 너무 쉽게 딸자식을 얻었나 보다.

어느 부모가 자기 자식이 온몸에 휘발유를 뿌리고 불에 타서 죽기를 원할까? 아들을 원하는 부모의 바람이 딸자식의 마음을 이렇게까지 아프게 하는지 몰랐을 것이다. 어렸을 때의 아픈 기억들이 축적되어 어느 날 갑자기 분노를 폭발한다면 이미 때는 늦은 것이다. 자식도 불쌍하고 부모도 불쌍하다.

분노와 수명에 관하여 조사 연구한 논문 내용을 읽은 적이 있다. 노스 캐롤라이나 대학교의 달스트롬 교수가 의대생 255명을 대상으로 조사한 연구이다. 그는 분노 점수가 높은 의대생과 낮은 의대생으로 나누었다. 그리고 25년 후, 이들이 모두 의사가 되어 있고 장년이 되었을 때 사망률을 조사했다. 놀랍게도 분노 점수가 높았던 학생들은 사망률이 7배나 높았다.

달스트롬 교수는 법대생 118명을 대상으로도 같은 조사를 했다. 재학생 때 분노 수치가 높았던 변호사들은 20%가 50세 이전에 사망했는데, 분노가 낮았던 변호사들은 4%만 사망했다. 분노가 높은 사람들이 사망률도 높다는 것을 보여 준 연구 조사이다.

정상적인 부모라면 자식들이 오래 살기를 원할 것이다.

"네 자녀를 노엽게 하지 말라"의 성경구절이 떠오르며 잘못된 부모의 영향이 아이의 장래를 망칠 수 있게 한다는 것을 다시금 깊이 느끼게 된다.

◖ 분노 2,
한마디 명령

　　　　　　스탠포드 학생이 아버지를 살인한 혐의로 잡
혔다는 기사가 2004년 7월 초 신문에 실렸다. 그 학생의 이름을
보니 한국 학생이었다. 그래서 더 놀랐다. 물리학을 전공하는 22
살의 스탠포드 학생이 말다툼하다 아버지를 차로 치어 죽였다는
기사다. 스탠포드 대학은 내가 사는 집에서 멀지 않은 곳에 있다.
미국 동부에 있는 아이비리그 대학에 포함되어 있지는 않아도 경
쟁률이 높은 명문 대학의 하나이다. 어느 분의 자제가 스탠포드
대학에 입학했다고 하면 모두들 부러워했다.

　그래서 더 쇼크를 받았던 것일까? 공부를 하다가 스트레스를
받아 정신이상이라도 생긴 것일까? 당시에 나에게도 명문대학인
예일 대학 의대를 다니고 있는 딸이 있었다. 명문대학에서 경쟁하
다 스트레스 받아 그런 일이 일어났나 동변상련의 걱정이 된다.

　미국 대학은 들어가기는 쉬워도 졸업하기가 어렵다고 한다. 버
클리 대학 앞을 지나다 보면 찌부러진 통 하나를 앞에 두고 기타
를 치며 구걸을 하는 걸 본다. 버클리 대학을 다니다 갑자기 정신

이 돌아 길에 나와 앉아 있다는 말도 전해지고 있다.

스탠포드 한국 학생의 아버지는 닥터라고 신문기사에 나온다. 박사 학위(PH.D.)를 받은 닥터인지 의료계에서 일하는 의사 닥터인지는 몰라도 학생의 아버지도 두뇌가 좋은 엘리트임에 분명하다.

나중에 그 신문기사에 대해 더 자세한 내용을 읽었다. 대학에서 잠시 휴학하고 집에 돌아온 아들이 가게에 가 오렌지 주스를 사러 나갔다 오겠다고 했다. 그런데 아버지는 운전하지 말고 집 안에만 있으라고 했다. 아들이 여전히 차 안으로 들어가자 화가 난 아버지가 운전대를 잡은 아들 앞으로 갔다. 정 운전하고 싶으면 나를 밀고 나가라며 아들에게 고함을 지르며 차를 막았다.

아들은 경찰 진술서에서 아버지가 말하는 대로 따랐을 뿐이라고 했다 한다. 그렇게 하면 아버지를 죽인다는 것을 알았을 텐데 아들은 왜 아버지의 명령을 따랐을까? 아버지는 당연히 아들이 자기의 명령을 따르지 않기를 바랐을 것이다. 그런데 왜 그런 명령을 내리며 아들에게 고함쳤을까?

아버지는 사망하고 아들은 살인 혐의로 감옥에 감금되었다. 조그만 실랑이가 분노를 일으킨다. 분노가 난 상태에서는 아무리 머리가 좋아도 판단능력이 흐려진다고 한다. 아버지도 아들도 둘 다 순간적으로 판단 능력을 잃어버린 것 같다. 완전한 부모가 이 세상에 얼마나 있을까?

나 또한 비슷한 잘못을 한 후 심하게 후회한 적이 있기에 여기에 적어본다. 딸보다 십년이나 늦게 태어난 아들이 사춘기 시절이었다. 정확히 그때가 언제인지 기억이 나지 않는다. 아마도 중학교 3학년 때인 것 같다. 방과 후 아들이 집에 왔다. 무엇 때문에 내가 화가 났었는지도 정확히 기억이 나지 않는다.

단지 지금까지 생생하게 기억이 나는 것은 내가 아들에게 아웃 (out)이라는 말을 했고 아들은 내 말을 듣고 곧바로 집을 나갔다. 논쟁 같은 대화는 이제 그만두고 '네 방으로 들어가 있어'라는 뜻 으로 짤막하게 "아웃"이라고 나는 말했다. 그러나 화가 난 상태에 서 말한 아웃이라는 두 글자의 단어가 아들의 귀에는 집 밖으로 나가라는 엄마의 명령으로 거칠게 들렸다.

겨울날 집 밖은 이미 어둑어둑해 가는데 아들이 나간 후 시간 이 한참 지났는데도 들어오지 않는다. 연락도 없다. 아들 친구들 집에 전화 걸어도 아무도 모른다. 어두운 밤에 자동차 사고라도 난 게 아닌가, 괴한에게 납치라도 당한 게 아닌가 하며 걱정하느 라 나는 지옥을 헤매고 있었다. 그때 얼마나 걱정을 하였는지 지 금 생각해도 온몸이 저려온다. 나중에 아들이 집에 돌아왔을 때 물었다.

"너 왜 집 나갔어?"

"엄마가 나가라고 했잖아요. 그래서 나간 거예요."

아이들은 부모의 말을 곧이곧대로 듣는다는 것을 알았다. 부모 의 말을 군대의 장교가 명령하는 것으로 받아들이는가 보다. 작 은 일로 시작된 실랑이와 말다툼이 분노로 변하는 시간에는 정신 이 멍한 상태로 변하여 부모가 한 말이 속마음과는 정반대라는 것을 알아채지 못한다.

스탠포드 대학생의 아들은 아버지의 고함에 무조건 따랐다. 끔찍한 결과를 초래할 수 있다는 판단이 흐려지도록 정신이 멍한 상태였다. 진심으로 아버지를 죽일 생각이 없었다고 해도 남은 생애를 아들은 후회하며 비참하게 살게 되었다.

자식을 사랑하는 부모라면 화가 난 상태에서 말조심해야겠다. 원하는 마음과는 다른 말을 자식들 앞에서 함부로 내뱉어서는 아니 되겠다.

분노 3,
분노 조절

분노로 인해 자살하는 사람이 있고 살인을 저지르는 사람도 있다. 그러한 일이 일어나기 전에 예방하는 방법이 없을까?

분노가 모든 죄악의 시초라고 하는 사람도 있다. 하지만 우리 모두 살아가면서 화를 한 번도 내 본 적이 없었다고 말하지는 못할 것이다. 일단 분노가 시작되면 자제하기란 무척 어렵다고 한다.

성경 잠언에도 이런 구절이 나온다. "노하기를 더디 하는 자는 용사보다 낫고 자기의 마음을 다스리는 자는 성을 빼앗는 자보다 나으니라" 자기 마음 다스리기가 그만큼 어렵다는 뜻이다. 화를 내고 난 후에도 왜 그렇게 화를 냈었는지 후회하며 기분이 좋지 않다. 그런데 분노 조절은 느낌을 피하거나 화를 무조건 참으라는 뜻은 아니라고 가르친다.

내가 직장에서 일할 때다. 문제를 해결하여야 할 때가 있다. 제대로 알지도 못하는 사람이 끼어 들어와 나를 공격한다. 내가 설명할수록 편견을 갖고 더 공격한다. 그럴 때는 나도 모르게 화가 나기 시작한다. 그 화나는 느낌을 피할 수 없었다. 그런데 그때 화가 나는 느낌은 내 몸에 정상적으로 일어나는 것이기에 자연스럽게 받아들여야 한다고 한다. 단지 상황이 더 격렬해지며 분통이 터지기 전에 감정을 일찍 감지하고 분노 조절에 도움이 되는 기술을 적용하라고 한다.

분노에 관하여 의학 잡지에 나온 글을 번역하여 여기에 더 자세히 적는다. 분노는 우리 몸에 나타나는 자연 현상이며 또한 건강한 감정의 하나다. 그런데도 분노를 일으키는 자극에 지나치게 반응하면 의사 결정을 방해할 수 있다. 자주 분노하거나 지나치게 분노하는 사람은 서로의 관계와 본인 삶의 질에도 타격을 준다.

화가 나도 참으며 마음에 꼭꼭 숨겨두며 분노를 쌓아가는 사람도 있다. 그런 사람은 결국 자기 몸을 손상시키며 해치고 있다. 분을 참으며 사는 것이 미덕이라고 하여 한마디 못하고 지내던 한국 여인들 가슴에 화병이 생기기도 한다. 1995년 미국 정신과 협회에서는 순수한 한국말 "화병"을 발음 그대로 표기한 "HWABYEO-NG"으로 등록하여 의학용어로 쓰고 있다하여 놀랐다.

참으려고만 하지 말고 분노를 조절하고 제어하는 방법을 배워야겠다. 분노를 일으키는 요소를 알아내어 건강한 방법으로 대응하는 것을 배우는 것이다. 누군가가 나를 짜증 나게 만들거나 험악한 상황을 만들면 분노가 일어난다. 또한 슬프거나 외로울 때, 두려울 때도 2차 반응으로 분노가 생긴다.

2015년에 발표한 CNS 스펙트럼 저널에 의하면 미국에 사는 인구의 7.8%가 조절 못 하는 심한 분노를 갖고 있다고 한다. 남성이 여성보다 훨씬 더 많다고 한다.

그렇다면 분노를 어떻게 제어하고 조절할 수 있을까? 분통이 터지기 전에 분노를 잡아내는 것이 가장 유효한 분노 조절의 열쇠라고 한다. 분노를 제어하려면 3가지 단계를 거친다.

첫 번째 단계는 분노의 신호를 인식한다. 분노는 신체적인 반응을 일으킨다. 분노의 감정이 우리 몸에 느껴질 때 싸우느냐 도망가느냐의 호르몬인 아드레날린이 나온다. 예를 들어 심장 박동이 빨라지며 숨을 빨리 쉰다. 또는 온몸에 긴장이 오면서 땀이 나고 몸이 떨린다. 주먹을 꽉 쥐기도 하고 입술을 꼭 다물기도 한다. 상황에 따라 반응이 다르기도 하다. 이러한 신체적인 반응이 내가 화가 나고 있다는 것을 알려주는 신호로 감지하고 다음 단계를 준비해야 한다.

두 번째 단계는 분노의 계기가 되는 방아쇠를 조정할 수 있도록 시간과 공간을 주어야 한다. 분노에 곧 반응하여 더 나쁜 상황으로 가는 것을 막으려면 시간 벌기가 기본적이다. 즉, 한 발짝 뒤로 가면서 시간을 번다. 예를 들어 하나부터 열까지 세거나 짧은 시간이라도 걷는다. 다른 사람과 이야기하면 분노로 일으키는 지금의 감정을 더 정확히 식별할 수 있고 사태의 심각한 문제를 흩뜨리게 하는 데 도움이 된다.

세 번째 단계는 분노의 조절에 도움이 되는 테크닉을 적용한다. 사람을 평온하게 만들고 건설적인 방법으로 생각을 진행시키면서 분노를 지워버릴 수 있는 테크닉이라 한다. 사람마다 어느 테크닉이 더 잘 듣는가는 다들 다르다. 테크닉이 어느 것이든 그 사람의 격분을 퍼지게 하며 흩뜨리는 방법을 찾는다. 예를 들어 천천히 심호흡한다. 숨을 들이마실 때보다 내쉴 때 더 천천히 하며 숨 쉬는 것에만 정신을 집중한다. 또는 마음 가득히 명상을 한다. 자기가 가고 싶었던 곳이 바닷가라면 그 바닷가에 와서 휴가를 즐기고 있다고 마음속으로 명상한다. 걷기, 권투, 태권도 등 운동을 한다. 또는 음악을 듣거나 그림을 그리거나 글쓰기를 한다. 분노에 대한 일기를 쓴다. 내가 화가 나기 전과 화가 나고 있을 때 그리고 화가 난 후의 사건을 글로 적는다. 이렇게 적다 보면 다음번에 다시 분노를 터뜨리지 않게 도와준다고 한다. 상태를 밝히고 문제의 해결 방법 찾는 기회를 높일 수 있다. 분노를 없애는 다른 방법의 하나로 신문을 찢는다. 얼음덩어리를 싱크대에 넣어 깨뜨린다. 베개를 두드리며 소리 질러도 좋다. 그렇게 찢거나 깨뜨리거나 두드리며 화를 풀다 보면 나에게 화를 불러일으킨 사람을 다치게 할 정도의 분노가 가라앉는다고 한다. 샤워를 하거나 하루에 적어도 7시간의 양질의 숙면을 취하도록 한다. 잠을 제대로 못 잔 사람들이 더 자주 예민하고 화를 낸다는 보고가 있다. 분노가 분통으로 터지기 전 분노의 신호를 감지하고 한 발짝 뒤로 물러서며 시간을 벌고 분노를 가라앉히는 여러 가지 테크닉을 적었다.

대부분의 사람들은 이런 방법을 쓰면 분노 조절 향상이 된다고 한다. 그런데도 분노를 조절 못 하여 폭력적으로 되는 사람은 정신과 전문의에게 치료받아야 한다고 쓰여 있다.

자존감(Self-esteem) 1,
부모의 언어

　　　　　　부모와 자식은 어떤 사이인가? 한국의 속담에
이런 말이 있다.

"무자식이 상팔자다." "가지 많은 나무에 바람 잘 날 없다."

　조부모님 세대에만 해도 인공 피임에 대한 정보가 없었기에 아기가 생기는 대로 출산을 했다. 자연적으로 출산한 자식들을 많이 키우다 보니 무척 힘이 들었기에 그러한 속담이 생긴 것 같다. 인류의 역사는 유목 시대에서 농경 시대로 바뀌면서 논과 밭을 경작하려면 노동력이 필요하였기에 자식이 많을수록 집안의 재산이었다고 한다. 부자가 되기 위하여서는 자식이 많을수록 좋았다.

　요사이는 솔직히 자식 하나 키우기도 힘들다. 시골에서는 노동력을 자식에게서 받기는커녕 조상에게서 물려받은 논과 밭인 땅을 팔아 가며 자식 대학 학비를 대주어야 한다. 또 도시에서는 많은 신세대의 엄마 아빠들이 서로가 직장 생활하며 일하고 있는 추세이다. 아기가 자라나 학교 가기 전까지는 유모나 보모가 아기를 돌본다. 그 비용이 만만치 않다.

직장에서 스트레스 받아 집에 오면 아이들에게 다시 스트레스 받을 수도 있다. 조용히 새근새근 잠자는 아기는 귀엽고 예뻐도 고집 피우며 징징 우는 모습을 보면 짜증이 난다. 젊은 부부들이 아이들 때문에 몸이 피곤하여 감정이 예민해져 그 여파로 부부가 말다툼도 하고 싸우기도 한다. 그러다 보니 한 명 키우기도 힘들다는 말이 나온 것 같다.

직장에서 쉬는 날 가까운 이웃에 사는 한국분이 차를 마시러 오라 하여 방문하게 되었다. 서로가 잡담하며 떠들다 보니 시간이 많이 지나 아이들이 학교에서 스쿨버스 타고 올 시간이 지난 걸 알았다. 엄마가 곧 집에 간다고 집에 왔을 아들에게 알려주려고 그 집 아래층에 있는 전화기를 들었는데, 먼저 통화 중인 다른 분의 말을 엿듣게 되었다. 위층에서 이미 전화기를 사용하고 있었던 걸 몰랐다. 요즘처럼 스마트폰을 각자가 사용하던 때가 아니었다. 같은 전화번호를 사용하는 전화기가 이층에도 있었고 아래층에도 있었다. 무척 화가 난 여성이 소리를 지르고 있었다.

내용인즉 "너 때문에 내가 이 고생을 한다. 넌 네 아비 똑 닮아 아무런 쓸모가 없다. 네가 태어나지 않았으면 좋았을 텐데. 나는 너 때문에 이렇게 비참하게 살고 있다. 차라리 네가 없어졌으면 좋겠다. 네가 내 눈에 보이지 않으면 속이 시원할 것 같다." 등등의 말을 더러운 욕지거리와 함께 사용하며 언성을 높이고 있었다. 그때 스피커폰을 사용하였기에 아래층에서 나를 초대한 집주인과 나는 같이 듣고 있었다. 더 이상 엿듣지 않으려고 했지만 혹시라도 찰각 끊는 소리를 알아채고 남들이 듣고 있었다는 것을 눈치라도 챌까 봐 수화기를 내려놓지도 못하고 전화가 끝날 때까지 기다리고 있었다.

초대한 집주인의 아들과 같은 고등학교에 다니는 한국인 친구가 어제저녁에 놀러 와서 지금 이층 아들 방에 같이 있는데 놀러 온 친구의 엄마가 전화로 자기 아들에게 소리 지른 것이었다. 아들 친구의 엄마는 이혼하여 혼자 산다고 한다. 아들이 친구 집에 가서 공부는 하지 않고 놀고만 있었다고 생각했나 보다. 엊저녁 놀러 왔던 친구 아들은 이층 방에 있는 전화선이 같은 다른 전화기에서 자기 엄마의 잔소리를 듣고 있었을 것이다.

이 세상에 아무도 완전한 부모는 없다고 생각한다. 하지만 난 그날 집으로 오며 생각했다. 홧김에 아들에게 그런 상처 주는 말을 하며 욕설을 부어대면 과연 그 엄마는 화가 얼마나 풀리는 걸까? 누군가가 "남편 복 없는 사람은 자식 복도 없다."라고 말한 것이 떠오른다. 물론 남편이 아내에게 속을 썩일 수도 있다. 하지만 그러한 남편이더라도 아이들에게는 몸매가 가느다란 엄마보다는 듬직한 아빠에게 기대고 싶은 마음이 더 많았을 것이다.

아들에게 전화하여 악을 쓰듯 아들의 아빠에게도 이혼하기 전 그런 식으로 악을 쓰면서 말다툼을 하였을까? 이미 헤어진 남편은 어쩔 수 없지만 하나 남은 아들에게는 조심해서 말을 해야 하지 않을까? 아이들이 어렸을 때나 사춘기 때 들은 말은 잊히지 않는다고 한다. 엄마 또한 예전에 받은 상처 때문에 그런 식으로 습관적으로 말을 할 수도 있다. 하지만 적어도 아들에게는 순간적으로 밉더라도 나쁜 단어와 내용이 들어간 욕설은 사용하지 않도록 조심했어야 한다. 아들의 자존감(Self-Esteem)과 자신감(Self-Confidence)을 망가뜨리기 때문이다.

교회에 열심히 다닌다는 분이라고 한다. 교회에 다니는 분이 다 그렇다는 것은 아니다. 극소수일 것이다. 소리 지르는 엄마도 과거에 받은 상처 때문에 그렇게 더 열심히 교회를 다니는지도 모른다. 교회는 죄인들과 병자들이 모이는 곳이라고 들었다. 육체가 온전하지 못한 병자뿐만 아니라 정신적으로 과거에 상처받은 사람들이 모인 곳이라 들었다. 교회에 가서는 서로를 사랑하라는 주님의 말씀대로 남들에게는 잘하면서 왜 아들에게는 그렇게 악담을 하였을까? 아들이 잘되기 위하여 아들 버릇을 고치기 위하여서라고? 그런 말을 들은 아들의 버릇이 엄마가 원하는 대로 고쳐질까? 아들은 자기 소유물이 아니다. 주님이 나에게 맡겨준 선물이라고 한다. 우리가 자식에게 어떤 말을 하고 어떻게 보살피냐에 따라 받은 선물은 소중하고 귀하게 변한다.

이삭이 죽기 전, 쌍둥이 아들 에서와 야곱을 불렀다. 큰 재산을 유산으로 받기 위해 쌍둥이 아들인 에서와 야곱이 서로 싸운 게 아니었다. 아버님이 돌아가시기 전에 장자에게 하는 말씀을 그들은 서로가 듣고 싶었다. 그래서 야곱이 둘째 아들인데도 장자인 체 위장하여 아버지에게 나갔다. 아버님의 말씀을 들으려고? 처음에 그 성경 구절을 읽으면서 이해가 되지 않았다. 단지 말씀을 들는 게 그렇게 중요한가? 그러다 시간이 지나면서 말씀을 들은 우리가 말씀대로 변하여 가는 힘이 있는 것을 느꼈다.

엄마가 감정에 휩싸여 욕설을 뱉어낸다. 엄마는 어느새 자기가 한 말을 잊어버린다. 그러나 엄마가 했던 말들이 아들의 귀에서 계속 맴돌 것이다. 시간이 지날수록 "아무런 쓸모가 없다."라는 말이 아들 귀에서 맴돌면서 자신이 보잘것없다고 느낀다. 남들 앞에서 기가 죽는다. 목표를 만들어도 끝까지 갈 자신이 없어진다. "네가 내 눈앞에 보이지 않으면 좋겠다."라고 한 엄마 말이 들려올 수가 있다. 엄마가 원하던 대로 밖으로 나갈지도 모른다. 엄마를 사랑하는 마음이 남아있어도 엄마 눈에 보이지 않으려고 멀리 떨어져 살기를 원한다. 오랫동안 연락도 없이 지낼 것이다. 왜냐하면 아들은 엄마가 화가 나서 한 말이 귀에서 맴돌고 있다.

아이를 키우면서 힘들더라도 아들이 앞날을 자신 있고 행복하게 살아가기 원한다면 엄마는 말 한마디 한마디 조심해야겠다.

자 존 감 (Self-esteem) 2,
다 섯 가 지 방 법

자존감 또는 자아존중감이란 무엇인가?

자존감이란 자신이 사랑받을 만한 가치가 있는 소중한 존재이고 어떤 성과를 이루어낼 만한 유능한 사람이라고 믿는 마음이다. 심리학에서는 자신의 외모, 신념, 정서 그리고 자신이 하는 행동의 가치가 어느 정도 되나 따져보며 자기 자신을 돌아보며 스스로 좋아하고 감사하는 것이라고 한다.

건강한 자아가 매우 중요하다는 건 자식을 키우는 부모들은 이미 대부분 잘 알고 있다. 그래서 아이들이 커 갈 때 새로운 것을 시도하게 하고 견딜만한 위험을 일부러 만나게도 하고 어려움이 닥쳐올 때 스스로 문제를 풀어가도록 내버려 두는 등의 여러 가지 훈련을 시키면서 긍정적인 자아를 갖도록 도와준다.

어떠한 방법이 자라나는 자녀들의 건강한 자아를 가질 수 있도록 도울 수 있을까?

첫째로 부모는 아이들에게 "고마워."라는 말을 자주 쓰라고 한다. 아이들이 하는 행동을 무심히 지나치지 말고 칭찬할 수 있는 기회를 삼으라고 한다. 예를 들어 식사 후 테이블에 있는 접시를 설거지하는 싱크대로 옮긴다거나, 학교에서 돌아오자마자 자기 방으로 들어가 숙제를 한다거나 또는 집에서 애완용으로 키우는 강아지에게 개밥을 주고 있을 때 부모가 자식에게 "고맙다."라고 말한다면 그 단어의 힘이 무척 강하다고 한다. 사소한 행동인데도 부모가 고마움을 표시하면 아이들은 기분이 좋아져서 부모가 원하는 행동을 다음에도 다시 하고픈 동기를 부여한다고 한다.

둘째로 아이들이 행하는 작은 진보에도 칭찬하라고 한다. 큰 목표에 도전하여 성공한다면 당연히 부모는 자식을 칭찬한다. 그건 본능이다. 그러나 조그만 진보에도 칭찬하는 것이야말로 긍정적인 자존심을 갖게 하는 결정적인 영향을 미친다고 한다. 그러한 조그만 진보를 만들려고 노력한 아이들의 노력에 칭찬하는 것은 앞날에도 열심히 노력하는 동기를 만들어 준다. 작은 진보에도 계속 잘한다고 격려를 하면 자신감이 생긴다. 그래서 어려운 일이 생겨도 두려움보다 긍정적 마음으로 도전한다고 한다.

셋째로 비교하지 말라고 한다. 사람은 모두 다르다. 개개인 각자 그들 자신의 특징이 있다. 자식이 여러 명 있을 때 비교를 하는 말을 들으면 어린아이들은 마치 자기가 다른 형제보다 못하다는 느낌이 든다. 그래서 필요 없이 낙담을 한다. 심하게는 다른 형제나 자매에게 원한까지 만들 수 있다. 그러니 아이들이 성공하기를 원한다면 개개인이 갖고 있는 그들의 관심과 그들의 능력에 맞추어 가며 자식에게 기대해야 한다. 의식적으로나 무의식적으로나 비교하는 내용이 들어간 대화를 하면 어린아이뿐만 아니라 다 자란 어른들까지도 그들의 자존감을 다치게 한다는 걸 깨닫는다.

넷째로 농담을 비롯하여 비꼬는 뜻이 들어간 풍자적인 표현은 되도록 피하여야 한다. 대부분의 어린아이들은 그런 풍자적인 말을 이해하지 못한다. 어린아이들이 알아듣도록 공감이 가는 말을 하여야 그들의 정서에 도움이 된다.

다섯째로 칭찬을 효과적으로 사용하라고 한다. 긍정적인 결과가 나오도록 하려면 어린아이들이 긍정적인 행동에 참여하도록 북돋아 주는 칭찬을 사용한다. 특정한 행동을 표현하면서 칭찬하는 단어를 함께 사용하거나 말을 할 때도 관심을 보이며 성실하게 대한다. 예를 들어 "잘하고 있네." 단순하게 말하기보다는 "너는 엄마가 원하는 대로 숙제를 하고 있으니 참 잘하고 있네."라고 말한다.

지금까지 아이들이 태어난 후 성장할 때 건강한 자아를 가질 수 있게 하는 다섯 가지 방법을 적었다.

임신하면 엄마와 아빠는 태교의 중요성을 배운다. 좋은 음악을 듣고 좋은 그림을 보고 좋은 책을 읽으라고 한다. 가장 중요한 태교는 엄마의 심리적인 안정이라고 한다. 인간의 뇌신경 세포는 태아기에 형성되므로 엄마의 신경이 날카롭거나 정서적으로 불안정하면 배 속에 있는 아기에게 그 감정이 고스란히 전달된다고 한다. 그래서 태어날 아기를 위하여 엄마뿐만 아니라 아빠까지 태교에 대해 듣고 배우며 준비한다.

마찬가지로 아기가 태어난 후에도 자존감이 있는 건강한 아이로 키우기 위해서는 부모는 자존감에 대한 글과 방법을 읽고 적용하면 도움이 될 것이다.

자존감(Self-esteem) 3, 부모의 실수 예

　　　　　　　다섯 가지 방법 중 본의 아니게 부모로서 내가 실수한 경험담을 적어 보겠다.

　먼저 칭찬에 대해 일어났던 경험을 이야기해 보려고 한다. 세대 차에 의해서 또는 엄마와 아빠의 견해 차이로 아이들을 헷갈리게 만들기도 한다는 걸 알았다.

　아들이 다섯 살 때였다. 저녁 식사가 끝난 후 나는 설거지를 하고 있었다. 부엌이 보이는 거실에서 남편은 TV 뉴스를 보고 있었다. 찬장 꼭대기 선반은 높아서 손이 닿지 않는다. 그래서 한발 올라가 사용하는 발판을 부엌 구석에 놓고 필요하면 들고 와서 사용한다. 싱크대 옆으로 아들이 그 발판을 끌고 와 한 발짝 그 위로 올라갔다.

　"너, 무얼 하려고 하니?"

　"엄마 설거지 도와주려고요."

　다섯 살이라 아직 싱크대로 손이 닿지 않은 아들은 발판 위로 올라와 싱크대의 수도꼭지에서 물을 틀었다. 접시 하나를 들고 수도꼭지 물에 씻으며 옆으로 옮기고 있다.

엄마와 아들이 같이 설거지하고 있다. 어쩌면 아들에게는 물장난일 수도 있었다. 사방으로 물이 튀기며 그릇을 제대로 씻고 있지 않았다. 그런데도 아들이 즐거워하니 나 또한 기분이 좋았다. 낮에는 엄마가 직장에 가 일하고 아들은 다른 사람 손에 맡겨져 있다가 저녁이 되어야 모자가 만나니 아들은 조금이라도 엄마 옆에 더 있고 싶었을 것이다. 아들이 그렇게 도와주니 잠시 짧은 시간이었지만 모자간에 무척 행복한 시간이었다.

"아들이 설거지 도와주니까 엄마 기분이 아주 좋은데. 우리 아들 최고다!"

갑자기 TV를 보고 있던 남편이 큰 소리로 말하였다.

"당신 귀중한 내 아들에게 무얼 시키는 거야?"

'남자가 설거지하면 남자 구실을 못한다.'라는 말을 주위에서 듣고 자란 남편이다. 나 또한 남자가 설거지하는 걸 친정에서 보지 못하며 자라났기에 아들이 도와주겠다고 해도 더 이상 근처에 오지 못하게 했다. 이렇게 엄마는 칭찬하고 있어도 아빠는 화를 낼 수가 있다.

다섯 가지 방법 중에 다른 하나는 비교하지 말라고 쓰여 있다.

아들이 고등학교 시절이다. 의도적으로 비교를 하며 자식의 기분을 나쁘게 하려는 부모는 없을 것이다. 아이가 잘되도록 훈계하다 보니 무의식적으로 비교하는 말이 나올 수도 있다. 하지만 아이들이 비교하는 말을 들으면서 자존감을 잃어버린다고 하니 조심해야겠다. 나 또한 아들 기분을 언짢게 한 적이 있었기에 여기에 써본다. 고의로 기분 나쁘게 하려고 말한 것이 아니었는데도 듣자마자 아들 표정이 무척 화가 나 있었다. 그래서 알아챘다. 하지만 이미 나의 입 밖으로 나온 말을 다시 입속으로 집어 담을 수는 없었다.

아들은 프리몬트 청년 교향곡 관현악단(Fremont Youth Symphony Orchestra)의 멤버로 바이올린 콘서트마스터였다. 콘서트마스터는 바이올린을 연주하는 학생들이 가장 하고 싶어 하는 포지션이다. 제1 바이올린의 수석 연주자로서 지휘자의 보조적 역할을 하는 악장으로 음악회가 시작하기 전에 튜닝을 시도하고 음악회가 끝난 후에는 강단 위에서 지휘자는 콘서트마스터와 악수를 하며 서로가 존경심과 고마움을 표한다.

세 명의 심사관이 있는 오디션에서 아들이 제일 바이올린의 콘서트마스터로 뽑힌 걸 보니 아들이 실력이 있다고는 생각은 들었다. 그런데 집에 와서 연습을 하루에 30분만 한다. 30분 연습하면서도 가끔 등을 긁기도 하고 다리 종아리를 긁는다. 그리고 화장실도 간다. 내가 보기엔 하루에 30분이 아니라 고작 20분 연습하는 거로 보였다.

하루는 신문을 보니 스탠포드 대학 근처의 팔로알토 쪽에 사는 한 한국 학생의 사진과 함께 음악 콩쿠르에서 일등으로 뽑혔다는 기사가 나와 있었다. 연령이 아들과 거의 비슷했다. 하루에 4시간씩이나 바이올린 연습을 하고 있다고 쓰여 있었다. 나는 그 신문

기사를 읽으며 아들에게 말했다.

너도 하루에 30분이 아니라 4시간씩 바이올린 연습하면 이 신문에 나온 학생처럼 콩쿠르에 가서 상을 받을 것이라고 했다. 아들은 그 학생과 자기를 비교한다면서 무척이나 화가 난 표정으로 얼굴을 찡그렸다. 아들의 표정을 보며 엄마의 말이 아들의 기분만 나쁘게 하였다는 걸 깨달았다. 음악에 관심을 갖고 음악가로 성공해보겠다는 아들이라면 몰라도 하기 싫은 음악 연습인데도 엄마가 원하니까 억지로 하고 있던 아들이었을 것이다. 단지 신문기사에 나온 걸 읽은 것 같은데도 이렇게 부모들은 아이들의 자존감에 본의 아니게 상처를 주기도 한다.

다음부터는 그러한 실수를 되풀이하지 않도록 주의하고 있다.

◖ 고난

어느 부모가 자기 자식을 일부러 힘들게 하거나 다치게 하고 싶어 할까?

아홉 달 동안 배 속에 있던 아기가 태어나면 엄마는 젖을 먹인다. 아기의 자라나는 모습을 보며 사랑과 정성을 다하여 키운다. 아가가 엄마를 알아보고 방긋 웃는다. 그 모습을 보는 순간 엄마는 아기를 돌보며 힘들었던 모든 시간을 잊어버리고 행복해한다. 옆에서 아가를 같이 거들며 돌보아주던 아빠도 마찬가지다. 아이가 기어 다닐 때는 다치지 않게 하려고 어린아이가 가는 곳마다 따라간다.

그럼에도 불구하고 잠깐 하는 사이에 사고가 생기기도 한다. '아기가 아장아장 막 기어 다닐 때였다. 부엌에서 국을 끓이고 있다가 걸려온 전화를 받았다. 그 틈에 아가는 국그릇을 잡아당겨 딸아이의 얼굴이 온통 화상을 입었다고 한다. 딸이 일하러 간 날, 딸 부탁으로 외할머니가 손자를 보고 있었다. 바로 옆방을 진공청소기로 청소하고 있는 사이 손자는 창문의 커튼을 잡아당기며 놀다가 커튼 줄이 목에 감겨 죽었다고 한다.' 체인 약국에서 일하다 손님에게서 직접 들은 실제 이야기들이다. 그러한 사고 이야기를 들으며 놀란다. 우리가 원하지 않는 사고는 항상 일어나고 있다. 그러한 끔찍한 사고를 원하지 않듯 고난 또한 우리는 원하지 않는다.

자식을 온전히 키우기 위해 부모는 일부러 자식들에게 고난을 주어야 하는가?

여기서 동물들의 세계로 들어가 보자. 새들의 임금이라 할 수 있는 독수리는 높은 바위 절벽에 집을 짓고 거기서 새끼를 낳아 키운다. 새끼가 아주 어렸을 때는 엄마 독수리는 먹이를 잡아 와 새끼 독수리에게 먹이를 주지만 새끼가 자라 날개가 생기며 움직이려 하면 일부러 잡아 온 먹이를 절벽 근처에 서 있는 나뭇가지에 얹어 놓고 새끼를 굶긴다고 한다. 배가 고픈 새끼 독수리는 아찔하게 보이는 절벽 밑으로 떨어질까 봐 무서워도 그 나뭇가지까지 날아가 어미가 가져온 먹이를 먹는다고 한다.

유타 동물협회에서 터그 게트링은 나비를 관찰하다 다음 이야기를 했다. 한 정원사가 정원에서 일하다 고치 안에서 조그만 구멍으로 나비가 빠져나오느라 노력하는 것을 목격했다. 나비는 나오려고 한참을 몸부림치다가 지쳐 힘이 빠졌는지 조용해졌다. 가엾이 여긴 정원사는 고치가 쉽게 빠져나오는 걸 도우려고 구멍을 크게 만들었다. 그런데 쉽게 빠져나온 나비는 도리어 날개를 펴다 말고 밑으로 떨어져 죽었다고 한다. 조그만 구멍의 고치에서 나비가 빠져나오려고 부딪힐 때마다 몸에서 액체가 나와 나비의 날개를 강하게 한다고 한다. 큰 구멍으로 쉽게 빠져나온 나비는 날개에 힘이 없어 날아 보지도 못하고 떨어져 죽는다는 것이다.

정원에 앉아 바라보면 아름다운 꽃들 위에 나비가 훨훨 날아가는 평화로운 풍경이 펼쳐진다. 그러나 그 평화롭고 아름답게 보이는 자연 속에도 한 가지 규칙이 있다는 걸 배운다. 꽃 한 송이 피기 위하여 아픔을 견디어야 했고 아름다운 날개로 날아다니는 나비들도 그 조그만 구멍을 빠져나오는 고난을 겪어야만 했었다.

성경 사무엘서에 나오는 제사장 엘리의 두 아들에 대한 이야기이다. 두 아들의 이름은 홉니와 비느하스이다. 아버지 엘리가 제사장이었기에 그 두 아들은 어려서부터 아버지가 일하는 성전에서 시간을 보냈었다. 그곳은 모든 것이 풍족하였다. 하지만 그 아들들은 제사 절차를 무시한 채 교만해졌다. 자기의 분깃이 아닌 제물의 부위를 착복하였고(삼상2:15) 성전에서 수종 드는 여인을 범할 만큼(삼상 2:22) 부도덕하고 타락한 자가 되었다. 결국 그 두 아들은 자기 멋대로 살다가 한날에 죽고 그 이야기를 들은 제사장 아버지 엘리도 충격으로 같은 날 죽는다. 어려움과 고난을 겪지 않고 자라났기에 모든 것이 자기 것인 양 착각하며 교만해진 인간의 모습이다. 그 둘의 종말은 마치 고치의 큰 구멍으로 쉽게 빠져나온 나비를 보듯 결국은 바닥에 힘없이 떨어지고 마는 것이다.

대부분의 부모들은 자식이 너무 귀엽고 사랑스러워 무조건 오냐오냐하며 키우기를 원한다. 아이들이 즐거워하기를 원한다. 편안하기를 원한다. 힘든 일을 하지 않기를 원한다. 위험한 일을 하지 않기를 원한다. 그러나 동물의 세계에서의 독수리와 나비를 보듯 부모들도 이미 느끼고 있다. 아이를 위해 고난의 경험이 필요하다는 걸 알고 있다. 건전한 아이들로 자라나게 하려고 아이들이 어려운 고난을 겪는 체험을 하는 동안 부모는 마음이 아프더라도 묵묵히 기다려야만 한다는 것을 배운다.

대학을 들어가고 싶어 하는 학생이 늘어나면 뽑는 학생 수가 정해져 있어 들어가기가 힘들어진다. 명문 대학을 지원하는 학생들은 학업 성적과 입학 시험 성적이 높아 가를 수가 없다고 한다. 그럴 때 학생들의 입학 원서 에세이에 적혀진 하드쉽이 있는 학생이 뽑힌다. 대학의 입학관들은 하드쉽이 있는 학생을 원한다는데 도대체 하드쉽은 무엇일까? 하드쉽은 예를 들면 병에 걸려 휴학하다 학교로 되돌아왔거나 부모 중 한 분이 돌아가셨거나 또는 부부가 이혼하여 혼자인 부모 밑에서 집안 경제가 어렵게 된 경우에도 꾸준히 학업을 한 경우이다.

그런데 하드쉽이 전혀 없는 학생들도 있다. 돈을 풍족하게 주는 부모를 만났다. 이혼이라고는 생각해 본 적이 없는 화기애애한 가정이다. 휴학을 할 정도로 몸이 아파서 고생해 보지도 않았다. 그런 학생들에게는 하드쉽의 경험이 없다. 그래서 일부러 고난을 찾아가 그 체험을 쓰기도 한다. 예를 들어 미국보다 환경이 열악한 나라를 찾아가서 봉사 활동을 한다. 어려운 형편에 살고 있는 그들을 보며 고등학교 시절 체험한 기억은 평생 잊혀지지 않을 것이다. 나의 아들은 고등학교 시절 멕시코에 가서 봉사 활동을 하고 왔다. 내 딸은 대학 시절 남아프리카에 가서 봉사 활동을 하고 왔다. 먼 타지에서 봉사 활동을 하는 동안 부모는 가슴을 졸이며 걱정을 한다. 고난의 경험이 아이들을 더 강하게 만들고 있다는 것을 알고 있기에 봉사 활동을 간다고 했을 때 반대할 수 없었다. 다치지 않게 지켜달라고 주님께 간절히 기도를 드리며 참을성 있게 기다렸던 것이 떠오른다.

◖ 내 게 서 능 력 이 나 갔 으 니

가가호호 문을 두드리며 예수님을 전하는 미국 교회의 젊은 워커 목사님(Pastor Walker)과 사모님이 하루는 내가 집에서 쉬고 있는 날 현관문을 두드렸다. 나는 그때 교회를 다니지 않고 있었기에 주일 날 젊은 미국 목사님이 알려 준 주소로 미국 교회를 찾아갔다. 교회 건물은 초등학교의 교실 하나를 빌려 쓰고 있었고 교인들도 별로 많지 않았다. 그 교회에 나가 처음 설교 시간에 이 구절을 들었을 때 난 충격을 받았다.

"내게서 능력이 나갔으니 나에게 손을 댄 자가 있다."

그래서 이 글을 쓰고 있다. 그때 나는 나에게 질문하고 있었다. 이 우주를 창조하신 하나님은 전지전능하다. 그러니 모든 것을 알고 계신다. 그런데 "누가 내 옷을 만졌느냐?" 하며 예수님은 왜 물어보았을까? 알고도 모른 척하신 걸까? 아니면 정말로 몰랐을까? 예수님은 하나님이라고 하는데 어떻게 하나님에게서 능력이 나갔을까?

예수님은 삼위일체 하나님이시다. 하늘에서는 아버지 하나님과 아들 예수님과 성령님 세 분이 함께하시는 유일신 삼위일체 하나님이시다. 그런데 하늘 보좌를 버리고 우리와 같은 몸으로 이 땅에 오셨을 때는 우리 인간의 육신을 갖고 태어나셨기에 채찍질 당하면 우리와 똑같이 육신의 아픔과 고통도 느껴야 하는 인간의 연약한 모습도 있다. 다른 각도로 해석이 될 수도 있겠지만 하나님이 아니라 인간의 육신으로 이 땅에 오셨기에 여인이 몰래 옷자락을 만지는 순간 아마도 예수님은 실제로 누가 예수님의 옷자락을 만졌는지 몰랐을 수도 있었을 것이다. 그 여인이 옷에 손을 대는 순간 예수님의 몸에서 능력이 빠져나갔기에 예수님은 알아차린 것이다.

혈루증을 고치는 데 능력이 빠져나갔다? 그 말은 잘못된 것을 고치려고 하는 것에는 공짜가 없다는 것이다. 병이든 죄이든. 물론 이 여인에게서 혈루증은 12년 동안이나 그녀를 괴롭혀 온 병이다. 그녀가 어찌하여 그 병을 갖게 되어 시달리게 되었는지 모른다. 하지만 예수님이 살아 계시던 그 시대도 그렇고 오래전 한국에서도 그렇고 여자가 월경을 하며 흘리는 피 때문에 불경스럽다고 하여 중요한 공식 석상에 나오지 못하게 하는 것이 불문율로 전해졌다. 하지만 이 여인은 한 달에 일주일이 아니라 거의 매일 피를 흘리고 있었으니 그런 병이 있다고 남들한테 말하지도 못하고 부끄럽게 지냈을 것이다. 그 병을 고쳐보려고 여러 의사를 찾아갔으나 갖고 있던 재산만 다 허비하였다.

대학에서 기독교 강의를 들으며 나에게 질문한 적이 있다. 제사를 왜 지내야 하는가? 양을 잡고 비둘기를 잡아 태워 죽여야만 하는 이유가 무엇인가? 아브라함에게 아들 이삭을 제물로 바치라고 한 것도 제사인가? 무당이 굿을 하는 것도 제사인가? 미국 와서 몇십 년이 지난 후 한국인 교회를 다니고 있었다. 예배지 순서에 있는 오늘의 설교 말씀을 보니 똑같은 성경 구절이다. 목사님 설교 말씀이 궁금해졌다. 예전에 들으며 충격을 받은 구절이었기에 다른 목사님은 어떻게 설교하시나 귀를 기울였다.

설교 제목은 똑같은데 이번 설교는 혈루병을 앓고 있었던 여인의 입장이 되어 말씀하신다. 여인은 자기의 병에 대한 부끄러움과 비밀이 알려질까 하여 사람들에 대한 두려움이 있었다. 그런데 예수님에 대한 소문을 들었다. 이렇듯 믿음은 들음에서 시작된다. 옷이라도 만지면 고침을 받을 수 있다는 그 여인의 끝까지 가는 믿음이 있었고 그것을 그대로 실행하려는 실천적인 믿음도 있었다. 또한 그녀는 겸손하였다. 떨며 예수님 앞에 나와 엎드렸다. 밑바닥까지 내려간 절망적인 상황에서도 예수님에게 나아가면 고침을 받고 마음의 평화로움을 받을 수 있다는 은혜로운 말씀이다.

똑같은 성경 구절인데도 두 목사님은 전혀 다른 설교 말씀을 하시고 있는 것이 놀라웠다. 한 분은 예수님 쪽에서 다른 분은 혈루병 여인 쪽에서 말씀하셨을 뿐 두 분 다 은혜로운 말씀이다. 이렇게 같은 페이지에 같은 글을 읽으면서 또 다른 각도에서 설교한다. 마찬가지로 다르게 해석이 될 수도 있다. 내가 깨달은 것을 다른 사람에게는 그렇지 않을 수도 있다. 내가 생각하는 것과 똑같이 공감하라며 남을 구속하기는 싫다. 그런데도 주위의 가족들과 내가 사랑하는 사람에게 내가 깨달은 것을 전하고 싶은 마음이 생기는 건 무엇일까?

나는 전에 들으며 충격을 받았던 기억을 되살리며 "내게서 능력이 나갔다"라는 구절을 곰곰이 다시 생각했다. 죄도 없는 예수님이 우리 죄를 위하여 왜 그렇게 처참하게 십자가에서 돌아가셔야만 하는지 의문을 가졌었다. 채찍질 맞으며 못에 찔려 피를 흘려가며 십자가에 매달려 뙤약볕에서 목이 마르고 온몸이 말라가며 죽어야만 우리 죄가 없어지는가? 꼭 그렇게 해야만 우리 죄가 없어지는가?

"내게서 능력이 나갔으니" 구절에서 갑자기 깨달음이 왔다. 나에게 질문하던 해답을 얻은 것이다. 무엇을 고치려면 공짜가 없다. 그냥 우리 죄가 씻어지는 게 아니었다. 결국 예수님은 온몸의 능력이 빠지는 죽음을 선택하셨다. 우리의 잘못 때문에 값을 치르신 것이었다.

미국의 병원 약국에서 점심시간이 되어 병원 카페 테이블에 약사들 다섯이 둘러앉아 식사하며 대화하고 있었다. 나만 빼놓고 모두 미국에서 태어난 사람이다. 그렇지만 한 명은 부모가 이스라엘에서 온 유대교였고 다른 한 명은 인도의 힌두교 또 다른 한명은 이슬람교이다. 나머지 두 명만 기독교인데 필리핀에서 온 사람은 가톨릭이다. 종교는 틀려도 그들 모두 착하게 사는 사람들이다. 모두 다른 종교이면서 같은 테이블에 앉아 식사하고 있다. 그들의 이야기를 들어보면 다른 종교도 다 착한 일을 하라고 가르치는데 왜 예수님만 믿어야 천국에 간다며 착하게 사는 사람들을 교회로 끌어당기려고 논쟁을 해야만 하는가?

그런데 예수님처럼 값을 치른 종교는 찾아보려고 해도 찾을 수 없었다. 우리의 부끄러운 죄들이 스스로 착한 일을 한다고 씻어지는 게 아니다. 누군가 지불을 해야만 한다. 알고 모르고 지은 죄에 대해 용서를 빌고 예수님의 이름을 믿으면 예수님은 우리를 받아 주신다고 약속하셨다. 예수님은 우리 때문에 십자가에서 고통스럽게 값을 치르신 것이다. 우리 인생이 끝나고 난 후 구원받기 위하여서는 값을 치러 주신 예수님을 믿으라고 사랑하는 가족부터라도 전해야겠다는 생각이 든다. 한마디의 성경 구절에서 몇십 년 나에게 물어오던 의문에 내 나름대로 깨닫고 답을 얻을 수 있었다는 게 고마울 뿐이다.

PART 5

여행 & 글쓰기

시 안

2010년 서울에서 졸업 40주년 여고 동창회가 열렸다. 로스앤젤레스에 사는 친구에게 전화 걸어 같이 가자고 했다. 친구는 어머님의 건강이 나빠져서 좀 더 생각해 보고 전화 연락해 주겠다고 한다.

똑같은 고등학교와 대학을 다니고 같이 졸업했다. 그런데 미국에 와서는 전공인 약학을 하지 않고 컴퓨터를 공부하여 로스앤젤레스 시청에서 계급이 높은 공무원으로 일하고 있다. 컴퓨터 프로그래머 슈퍼바이저로 일하고 있는 그 친구를 보면 놀라움을 금치 못한다.

친구한테서 기다리던 전화가 왔다. 신문에 나온 광고를 보니 한국 왕복 비행기표 가격에 조금만 돈을 더 내면 중국이나 일본 또는 베트남을 같이 갔다 오는 패키지 여행이 있다고 한다. 다른 나라 구경까지 할 수 있는데도 믿을 수 없이 가격이 좋았다. 친구의 질문에 흔쾌히 응했다. 컴퓨터만 잘하는 줄 알았는데 여행 스케줄과 가격 체크도 잘한다. 좋은 친구가 있다는 생각이 들며 친구에게 고마웠다.

친구와 나는 인천 공항에 내리자마자 조금 후 북경으로 가는 비행기를 탔다. 꿈에 그리며 가보고 싶었던 만리장성을 올라간 후 좌우를 돌아보며 중국을 내려다보았다. 다시 북경 시내도 구경하고 둘이서 인력거도 타며 재미있는 시간을 보냈다.

다음날 시안으로 가는 비행기를 탔다. 여행사에서 이미 다 매입한 비행기표였지만 생각보다 무척 작은 비행기다. 비행장 주변에 안개까지 자욱하게 끼어 있었기에 비행기 창문에서 보이는 뿌연 풍경을 보며 겁이 났다. 중국 본토에서 미국으로 이민 온 약사가 나에게 하던 말이 떠오른다.

"작은 비행기는 조심해야 해요. 중국엔 오래된 비행기를 폐기하지 않고 계속 사용한다고 들었어요. 몇 달 전에 중국계 미국 약사들 다섯 명이 중국에 의료 자원봉사 하러 갔다가 비행기 사고로 다 죽었다는 기사를 신문에서 읽었거든요. 비행기 추락 사고 원인이 정비 불량이라 하더라구요."

북경에서 시안으로 가는 작은 비행기 안에서 왜 그 약사 이야기가 떠오르는 것일까? 안개 속 하늘로 올라갈 때 비행기는 흔들리기는 했어도 몇 시간 후 시안에 잘 도착했다. 어렸을 때부터 들어오던 양귀비가 살던 화청지를 돌아보았다. 당나라 황제 현종이 사랑에 빠져들어 나라를 제대로 돌보지 않게 만든 경국지색의 천하미인 양귀비에게 현종이 하사했다는 목욕탕이 내려다보인다.

그다음으로 찾은 곳이 바로 진시황릉 무덤 근처에 있는 병마용

갱으로 드디어 들어왔다. 이곳이야말로 역사적인 유적지와 유물을 보려고 시안에 가장 가고 싶어 했던 곳이다.

1974년 3월 인근에 사는 마을 청년 여섯 명이 우물을 만들고자 땅을 파던 중 깨어진 도기 조각이 나타나 그 조각이 진나라 유품이라는 것이 알려지며 이곳이 발견되었다고 한다. 1974년 3월은 내가 대학을 졸업해서 병원 약국에서 막 일하기 시작했던 해이다.

2천 년 이상 잊어버리고 있다가 발견되었다니 놀라운 일이다. 이렇게 많은 숫자로 사람 크기와 똑같고 얼굴 모양도 하나하나 다르게 흙으로 구워 만든 병사와 말이 잊혀 있었다니 그 또한 놀랍다. 인간의 기억은 믿을 수 없는 것일까?

기원전 221년에서 기원전 206년 사이의 진나라는 역사는 짧아도 최초로 중국을 통일한 진시황이 시황제로 있던 나라다. 흙으로 만든 수많은 병사들과 말들이 서 있는 커다란 구덩이를 통해 그 진시황의 권력과 힘 그리고 그 시대의 역사가 눈앞에 다가오는 것이 느껴진다. 2,300년 전, 나는 어디 있었을까? 다른 세상에서 살고 있었을까?

장안(시안)의 풀로 태어나는 것이 변방의 꽃으로 태어나는 것보다 낫다는 말도 전해지고 있다. 그렇게 시안은 여러 왕조의 도읍지로 있으면서 찬란한 중국 문화가 고스란히 남아있다고 들었다. 하지만 시안 공항에 내렸을 때는 예상과 달리 호화롭게 법석거리지는 않았다. 시안은 현재 그리스의 아테네, 이탈리아의 로마 그리고 이집트의 카이로와 함께 세계 4대 고도로 꼽히는 도시의 하나라고 한다.

　모든 역사는 홍망성쇠를 거친다. 한때의 찬란한 시절은 사라져도 몇천 년 전에 만들어진 불가사의한 유물들은 아직도 그 시절의 홍하였던 시절을 재현하며 우리 눈을 놀라게 한다.

◖ 마추픽추

　　　　　　　브라질에 이민 간 친구가 여고 동기들을 초대
한다고 한다.

　브라질은 처음 가보는 곳이다. 브라질의 리우데자네이루 리오
예수상과 이구아수 폭포는 해마다 많은 관광객들이 여행을 간다.
그만치 관광지로 유명하고 잘 알려져 있다. 그런데 우리의 여행은
브라질의 유명 관광지도 가지만 다시 페루로 가서 마추픽추를 여
행하기로 되어있다.

　처음 가는 곳이라 곳곳이 새로웠지만 특히 마추픽추는 더 설렌
다. 사라져버린 잉카의 옛 역사를 느끼고 싶었다. 브라질에서 페
루의 수도인 리마로 비행기를 타고 갔다. 샌프란시스코에서 뉴욕
까지 가는 만큼 먼 거리다. 페루의 수도인 리마에서 비행기를 갈
아타고 1시간 반을 더 비행해서 쿠스코에 도착했다. 잉카 제국 시
절의 수도 쿠스코는 옛적 유적지답게 오래된 건축과 돌담길로 이
루어진 게 눈에 뜨인다. 좁은 돌담길을 따라서 올라가니 우리 일
행이 머무를 여인숙이 나타났다. 이곳에서 하룻밤 자고 내일 기다

리던 마추픽추로 간다고 한다.

친구들과 저녁 식사를 하고 둘씩 사용하는 방으로 들어갔다. 숨이 제대로 쉬어지지 않아 도저히 잠을 잘 수가 없었다. 고산병의 증세가 나타난 것이다. 내일 올라가려는 마추픽추는 산세가 가파르고 공중의 도시라 불릴 정도로 산꼭대기 높은 곳에 있다던데 지금보다 숨이 더 막힐 것 같았다. 여행을 중지하고 혼자 이곳 쿠스코에 머물러 있어야 하나 아니면 혼자서 브라질로 되돌아가야 하나 별의별 생각이 다 든다.

옆에 있는 친구는 먼저 욕조에 들어가 샤워를 한 뒤 몸이 피곤한지 입으로 웅얼거리며 잠꼬대를 하다 푹 잠에 빠졌다. 몇 시간을 잠을 이루지 못하고 설치던 난 조금 전 먹었던 저녁 식사를 모두 토해냈다. 그리고 여전히 숨을 제대로 못 쉬며 뜬눈으로 헐떡거린다. 공연히 이런 곳으로 여행 왔구나 하며 후회하였다. 조금 눈을 붙였다. 아침이 되었다. 옆에 자던 친구는 어제저녁에 무슨 일이 일어났는지 전혀 모른다.

"네가 어제저녁에 토했다고? 나는 전혀 못 들었는데."

일행이 모두 기차를 타기 위해 버스에 올라탔다. 버스에서 내려 다시 마추픽추를 가기 위해 잉카 기차를 탔다. 차창 밖으로 우르밤바의 강도 보며 1시간 반 정도 기차는 달렸다. 기차에서 내려 입구에서 다시 셔틀 버스를 타고 지그재그로 산 위를 올라간다.

드디어 마추픽추의 기이하고 놀라운 절경이 눈앞에 나타났다. 가슴이 탁 트인다. 우뚝 솟아오른 두 개의 산봉우리 안에 파묻힌

듯 마추픽추의 석조로만 이루어진 고대 유적지가 한눈에 들어온다. 크기가 다른 돌 하나하나가 짜임새 있게 붙어있다. 돌 사이의 이음새는 종이 한 장 들어갈 수 없게 건축을 하였다고 한다. 스페인이 잉카 제국을 침입해 들어올 때까지 3백 년 이상의 역사를 갖고 있다. 그들은 세계에서 가장 긴 산맥인 안데스산맥 주위의 산 등성이에 계단식 밭을 만들고 안데스산맥에서 나오는 물을 사용하여 농사를 지었다. 그들의 종교는 태양의 신을 모신다.

미국의 예일 대학 고고학자 교수인 아이럼 빙엄로드가 1911년 이곳을 탐험하다가 우연히 마추픽추를 처음으로 발견하였다고 한다. 그렇다면 스페인이 이곳을 침략하였을 때가 몇 년 전이었을까? 1532년 스페인의 탐험가 후란시스코 피자로가 돈을 벌려고 이곳에 침입하였다. 그때 동시에 스페인의 천연두가 이곳으로 전염되어 잉카의 왕과 왕자가 죽었다고 한다. 피자로가 나중에 1572년 잉카의 후계자를 죽이면서 잉카 제국은 사라졌다. 스페인은 마추픽추가 쿠스코에서 멀리 떨어지지 않았는데도 발견하지 못했다고 한다. 그래서 훼손되지 않고 원형처럼 보존되었다. 세월이 흐르며 마추픽추 주변의 정글이 무성해지며 유적 전체를 둘러싸고 있었기에 점점 잊히게 되었다.

미국의 고고학자 빙엄로드가 400년 후 발견할 때까지 왜 그들은 그렇게 아름다운 곳을 잊어버리고 있었을까. 단지 몇 세대 할아버지까지의 시간이다. 그런데도 지나간 역사의 흔적을 까마득히 잊고 살았다. 이탈리아의 폼페이도 중국의 진시황이 만들었던 시안에 있는 지하 왕국 무덤도 시간이 지나 잊어버리고 있다가 오랜 시간이 지난 뒤에 발견되었다.

사람의 기억하는 두뇌 장소가 한정되어 있어서 차차 잊히게 되는 것일까? 아버지가 아들에게 전해도 아들의 그 아들은 보지 못하였기에 말을 전해 들어도 믿지 못해서일까?

마추픽추에서 돌담 사이를 걸어 다니며 기분도 상쾌하고 숨쉬기가 편하다고 느껴져 왔다. 어제저녁 고생하던 것과는 사뭇 다르다. 나중에야 알았다. 이 마추픽추의 고도가 어제저녁 잠자던 쿠스코보다 더 낮다고 한다. 주위에 둘러싸인 높이 올라간 산봉우리와 아찔하게 내려다보이는 가파른 산맥이기에 당연히 마추픽추가 쿠스코보다 고도가 더 높은지 알았다. 그러나 사실은 그 정반대다.

우리는 많은 경우 사실과 다르게 착각을 하면서 산다. 또한 기억도 제대로 못 하며 살고 있다는 걸 배운다. 텅 빈 마추픽추 돌벽 건물 안을 보면서 찬란했던 400여 년 전의 잉카 역사의 그림자를 본다. 그림자 위로 사이몬 앤 가펑클이 불렀던 "철새는 날아가고" 노래가 은은히 들려오는 듯하였다.

지금으로부터 400여 년 전 잉카 문명 시대로 돌아가 난 한 마리의 철새가 되어 마추픽추의 산봉우리를 맴돌며 날고 있는 기분이다.

글쓰기 1,
보물단지

　　　　　　글을 쓰는 사람은 모두 잘 쓰고 싶을 것이다.
본인이 쓴 글을 사람들이 읽고 감동하기를 원한다. 밤에 잠을
자기 전 글의 소재가 떠올라 밤새 글을 적어 내려가면 다시 읽어
보아도 잘 쓴 것 같아 기분이 좋아 잠도 잘 온다. 새벽에 일어나
자기 전에 쓴 글을 다시 읽어보면 마음에 흡족지 않다. 내가 왜 이
런 내용의 글을 쓰고 있었던가? 어젯밤 시간만 낭비한 것 같아 회
의도 든다.

　다시 글을 써보지만 내가 쓴 글이 가치가 있는 건지 남의 눈에
형편없는 건지 알 수가 없다. 그래서 글쓰기가 힘든 것 같다. 아이
들이 어렸을 때다. 3살이 되더니 크레용을 주니 도화지에 그림을
그리고 색칠을 가득히 메꾸어 가니 내 눈에는 너무 예뻤다. 아마
그때 누군가가 나에게 그 유명한 피카소나 고갱 그림과 함께 내
아이의 그림을 주며 그중에 하나만 고르라면 난 서슴없이 내 아이
의 그림을 골랐을 것이다. 혼자서 보기가 아까워 한국에 계시는
부모님에게 여러 번 보냈다. 내가 보고 이렇게 기쁘니 나의 어머님

과 아버님도 기쁘리라 생각하면서 보냈다. 5번 이상 편지에 넣고 보냈을 때다.

"왜 이렇게 자주 아이들 그림을 보내니?" 어머님께서 연락이 왔다.

그제야 나는 깨달았다. 나에게는 어느 유명한 화가보다 더 귀중하고 아름다운 그림이지만 다른 사람들에게는 그렇게 보이지도 않고 감동도 받지 않는다는 것을 알았다. 난 아직도 내 아이들이 세 살부터 다섯 살 때 그린 그림을 버리지 않고 내 보물단지에 간직하고 있다.

그렇다면 글을 쓴 후 잘 쓴 것인지 못 쓴 것인지 판단하기 힘들다면 글 잘 쓰는 사람에게 읽게 한 후 평가를 받으면 어떠할까? 맞는 말이다. 국문학 교수나 인문학 교수들은 이전에 나온 글들을 연구하고 논문도 쓴다. 꼭 교수님이 아니더라도 그렇게 글을 전공하는 학생에게 물어보면 좋은 대답이 나올 것이다. 그런데 그들이 보는 관점이 모두 다를 수 있는 것이 두렵다.

나에게 무슨 일이 있었던가 한 예를 들어보자.

언니는 그림을 잘 그렸다. 화학 과목도 좋아했다. 언니는 대학에서 화학을 전공했다. 대학을 졸업한 후 카이스트에 들어가 불에 타지 않는 재료를 만들어 TV 뉴스에 언니의 얼굴이 나오기도 했다. 여러 번 여고 교실 칠판에 언니 이름과 만점 받은 화학 점수가 함께 적혀있었다고 한다. 한번은 언니에게 물었다. 왜 그렇게 화학을 좋아하냐고? 여고 시절 화학 선생님이 너무 잘생기고 좋아서라고 한다. 언니의 그 대답이 잊히지 않아 쓰고 있다. 그런데 언니가 미술을 좋아하는 건 타고난 탤런트였다. 우리 아이들도 나의 언니인 이모를 닮아 그림을 잘 그렸던 것 같다.

어렸을 때 그림 잘 그리는 언니를 보며 난 기가 죽었다. 내가 중학교 때다. 처음으로 미술 시간에 유화를 사용하면서 미술 선생님이 집에 가서 유화로 그려오라는 숙제를 냈다. 난 내가 하려다 언니에게 부탁하면 좋은 점수를 받을 것만 같았다. 해주기 싫다는 언니에게 간신히 부탁하여 숙제를 해 갔다. 밝은 색을 좋아하는 나와 달리 언니가 만든 유화는 어두운 색이 많이 섞여 있었다. 어찌 보면 지저분하게도 보였지만 그림 잘 그리는 언니가 유화로 만든 추상화를 들고 나는 자신만만하여 미술 선생님께 드렸다. 그림을 쳐다보는 미술 선생님의 표정이 별로 좋아 보이지 않았다.

결과가 어떻게 나왔을까? 내가 했다면 적어도 중간 점수는 받았을 것이다. 그보다 더 낮은 성적이 나와 공연히 언니한테 부탁하였다며 후회했던 기억이 난다. 미술대회에서 상을 받았던 언니였지만 나의 담임 미술 선생님은 마음에 들어 하지 않았다. 그런데 왜 나의 미술 선생님은 언니가 만든 그림을 싫어하였을까? 결국 사람들마다 보는 관점이 다르다는 것을 그때 깨달았다.

글쓰기도 마찬가지이다. 모든 사람들에게서 사랑받고 감동받는 글을 쓴다면 얼마나 좋을까. 비록 내가 쓴 글이 모든 사람을 감동시키지는 못해도 글을 쓰면서 즐거워하고 행복해하면 그것으로 족하지 않을까? 글을 써가며 지난날을 회상하며 나의 잘못도 고쳐가며 더 나은 삶을 살아가고 있다면 글 쓰는 자체가 그리 허망하지만은 않을 것이다. 또한 글쓰기 자체를 즐거워한다면 단조로운 일상생활에서의 스트레스에서도 벗어날 수 있는 치료제가 된다.

내 아이들이 3살부터 5살 때까지 그린 그림들을 보물단지에 꺼내어 바라보며 흐뭇해하듯 글을 쓰는 작가들은 본인의 글 한두 편이 누군가의 보물단지 속에 간직되어 감동받기를 상상하면서 글을 계속 써간다.

글쓰기 2,
인테리어 디자인

　　　　　체인 약국에서 일을 시작한 지 5년이 지났을 때였다. 각각 다른 지역에서 일을 하지만 약사들끼리 가끔 전화한다. 주로 이중 언어를 하는 약사들에게 전화를 더 많이 하게 된다.

"중국 환자가 프리몬트 약국에 왔는데 내 말을 전혀 알아듣지 못하고 있는데 도와줄래요?"

산호제 쪽 약국에서도 거꾸로 전화가 온다.

"한국 환자예요. 도와주세요. 무슨 말 하는지 전혀 못 알아듣겠으니 통역해 주세요."

캘리포니아주는 주로 스페인어를 하는 멕시코 사람들이 많이 오기에 스페인어를 조금은 배웠다. 그런데도 말 소통이 되지 않으면 영어와 스페인어 이중 언어를 하는 직원이 주위에 많이 일하고 있어 도움을 요청하면 곧 도와주려고 오기에 걱정을 하지 않는다.

스페인어가 아닌 다른 나라 말은 지역이 멀리 떨어진 다른 약사들과 그런 식으로 전화를 하였기에 약사의 얼굴은 한 번도 본 적이 없어도 우린 서로 목소리로 많이 친해져 있다.

하루는 산호제의 약사인 미셸에게서 전화가 왔다. 이번에는 영어를 한국말로 통역해 달라는 요청이 아니었다.

"산호제 직장 근처에 콘도미니움을 샀어요. 실내 장식을 어떻게 하는 게 제일 좋은지 알려 주세요."

인테리어 디자인을 주로 하는 전문직이 있다고는 들었다. 그렇지만 돈을 내야 할 것이다. 고등학교를 졸업하여 약사가 되기 위하여 8년간(일반대학 4년+전문약학대학 4년)의 공부를 하고 졸업하여 약사 면허 자격증 시험에 패스한 후 처음으로 잡은 직장이다. 체인 약국에서 약사로 일을 시작한 지 일 년도 되지 않아 자기가 살 집을 장만한 후 집안을 멋있게 꾸며 보려고 마음이 부풀어 있는 게 확실했다.

'나는 잘 모르니까 알아서 해요.' 처음에는 그렇게 말하고 싶었다. 그렇지만 그 신입 약사보다 경험이 많고 나이가 든 선배로서 그렇게 말하기가 쑥스러웠다. 여자 얼굴하고 집안은 가꾸기에 달려 있다라는 말은 들어왔다. 하지만 실내장식을 어떻게 꾸며야 좋을까 하는 질문은 처음 들어 보는지라 처음으로 생각해 보는 계기가 되었다. 잠시 생각하다 이렇게 말을 시작했다.

"무슨 실내장식을 하든지 방 안에 들어가서 우선 마음이 편안하도록 꾸미도록 해요. 두 번째로는 본인이 좋아하는 스타일이 무언가 먼저 알아내야 된다고 보는데요. 예를 들어 현대식 스타일이 좋은지 아니면 무게 있고 웅장한 고전 스타일이 좋은지 그걸 정한

다음 같은 계통의 가구나 장식품을 구하는 게 전체적으로 조화를 이룬다고 생각해요. 색도 어두운 색이 좋을지 밝은 색이 좋을지 똑같은 색이 아니더라도 서로 조화를 이루는 비슷한 색감으로 정하는 게 어떨까요?"

내가 생각해도 이렇게 좋은 대답이 어떻게 떠올랐는지 모른다. 막히지 않고 술술 말이 나오면서 설명하고 있는 나를 보고 놀란다. 그 말을 들은 그녀도 내 생각에 동의한다며 나의 도움에 고맙다고 했다. 한 번도 전에 생각해 보지도 않았던 인테리어 디자인에 대한 질문에 대답을 그럴듯하게 하는 내가 신기했다. 그러다 난 글 쓰는 것도 마찬가지라는 생각이 들었다. 우리는 글을 쓰기 전에 어느 식으로 쓸까 어느 주제를 다루어야 하나 미리 생각해 본다. 사람마다 좋아하는 게 다르다. 글도 마찬가지다. 내가 좋아하는 글을 다른 사람은 평범하다 볼 수 있고 내가 싫어하는 글을 다른 사람은 무척 좋은 글이라 느낄 수 있다.

어두운 색감과 비싼 재료의 고전 가구 그리고 고풍 스타일의 희귀성이 있는 집안의 장식을 보고 놀라는 사람도 있고 햇볕이 따스하게 들어오는 밝고 연한 색감에 단순한 스타일이면서도 새롭고 신선하게 보이는 현대식 장식을 더 좋아할 수도 있다.

글을 읽다 보면 사람마다 그 사람의 개성에 따라 스타일이 다르게 글을 쓴다. 너무 이것저것 섞여 산만하지 않으면서 본인이 쓰고자 하는 주제를 감동 있게 전할 수 있는 글, 그러한 글을 쓰고 싶다.

모든 사람이 좋아하지 않더라도 본인이 쓴 글을 읽고 누군가 좋아한다면 글 쓴 사람은 무척 행복할 것이다.

글쓰기 3,
밤의 올빼미

　　　　　　　약국에 찾아오는 고객 중 한 분이 책을 출판
하였다고 한다.

　언제 어디서 글을 썼냐고 여쭈어보니 직장에서 쉬는 시간을 이
용하고 나머지는 집에 와서 잠자기 전에 여러 시간을 들여 글을
썼다고 했다. 그분은 인텔 컴퓨터 회사에서 일하고 있었다. 난 그
책을 하나 사겠다고 했다. 그리고 책 표지 뒤에 사인을 부탁했다.
그분은 너무 행복해한다.

　자기의 평생 꿈이 작가가 되고 싶었다고 한다. 아직도 컴퓨터 회
사에서 일하고 있지만 시간만 나면 글을 쓴다고 했다. 자기가 책을
출판했을 때 사람들이 자기에게 와서 사인해 달라는 모습을 상상하
면서 글 쓰는 동안 너무 행복했다고 하였다. 그녀가 꿈에 그리던 사
인을 내가 부탁하니 어린아이처럼 좋아하고 있다. 정성스레 내 이
름을 적고 좋은 덕담도 한마디 적고 자기 이름을 사인한다.

　그녀의 책 이름은 『밤의 올빼미』이다. 책 제목답게 책의 내용은
3세대에 걸쳐 일어나는 미스터리 이야기로 이어진다. 나는 책을

집에 들고 와 밤새워 읽었다. 어느 부분은 너무 시각적으로 자세히 묘사하고 있어 두렵기까지 했다. 그런데도 그다음 이야기가 어떻게 진행되나 궁금하여 책을 손에서 놓을 수가 없었다.

일 년에 미국에서 책이 얼마나 출판되나 궁금해졌다. 인터넷을 찾아보니 통계 자료를 낸 곳마다 다르기는 하나 2013년 백만 권이 미국에서 출판되었다. 그중 반 이상의 책은 출판사가 아닌 자비 부담으로 만들어졌다고 한다. 2017년에는 자비 부담으로 프린트되어 출판된 책과 이북(E-Book)을 합하여 ISBN으로 등록된 책은 120만 권이다. 그런데 일 년 후 2018년에는 그 숫자가 160만 권으로 증가하였다.

그렇게 많은 새로운 책들이 출판되는데 과연 일 년에 책이 얼마나 팔리고 있나 궁금해졌다. 2019년 조사에 의하면 작년 한 해에 6억 7,500만 권의 책이 출간되어 미국 내에서 팔렸다고 한다. 새로 출판된 책이 일 년에 160만 권이고 이미 만들어진 책과 새로 나온 책들을 다 합하여 팔리는 숫자가 일 년에 6억 7,500만 권이라는 뜻이다.

내가 자주 가는 프리몬트 시립 도서관은 조금 낡아 보이는 책들을 가끔씩 입구에 놓고 판다. 겉장이 두껍고 잘 만들어진 책은 1불이고 겉장이 종이로 만들어진 책은 10센트에서 25센트 한다. 어느 때는 도서관 바닥에다 일일이 사람 키만큼 쌓아놓고 1불만 받는다. 난 가끔 도서관에 가서 『쥬라기 공원』의 저자인 마이클 크라이톤 소설과 존 그리스햄의 미스터리 소설 등을 25센트에 사 오곤 했다. 도서관은 새로 나오는 책들을 보관하여야 하기에 오래

전에 출판된 다른 작가들의 책은 한두 권만 남기고 나머지는 그런 식으로 정리해 버리는 것 같았다. 아무튼 나는 싸게 구입할 수 있어 좋았다. 그러니 헌 책이라도 10센트라는 돈을 주고 샀으니 나처럼 헌책을 산 사람까지 합하면 한 해에 팔렸다는 6억 7,500만 권의 숫자는 더 올라갈 것이다.

그렇게 많은 책들 중에 내 책이 출판된다면 과연 몇 권이나 팔릴까? 처음 책 출판 기념회에 축하하러 오신 분들에게 돌린 책과 주위 아는 분들에게 드린 책을 합하면 평균 250권 정도 또는 그 이하라고 한다.

그렇게 조금 팔리는데도 왜 글을 계속 쓰는 걸까? 다시 『밤의 올빼미』를 쓴 작가에게로 돌아가 보자. 책이 재미있었는데도 그녀의 책은 후세에 알려지지도 않았고 책이 출판된 첫해에도 몇 권 팔리지도 않았다. 잠도 충분히 자지 못하고 직장에서 쉬는 시간에 제대로 쉬지도 못하며 글을 썼는데 몇 권밖에 팔리지 않았다니 실망이 너무 클 것 같았다. 글을 쓰지 않았다면 다른 것을 하며 즐겁게 지낼 수도 있었다. 그녀는 책이 많이 팔리지 않아도 전혀 후회하는 빛이 없었다. 그녀가 오래전부터 꿈꾸어 오던 본인이 직접 만든 이야기와 본인의 이름이 들어간 한 권의 책이 출판되었기에 여한이 없는 것 같았다. 글을 쓰는 사람은 스스로 자신의 글쓰기에 도취하며 만족을 느낀다고도 한다.

사람들이 왜 글쓰기 하며 책을 출판하고 있는지 궁금하던 수수께끼가 조금은 풀린 것 같다.

글 쓰 기 4,
젖 은 낙 엽

　　　　　미용실에 가서 머리를 하고 있는데 미용사를 도와주는 아가씨가 "젖은 낙엽" 이야기를 하며 둘이 한바탕 웃는다.

　"젖은 낙엽? 무엇이 그렇게 재미있어요?"

　"남자들은 나이가 들면 인기가 없어진대요. 여자 친구한테나 마누라한테든지요."

　"여자도 나이 들면 인기 없어지는 건 마찬가지 아닐까요?"

　"둘 다 마찬가지죠. 하지만 여자는 나이 들어도 혼자서 잘 살아가는데 남자는 나이 들수록 마음이 약해진다고 해요. 젖은 낙엽이 마치 여자 치마에 붙어 손으로 툭 치며 떨치려 해도 붙어있다고 해서요."

　그제야 나도 젖은 낙엽의 뜻을 알아채고 깔깔 웃었다. 손을 툭 툭 쳐도 떨어지지 않는 치마의 엉덩이 근처에 붙어 있는 젖은 낙엽을 상상하면서 웃었다.

　얼마 후에 오랜만에 여고 친구들의 모임이 있어 만났다. 나는 그때 미장원에서 들었던 이야기가 떠올라 말했다. 미용실에서 깔

깔 웃던 생각이 떠오르며 다들 웃으려니 했다. 내 말을 듣고도 다들 조용하다. 그러자 한 친구가 말한다.

"명수야, 너 그 이야기가 얼마나 오래전에 나온 건지 알아? 적어도 10년 전에 나왔을걸?"

"그러니? 난 저번 주 미용실에 갔다 처음 들었는데."

그제야 난 이야기가 아무리 재미있다 해도 두 번째 들으면 재미도 없어지고 시들해진다는 걸 알았다.

글쓰기도 마찬가지다. 나한테는 새롭고 흥미로워서 그 주제로 글을 쓴다 해도 읽는 사람은 비슷한 내용을 알고 있거나 이미 읽었다면 지루할 것이다.

나중에야 "젖은 낙엽"이라는 말이 일본의 "오치누레바"에서 나온 말이라는 것도 들었다. 일본의 주부들은 직장에서 정년퇴직을 하고 집안에 죽치고 들어앉은 늙은 남편을 "오치누레바"라고 부른다고 한다. 우리말로는 '젖은 낙엽'이라는 뜻이다. 마른 낙엽은 산들바람에도 잘 날아가지만, 젖은 낙엽은 한번 눌어붙으면 빗자루로 쓸어도 땅바닥에서 떨어질 줄 모른다. '오치누레바'라는 뜻은 집안에서 정년퇴직 후의 늙은 남편을 부인이 밖으로 쓸어내고 싶어도 착 달라붙어 떨어지지 않아 부담스러운 존재라는 뜻으로 쓰이고 있기에 당사자인 노인들에게는 심히 모욕적인 표현이라고 한다.

하지만 인생의 빛은 아침보다 황혼이 더 찬란한 법이다. 그러므로 "우리는 '젖은 낙엽'은 되지 맙시다."라고 쓰여 있다. 난 그제야 "젖은 낙엽"이라는 말이 그냥 우스갯소리로 만든 단어가 아니라는 것을 알았다.

두 번째 이야기다.

대학을 졸업하고 직장을 구한 것이 병원 약국이었다. 그 병원 바로 옆이 성당이었다. 병원 건물 복도 끝에 붙은 옆문으로 나가 층계를 지나면 성당 사무실과도 연결이 되었다. 성당의 한 사무실에서 앳돼 보이는 수녀님이 성당 교리를 가르쳤다. 전날 병원 약국에서 당직을 하면 일찍 끝났기에 난 그곳으로 걸어가 수녀님이 하시는 말씀을 귀담아듣곤 했다. 수녀님은 딱딱한 교리 설명 외에도 가끔가다 수녀님의 경험담을 말씀해 주신다.

그중의 한 이야기다. 수녀님이 다른 수녀원에 심부름을 하러 가야 했다. 그 수녀원을 가기 위해서는 곧바로 가는 차가 없어 버스를 갈아타야 했었다. 차에서 내려 버스를 갈아타려고 하니 이미 막차가 떠난 뒤라고 하였다. 하는 수 없이 그곳에서 하룻밤을 자고 가야 했기에 여인숙을 찾았다. 여인숙은 이층으로 되어 있었다. 이층으로 올라가 짐을 풀고 내일 아침 첫차로 떠나기 위해 새벽 일찍 일어나려고 잠을 자려 준비했다. 그런데 갑자기 아래층에서 요란한 북소리와 꽹과리 치는 소리가 울려왔다. 무슨 일인가 하고 창문을 열고 아래층을 내다보았다. 울긋불긋한 옷을 입은 무녀가 춤을 추면서 소리 지르고 있다. 장단 맞추어 북을 치며 또 한 꽹과리를 두드린다. 아무리 참고 잠을 자려 해도 잠이 오지 않아 몸을 뒤척이다 일어났다. 조용해져서 잠을 잘 수 있으면 얼마나 좋을까 하며 무심결에 성수 한 방울씩을 창문 아래로 떨어뜨렸다고 한다.

그때였다. 물방울이 떨어지고 바로 얼마 후 아래층에서 굿하던 여인이 수녀님이 계신 이층으로 뛰어 올라와 소리를 질렀다고 한다.

"당신 누구야? 왜 남의 일을 방해하는 거야? 당신 때문에 몰려왔던 귀신들이 다 도망가 버렸잖아."

요사이야 유튜브를 보면서 무당에 대한 영상이나 귀신에 대한 드라마도 많이 보지만 내가 대학 졸업하여 병원 약국에서 일하던 22살 때는 수녀님의 경험담이 나에게 충격으로 느껴졌다. 과학으로는 증명할 수 없는 영적 세계, 우리 눈에는 보이지 않지만 존재하고 있는 아직 깨닫지 못하는 실체에 놀라고 있었다. 친구에게 내가 듣고 놀란 이야기를 내 딴에는 진지하게 전했다. 그런데 그 친구가 내 이야기를 듣자마자 한 소리다.

"난 그런 말 전혀 믿지 않아. 틀림없이 꾸며낸 이야기야. 내 눈으로 보기 전에는 귀신들이 무당 옆으로 왔다가 도망갔다는 말 전혀 믿지 못해. 그리고 수녀님이 물방울을 떨어뜨려서 귀신들이 도망갔다고? 말도 안 되는 소리야. 물에 무슨 힘이라도 있다는 거야?"

그 친구의 대답을 들으며 난 생각했다. 친구는 수녀님이 거짓말했다고 생각하는 게 틀림없다. 수녀님이 우리에게 거짓말한 이유가 무엇일까? 나를 성당 다니게 만들려고 수녀님이 거짓말했다고?

글쓰기도 마찬가지다.

내가 쓴 글이 실제의 이야기를 썼다 해도 글 읽는 사람이 글 내용이 허황하다고 느끼면 그 글은 읽는 사람에게 가치가 없어진다.

더 이상 읽으려 하지 않고 책을 읽다 중간에 그만둘 것이다. 그렇게 글쓰기가 어려운데도 계속 쓰는 이유는 무엇일까? 비록 상상의 글을 지었다 해도 글 내용이 글 쓰고 있는 스스로에게 진실되고 자신이 읽어도 재미있다면 만족스러운 작품이 만들어질 것이다.

작가는 새로운 글을 만들고 싶어 계속 쓰는 것이다.

글쓰기 5,
루이스 쌔커

딸이 초등학교 다닐 때다.

일 년에 한 번씩 글쓰기 대회가 있다. 상에는 1등과 장려상이 있다. 뽑히면 젊은 작가라는 명칭과 함께 상을 받는다. 딸이 초등학교 다닐 때 나는 그런 대회가 있는지도 몰랐고 딸이 뽑힌지도 몰랐다.

하루는 학교에서 각 나라의 음식을 만들어 가는 행사가 있었다. 조금씩 준비하여 서로가 나누어 시식을 하는 것이다. 이태리를 비롯 불란서, 독일, 터키 음식 등도 있지만 중국, 베트남, 인도 등 각기 자기네 나라의 독특한 음식을 만들어왔다. 음식은 재료가 소고기인 것과 돼지고기인 것으로 분류되어 긴 테이블 위에 놓인다. 종교적인 이유로 돼지고기를 절대로 먹지 못하는 이스라엘 등의 나라가 있고 소고기를 절대로 먹어서는 아니 되는 인도 같은 나라가 있어서이다.

집에서 준비해 온 불고기 담은 그릇을 들고 강당으로 들어가며 소고기 재료 사인이 붙어 있는 테이블로 향하였다. 그때 우연히 딸의 담임 선생님을 만났다.

"부모님이 딸에게 글의 내용을 이렇게 쓰라며 도와주었나요?"

나는 담임 선생님이 나에게 물어보는 질문을 이해할 수 없었다. 그때 나의 의아해하는 모습을 보더니 선생님이 다시 묻는다.

"따님이 이번에 젊은 작가 콘테스트에 뽑힌 걸 아직 모르고 계십니까?"

"네에? 젊은 작가 콘테스트?"

나는 고개를 옆으로 흔들었다.

"딸이 응모했는지도 몰랐습니다. 거기서 뽑혔다는 것도 금시초문입니다."

"아. 그러세요. 딸이 쓴 글을 읽어보니 내용이 너무 좋아서 엄마가 도와준 줄 알았어요."

나중에 딸에게서 들은 이야기다. 딸은 글짓기 경쟁인 줄 모르고 해오라는 숙제를 부담 없이 종이에 적어 제출하였다고 한다. 각 반 선생님들이 자기 반 학생들이 해 온 숙제 중에 골라 뽑혀 올라간 것이 딸도 모르게 응모가 되어 상을 받은 것이라 한다.

딸은 누구를 닮았는지 글을 잘 쓴다. 아빠는 딸이 엄마를 닮았다고 한다. 아빠 본인은 글 읽는 것도 별로 좋아하지 않고 글 쓰는 것은 더욱 힘들다고 한다. 그러니 딸이 글을 잘 쓰는 것은 엄마를 닮았을 것이라고 한다. 하지만 나 또한 글을 잘 쓴다고 생각해본 적이 없다. 아마도 글 잘 쓰시는 외할아버지를 닮은 것 같다.

딸은 초등학교 때 젊은 작가 콘테스트에 뽑힌 것 외에도 중·고등학교에 가서도 학교 숙제로 에세이를 제출하면 그 글이 지역 신문에 실리기도 하고 교내 대회에서 일등 상장과 상금을 받아오기도 했다.

딸이 초등학교 시절 젊은 작가 콘테스트 시상식에 참가한 날이다. 그곳에서 딸은 상장 이외에도 책 한 권을 받아왔다. 작가가 직접 와서 사인을 해 주었다고 한다. 작가의 이름을 보니 루이스 쌔커(Louis Sachar)였고 책 이름은 『사이드웨이 스토리스 프롬 웨이사이드 스쿨(Sideways Stories from Wayside School)』이었다. 그때는 별로 알려지지 않은 작가였다.

10년이 지난 후 1998년 8월에 그가 쓴 소설 『구덩이(Holes)』이 출판되었다. 아이들 방을 정리하다 우연히 그 책이 눈에 띄어 집어 들고 읽게 되었다. 책 부피도 별로 크지 않았지만 어려운 단어가 별로 없었다. 그래선지 빠른 속도로 읽어나갔다. 어린아이들을 위하여 쓴 책이라 아동 문학 장르로 분류되어있다. 그런데 어른인 내가 읽어도 이야기 진행이 흥미진진하여 책 속에 한동안 빠져들었다.

루이스 쌔커는 1954년 3월 20일 태어났다. 1952년에 태어난 나보다 2년 후에 태어난 것이다. 루이스 쌔커는 『구덩이』로 1999년 아동문학의 노벨상이라 불리는 뉴베리(Newbery)상을 받았다. 또한 2003년에는 "구덩이"라는 동명제목으로 영화화되었다. 엊그제 저녁을 같이 먹으며 책 이야기를 하다가 딸이 말한다. "처음에 초등학교에 와서 책 사인을 받을 때는 아주 젊었어요. 그런데 요사이 인터넷에 나온 사진 보니 나이가 들어선지 다른 사람으로 보여 놀랐어요."

딸이 초등학교 다니던 시절 이후 30년 이상 흘러갔으니 얼굴이 많이 변하였을 것이다. 딸이 태어난 해는 1978년이다. 딸이 태어나기 몇 해 전 루이스 쌕커는 그 시절 경제학을 전공하며 UC 버클리 대학을 다니고 있었다. 하루는 버클리 대학 캠퍼스에서 어느 한 소녀가 종이를 나누어주고 있었다고 한다. 그 종이에는 "힐사이드 초등학교에서 도와줄 보조 선생님을 구한다. 여기서 일하면 3학점을 받는다."고 쓰여 있었다. 학점을 따기 위해 숙제를 해 가지 않아도 되었고 또한 학기말 시험을 보지 않아도 되었다. 단지 초등학교 2학년과 3학년 학생들을 돌보아 주기만 하면 되었다. 그는 좋은 방법이라는 생각이 들었다. 그래서 그 학교에 가서 도와주기로 결정했다. 낮에는 교내 운동장에서 학생들 수퍼바이저로도 일했다. 아이들은 루이스쌕커를 루이스더야드 선생이라는 닉네임으로 불렀다고 한다. 그 힐사이드 초등학교에서 일하면서 글 소재를 얻어 그의 인생을 바뀌게 하는 글을 쓰기 시작했다. 9개월 동안 쓴 글이 『사이드웨이 스토리스 프롬 웨이사이드 스쿨』로 발간되었는데 힐사이드 초등학교에서 얻은 소재를 기초로 하여 썼다고 한다. 1976년 버클리 대학을 졸업 후 샌프란시스코에 있는 헤스팅 로우 스쿨을 1980년 졸업하여 변호사 자격증을 받아 법조계에서 일하였다.

1989년부터 책이 팔리기 시작하여 변호사 일은 그만두고 현재는 작가로서 책만 쓰고 있다. 『구덩이』는 여러 나라 언어로 번역되어 거의 500만 부 이상이나 팔렸다고 한다. 2020년이 되던 해 루이스 쌔커는 그동안 20권의 책을 썼다. 아침에 2시간씩 글을 쓴다고 한다. 남은 시간에는 취미로 브리지 게임을 하며 즐긴다고 한다.

버클리 대학의 교정에서 만난 한 어린 소녀가 넘겨준 종이 한 장이 그의 인생을 바꾸게 할지 누가 알았을까?

"힐사이드 초등학교에서 도와줄 보조 선생님이 필요하다. 여기서 일하면 대학에서 3학점을 받는다."고 쓰인 구인 광고의 종이 한 장.

그는 그 구인광고 종이로 연결이 되어 힐사이드 초등학교에서 일하였다. 그리고 그곳에서 일하며 아이들에 대한 관찰과 경험을 토대로 소재를 만들어 글을 지어 책을 출간했다. 어찌 보면 작가가 되려면 구인 광고의 종이 한 장처럼 우연과 인연의 끄나풀이 연결되어 가고 있는 듯하다.

그가 『사이드웨이 스토리스 프롬 웨이사이드 스쿨』에 직접 사인을 하여 30여 년 전 젊은 작가 시상식에서 초등학교에 다니던 나의 딸에게 주었다고 생각하니 더욱 감회가 깊다.

글쓰기 6,
치킨 수프와 잭 캔필드

　　　　　5억 부(500 Millions) 이상이나 팔려나간 책『치킨 수프』는 많이 알려져 있다.

　그 책이 처음에는 22곳의 출판사에서 거절을 당했다고 한다. 책의 공동 저자인 잭 캔필드(Jack Canfield)는 하는 수없이 연례 도서무역 박람회(Book Expo America)를 찾아갔다. 14개월 동안 144곳의 출판사에서 거절을 당한 후 마침내 작고 이름 없는 한 출판사에서 연락이 왔다. 하지만 그 출판사마저 회의적이었다고 한다.

　"얼마나 팔리겠습니까?" 하고 물어보니 "글쎄요. 운이 좋으면 약 2만 권 정도일 것입니다."

　그 시기에는 2만 권 정도는 팔려야만 출판사가 손해를 보지 않는다고 하였다. 144곳의 출판사가 보기에는 2만 권을 팔 수 없다고 판단하였기에 모두 거절을 한 것이었다. 그때 잭 캔필드는 강의에 강연자로 갈 때마다 자기의 이야기에 감동받는 청중을 보며 만약에 책이 출판되면 그 책을 사겠느냐는 질문과 함께 사겠다고 하면 사인을 받았다고 한다. 그동안 사인 받은 그 숫자가 2만이기 때문에 그들이 구매하면 손해는 보지 않을 거라며 설득하여 겨우 한 곳에서 출판 허락을 얻어낸 것이다.

"성탄절까지 15만 권을 팔기 원합니다. 그리고 1년마다 100만 권을 팔아야 합니다."라고 말하니 출판사 사장은 웃으며 말했다고 한다.

"당신 돌았군요."

책 출판 날짜는 1993년 6월 28일이었다. 2만 권 팔기도 어려워 보이는 책을 출판일로부터 성탄절까지 단 6개월 남은 동안에 15만 권이나 팔리기를 원하니 출판사 사장으로서는 어이가 없었을 것이다. 잭 캔필드는 말했다. "저는 작가입니다. 그리고 기업인이기도 하지요. 우리는 할 수 있어요."

그런데 놀랍게도 일 년 반 만에 잭 캔필드가 원하는 대로 130만 권의 책이 팔렸다. 출판사 사장은 그제야 어이없어하는 웃음을 멈추었다고 한다. 더구나 그 출판사 사장은 『치킨 수프』의 이익금으로 34밀리온짜리 개인용 제트 비행기를 사서 하늘을 날아다니게 되었다고 한다.

여기서 놀라운 건 보통의 사람이라면 이전 22곳과 이후 144곳의 출판사, 즉 총 166곳의 출판사에서 거절을 받았다면 대부분 포기하였을 것이다. 무엇이 그를 포기하지 않고 끈기 있게 움직이게 하였을까? 그는 자기가 쓴 책이 사람들의 마음을 감동시키고 있다는 확신이 있었기에 끈기 있게 밀고 나갔다고 본다.

"왜 책을 쓰느냐" 그리고 왜 그 책을 출판하려고 하느냐?"

작가들은 전하고 싶은 메시지가 있다. 그들이 공유하고자 하는 메시지는 그들 유산의 일부이기도 하다. 자기의 글을 읽고 독자에게 공감과 감동의 충격을 주기를 원한다.

하버드 대학에서 중국 역사를 전공하여 1966년에 졸업한 잭 캔필드는 1967년부터 시카고에 있는 고등학교에서 선생님으로 역사를 가르치고 있었다. 배우는 것을 좋아하던 그와는 달리 배움의 동기를 잃은 여러 아이들을 보게 되었다.

"어떻게 하면 이 아이들에게 성공할 수 있다는 동기를 줄 수 있을까?"

역사를 가르치는 것보다 아이들에게 동기를 주는 것이 더 중요하다는 생각이 들었다고 한다. 그래서 그는 도서관에 들어가 책을 뒤지며 연구를 하였다. 자아감(self-esteem)에 대해 연구하고 조사하다 보니 여러 가지 기술을 발견하였다. 많은 책을 읽었고 스스로 많은 훈련을 하였다. 그러나 자아를 존중하여 발전시키는 자아 개념(self-concept)에 대한 책은 하나도 출간되어 있지 않았다. 대학을 다닐 때 대학교의 교수가 한 말이 떠올랐다. "네가 찾는 책이 없으면 바로 그것이 네가 써야 할 책이다." 그래서 그는 책을 쓰기 시작했고 다 쓰는 데 일 년이 걸렸다고 한다. 그가 쓴 책이 출판되어 40만 권이 팔렸다. 각 학교의 40만 명의 선생님들이 그 책을 산 것이었다. 요사이도 그 시절 그 책을 산 선생님으로부터 그 책을 읽어 많은 것을 변하게 할 수 있었다는 편지를 받는다고 한다.

강연장에 초청받아 강의를 하여도 백여 명이나 또는 천여 명의 청중들에게 당신의 메시지를 듣게 할 수 있다. 그렇지만 책은 백만 권을 넘어 천만 권 이상의 카피가 팔리는 것이다. 더 많은 독자에게 당신의 메시지를 전할 수 있다. 또한 47개의 다른 나라 언어로 번역이 되어 팔렸다. 중국에서는 책 한 페이지에는 영어로 다른 한 페이지에는 중국어로 쓰여 있다. 『치킨 수프』가 3억 5,000만 부가 중국에서도 팔렸다고 한다.

원래 중국은 글체가 우아하면서도 시적으로 쓰여야 문학 작품으로 인정을 받았는데 요사이는 글체가 현실적으로 변하고 있다 한다. 그 이유의 하나가 『치킨 수프』의 영향도 있는 것 같다고 한다.

"왜 책의 제목을 치킨 수프로 정했을까?"

책 제목을 어떻게 지었느냐에 따라 책이 팔리기도 하고 팔리지도 않아서 책 제목을 어떻게 정하느냐가 무척 중요하다고 한다. 잭 캔필드는 여러 가지 제목을 오랫동안 생각했다. 그러자 어느 날 칠판 위에 '치킨 수프'라는 글자가 쓰여 있는 환상을 보았다. 그는 자기가 쓴 책 내용과 아무 상관이 없는 '치킨 수프'라는 단어가 왜 칠판에 쓰여 눈에 들어왔는지 한동안 생각에 잠겼다. 문득 치킨 수프는 어린아이들이 감기 걸리거나 몸이 허약할 때 부모가 끓여준다는 생각이 떠올랐다. 아픈 사람에게 주면 몸이 낫는다. 어른들도 정신적으로 아파하는 사람들이 있다. 마치 닭 국물을 마시고 아팠던 몸이 회복하듯 치킨 수프 책을 읽은 독자들이 정신적으로 아팠던 병이 낫기를 바라는 마음이 들었다. 그래서 책 제목을 '치킨 수프'로 지었다고 한다.

나 또한 처음 미국에 와서 병원 약사로 일하면서 닭 국물에 대해 이스라엘에서 온 약사에게 들은 말이 있다. 갓난아기가 태어나서 엄마 젖을 먹으면 우유 먹는 아이들보다 병에 걸리지 않는다고 한다. 엄마 젖에는 아기 몸에 병균이 들어와도 이기게 하는 면역성을 강하게 하는 성분이 들어있기 때문이다. 마찬가지로 닭 국물에도 그런 비슷한 성분이 들어있다고 한다. 예전부터 유대인들은 그 치킨 수프의 효과를 알고 있었기에 아프면 먹었다고 하였다. 나는 한국과 미국에 있는 약학 대학을 다니면서 그런 효과에 관하여 들은 적이 없었기에 그 말을 믿지 않았었다. 그리고 오랜 시간이 지나 인터넷을 찾아보았다. 그런데 치킨 수프를 먹으면 엄마 젖과 같이 면역력이 높아지는 성분이 있다고 쓰여 있는 글을 발견하여 놀란 적이 있다. 과학적으로 증명되었는지까지는 찾아보지 못했지만 그 글을 읽은 후부터 몸이 허할 때 따뜻한 닭 국물을 마시고 나면 확실히 기운이 나는 것 같았다. 그리고 감기 증세가 있다가도 빨리 회복되는 것 같았다.

잭 캔필드의 책을 읽다 보면 긍정적인 삶에 대한 메시지가 전해지고 있다. 2천 명이 넘는 사춘기 학생들로부터 편지를 받았다고 한다. 편지에는 자살을 시도하려고 했었는데 책을 읽은 후 나는 죽지 않았다고 쓰여 있었다. 이렇게 당신이 쓴 책이 누군가는 감동과 영향을 받아 생명을 구하게 할지도 모른다.

『치킨 수프』와 작가 잭 캔필드를 이야기하며 책 출판에 관해서도 알아보았다.

내가 쓴 글이 주위의 사람에게 호감을 받지 못해도 (예를 들어 22곳 출판사와 144곳 출판사의 거절처럼) 어느 독자에게 감동을 줄지는 출판될 때까지는 아무도 모르는 일이다. 물론 저명한 사람이 쓴 글이거나 흥미 있는 주제로 감동과 공감을 주는 강연자가 쓴 글이 매스컴을 타고 광고되면 판매 수는 올라갈 것이다.

한편 내가 쓴 글이 내 맘에 쏙 드니 모두가 감동할 것이라고 기대하였는데 판매 결과에 실망할까 봐 출판으로 떼돈 벌 생각을 할 바에야 차라리 복권 당첨되기를 바라는 것이 낫다는 글도 있다. 출판된 책이 많이 팔리든지 아니 팔리든지 글 쓰면서 행복하다면 얼마나 나에게 가치 있고 소중한가.

태어나서 한 그루의 나무를 이 지구 땅에 심고 가듯 나의 책 한 권이 출간된다는 것은 보람되고 의미 있는 일이다.

감나무 속의 저녁노을

해마다 11월이 되면 넷째 주 목요일에 추수감사절이 있다. 한국의 추석과 같은 명절이다. 그날은 가족들이 모이고 그동안 잘 지내게 하여 주었음에 감사의 기도를 함께 한 후 식사를 한다. 영국에서 온 순례자 개척자들이 아메리카 대륙에 도착하여 가을 수확에 감사하며 1621년 처음으로 시작되었다고 한다. 링컨 대통령이 추수감사절을 공식적인 국가 공휴일로 1863년 알리면서 북아메리카 지역에서 많이 잡히고 있는 칠면조가 추수 감사절 음식으로 되었다고 한다.

한국의 추석에 송편을 만들어 먹듯이 그리고 설날에는 떡국을 해 먹듯이 미국의 추수감사절에는 전통적으로 칠면조 고기를 먹는다. 그래선지 추수감사절에 제일 먼저 떠오르는 단어가 무어냐고 물어보면 칠면조라고 대답하는 분들이 많다.

나에게 추수감사절에 칠면조 외에도 떠오르는 단어가 하나 더 있다. "감사"라는 단어다. 그동안 살아오며 감사하였던 것이 하나 둘 떠오르며 마음이 행복해진다. 남이 갖지 못한 것 그리고 남보다 더 큰 것을 받았기에 내가 감사해한다고 생각하는 분이 있다. 그러나 나에게 감사는 조그만 것에서 일어난다. 아침에 일어나 뜨거운 커피 한 잔을 마시며 감사한다. 일하러 갔을 때 주차할 곳을 찾아 헤매다가 마침내 주차할 곳을 찾으면 감사한다. 직장에서 누군가 즐거운 대화를 해 올 때도 감사한다.

추수감사절에 모일 가족들을 생각하며 11월 초부터 집안도 정리하고 음식 장만도 하였다. 어느 때는 휴식을 취하러 뒷마당으로 나가 거닌다. 날이 추워질수록 감 잎사귀는 하나둘 떨어져 나가 이제는 잎사귀 대신 앙상한 나뭇가지만 보인다. 나뭇가지에는 여전히 대롱대롱 감 열매가 붙어 있는 게 눈에 들어온다. 아직 해가 지지 않았지만 주위는 어둑어둑 저물어가고 있다. 그 나뭇가지와 감 열매 사이로 저녁노을이 보인다.

멀리 보이는 저녁노을의 붉은 색이 나를 예전으로 돌아가게 만들며 추억에 잠기게 한다. 땅거미가 지는 쌀쌀한 늦가을 효창 공원에서 집까지 가는 원효로 거리를 혼자서 헤매던 생각이 난다. 지금으로부터 40년 전 대학교 3학년 시절이었던 것 같다. 혼자 걸으며 무척 외로웠다. 어느 때는 삶을 살아오면서 그렇게 어두운 영혼의 밤을 지나며 우리는 성장하고 있다. 어쩌면 영혼의 밤을 지냈기에 감사의 마음이 다가오며 깊이 받아들이는 것인지도 모른다. 마치 피부에 펄펄 끓는 주전자가 닿듯이 뜨거운 열로 변한 감사함이 가슴 속으로 느껴진다.

지금은 감나무가 심어져 있는 이 집을 30년 전 처음 보러 왔을 때는 나무 한 그루 없는 민둥산 언덕이었다. 부동산 소개하는 분을 따라 올라오니 구두 바닥에 진흙이 더덕더덕 엉겨 붙었었다. 미끄러질 듯한 가파른 언덕길을 엉기적엉기적 올라가 마침내 언덕 위에 서서 좌우로 펼쳐진 풍경을 내려다보았다. 그때 가슴이 확 트이며 시원해지던 기분을 아직도 잊을 수 없다. 그곳에 이사 가서 얼마 있다 아들이 생겼다. 그리고 아들이 자라 고등학교 시절 대학 입시에 보는 시험 SAT 영어를 만점을 받았다. 그때 만점 받은 기념으로 별로 크지 않은 감나무를 심었다. 감나무를 심은 지 십여 년이 지났다. 첫해, 둘째 해는 열매가 열리지 않았다. 이제는 해마다 백 개 이상씩 어느 때는 2백 개 이상의 열매를 맺는다. 그것도 맛이 달콤한 단감이다. 단감을 먹으면서 10여 년 전 아들의 SAT 영어 만점 받았던 걸 다시 기억하며 기뻐한다.

프랑스 문학가 생트 봐브는 말했다.

"시간은 흘러 다시 돌아오지 않으나, 추억은 남아 절대 떠나가지 않는다."고.

감 열매와 앙상한 나뭇가지 사이로 아름다운 저녁노을이 어렴풋이 눈으로 다가온다. 저녁노을의 색은 나뭇가지에 매달린 감 열매의 색과 비슷하다. 져가는 저녁노을 풍경을 바라보니 지나온 나의 어렸을 때와 지나간 추억들이 하나씩 떠오르고 있다. 그리고 그 소중한 추억들에 감사하고 있다.

미국의 작가이며 만화가인 닥터 수스는 말한다.

"순간의 소중함은 그것이 추억이 되기까지는 절대 알 수 없다."

그 말은 "익숙함에 속아 소중한 것을 잃지 말자."라는 것을 뜻한 다고도 한다. 너무나 평범해 보이는 반복되는 일상생활 속에서 우리는 감사한 마음을 놓칠 수 있다.

데살로니가 전서 5장 16절에서 18절의 말씀은 나의 삶을 이끌어가는 구절이다.

"항상 기뻐하라. 쉬지 말고 기도하라. 범사에 감사하라. 이는 그리스도 예수 안에서 너희를 향하신 하나님의 뜻이니라."

내가 숨 쉬고 말하고 듣고 바라보고 걷고 있는 것이 매일의 습관이 되어 너무 익숙해져 버려 어느 때는 고마움을 잊고 지낸다. 범사에 감사하며 항상 기뻐해야겠다.

"익숙함에 속아…" 글을 읽으며 동생이 이메일로 보내준 스펄전 목사님 감사 십계명이 떠오른다. 스펄전 목사님의 감사 십계명 중 몇 구절을 적어본다.

작은 것부터 감사하라고 한다. 바다도 작은 물방울로부터 시작되었다. 아주 사소하고 작아 보이는 것에 감사하라. 그러면 큰 감사거리를 만나게 된다.

자신에게 감사하라고 한다. 성 어거스틴은 이런 말을 남겼다. "인간은 높은 산과 태양과 별들을 보고 감탄하면서 정작 자신에 대해서는 감탄하지 않는다." 자신에게 감사하는 것은 매우 중요하다. 그럼에도 불구하고 감사하라고 한다. 결과를 보고 감사하는 것보다 문제 앞에서 기도하는 것이 더 아름답다.

모든 것에 감사하라고 한다. 당신의 삶 속에서 은혜와 감사가 아닌 것은 단 한 가지도 없다. 별빛에 감사하는 자에게 달빛을 주시고 달빛에 감사하는 자에게 햇빛을 주시고 햇빛에 감사하는 자에게 영원히 지지 않는 주님의 은혜의 빛을 주신다.

별빛에 감사하라는 구절을 읽은 후 밤하늘에 반짝거리는 별들을 고개를 들어 올려다볼 때마다 그 아름다움에 전율을 느끼곤 한다.

동생이 여의도 아파트에 살고 있어 서울에 가면 며칠 머무른 적이 있다. 새벽이 되면 아직도 밖은 캄캄한데 내가 깰까 봐 조심스럽게 동생은 살그머니 밖으로 나가고 있었다. 궁금하여 물어보니 동생이 나가는 여의도 침례교회에 새벽기도를 가고 있었다.

2020년 코비드19 팬데믹으로 인해 모든 사람이 어려움을 겪고 있었다. 마스크를 쓰고 다녀라, 손을 자주 씻어라, 6피트 떨어져 있어라 등 여러 가지 지켜야 할 규칙이 생겼다. 시와 주 정부 규칙을 지키느라 가게들은 영업시간을 줄이거나 아예 문을 닫기도 했다. 밖에 나가지 말고 집 안에 있어야 안전하다고 하여 학교도 문을 닫고 교회도 모이지 못하여 영상으로 수업 강의도 듣고 예배를 드렸다.

무료하더라도 집안에 갇혀 대부분 쉬며 시간을 보내고 있을 때 의사인 나의 딸과 아들은 그 시절 병원에서 더 바쁘게 지내야 했다. 뉴욕에서 환자들을 돌보다가 의사들이 감염되어 죽었다는 기사가 보도되었다. 사망한 의사들을 보니 안과 의사, 마취과 의사, 내과 감염 전문의 등이다.

딸은 내과 감염 전문의(Infectious Disease)로 산타클라라 카운티 병원에서 일하고 있었고 아들은 마취과 전문의 레지던트로 클리블랜드 클리닉에서 일하고 있었던 때라 그 기사를 읽으면서 걱정이 앞섰다.

하루는 딸이 자기의 4살 된 딸과 1살 된 아들을 3시간만 주말에 돌보아 달라고 하여 보러 간 적이 있다. 주중에는 아기 봐주는 보모가 딸 집에 와 아이들을 돌보아주지만 주말에는 보모가 없었다. 딸 집에 도착하니 딸의 얼굴이 파리하고 핼쑥하게 보인다. 병원에 환자들이 너무 몰려와서 정신없이 바쁘다고 한다. 딸은 해가 쨍쨍 비치는 대낮인데도 정신없이 잠에 빠져 곤하게 잠을 자는 모습이 보였다. 3시간 이상 잠자다 깨어난 딸이 집으로 되돌아가는 나에게 연신 고개를 숙이며 고맙다고 말을 한다. 잠을 푹 자고 나서인지 딸의 얼굴이 발그스름하고 생기가 돌고 있어 내가 더 고마웠다. 또한 귀여운 손녀, 손자와 재미나게 놀며 시간을 보내다 보니 그 아이들과 정이 붙어 고마웠다.

병원에서 일하는 딸과 아들이 걱정되어 동생에게 전화하여 내 마음을 전했다. 언니인 나의 말을 듣자마자 기도를 해준다고 동생이 말했을 때 나는 너무 고마웠다. 나보다 3살 어린 내 동생은 천성이 다른 사람을 도와주는 착한 성격을 갖고 태어났다. 새벽기도에도 빠지지 않고 열심히 교회에 나가며 신앙생활을 하는 착한 동생의 기도 힘을 믿는다.

사람은 추억을 먹고 산다는 말이 있다. 바쁘게만 살아와서 시간이 지난 후 자식이 자라날 때 추억을 만들지 못했다며 서글퍼하는 사람도 만난다. 좋은 추억을 만들기 위해 동네 공원에 피크닉을 가족과 함께 가거나 여행도 하며 너무 바쁘지 않게 살아가는 것도 좋을 것이다.

스페인의 철학자 발타자르 그라시안이 한 말이다.

"추억은 사랑했던 시절의 따스한 기억과 뜨거운 그리움을 신비한 사랑의 힘으로 언제까지나 사라지지 않고 남아있게 한다."

눈에 보이는 물질적인 소유보다 마음속에 남아있는 좋은 추억이 더 보배롭게 느껴진다. 언젠가 우리가 이 세상을 떠날 때 내가 갖고 있던 물질적인 소유는 다 두고 가야 하지만 갖고 갈 수 있는 건 사랑했던 시절의 따스한 기억과 뜨거운 그리움뿐일 것이다.

감나무를 십여 년 전 이 언덕 위의 집 뒷마당에 심고 나서 따스한 추억이 남아있다는 것에 감사할 뿐이다. 감 사이로 비추는 붉은색 저녁노을이 아름답게 다가온다. 나는 밀레의 만종에 나오는 화폭의 한 사람처럼 고개를 숙이며 감나무 가지 밑에서 감사의 기도를 드리고 있다.

글을 끝맺으며

일정이 바쁘심에도 서평을 써 주신 권영민 교수님께 제일 먼저 감사를 올린다.

2019년 4월 26일 버클리 대학에서 한국 문학에 관한 국제 컨퍼런스가 열렸다. 이태리, 호주, 캐나다, 러시아, 일본, 중국, 베트남, 인도 그리고 브라질에서 한국 문학을 연구하고 그 나라 대학에서 한국문학을 강의하는 분들이 연설자로 다수 참석하였다.

버클리 대학 초청 교수로 한국 문학을 강의하시며 컨퍼런스도 함께 준비하신 권영민 교수님의 개회사가 시작되었다. 버클리 문학 회원들 여러 명과 함께 청중으로 나는 그곳에 앉아 있었다. 연설하시는 분들의 강의 내용에 빠져들며 회의가 무르익어 갈 때 나의 주머니에 있던 전화기가 진동하였다. 딸의 진통이 시작되어 곧 입원 수속하여야 한다고 병원에서 연락이 왔다 한다. 세 살짜리 손녀딸을 돌보러 딸 집으로 급하게 차를 달렸다. 다음 날 스탠포드병원에서 손자가 태어났다.

그러니 2019년 4월 27일은 나의 첫 손자가 태어난 기쁜 날이기도

하고 버클리 대학에서 권영민 교수님의 준비로 시작한 한국 문학에 대한 국제 컨퍼런스가 개최되었던 의미 있고 역사적인 날로 잊히지 않는다. 그때 청중 속에는 버클리 대학 교수로 한국학을 가르치며 윤동주의 '서시'를 처음으로 아름답게 영어로 번역한 번역 문학가이신 김경년 전 버클리 대학 교수님도 앉아 계셨다. 내 딸이 버클리 대학에서 그분에게서 과목을 들었다고 하여 놀란 적이 있다. 내가 글을 쓰면 항상 격려하여 주시는 김경년 교수님께 감사를 드린다.

감나무 시를 쓴 이재무 시인님이 버클리 문학협회에 초빙 강사로 초청을 받아 오셨을 때 강의를 들었다. 별로 시를 써보지 않았던 나였지만 이재무 시인님의 시작법에 의인화하라는 말씀을 듣고 의인화 비유법을 사용한 시 '빗소리(Sound of Raindrops)'로 Poetry Nation에 응모하였더니 Best Poets of 2020의 여럿 중 한 명으로 뽑히며 Eber & Wein Publishing 책에 시가 실렸다. 시 창작에 대해 눈을 뜨게 해주신 이재무 시인님께 감사를 드린다.

근래에 버클리 문학협회 회원이 되어 틈틈이 글을 쓰고 있다.

미주 한국일보 칼럼에 감동 있는 수필을 올리며 10년 이상 버클리 문학협회 회장으로 회원 간의 친목과 회원들의 문학 창작을 위하여 초빙 강사를 모시며 수고하시는 김희봉 수필가님께 감사를 드린다.

마지막으로 나의 글을 흥미롭게 읽으며 철자와 띄어쓰기 등 잘못된 것을 고쳐가며 수고한 동생 김명미에게 사랑의 감사를 드린다.

생 활 속 의 멋 진 글 쓰 기

권영민 교수님 (버클리 대학 교수 및 서울대학교 명예교수)

1

'글은 사람이다.'라는 말이 있다. 김명수 선생의 수필집 〈감나무 속 저녁노을〉의 원고를 넘기면서 내가 했던 생각이 바로 이 말이다. 김 선생은 미국 이민 생활 40년을 맞아 자신의 삶을 되돌아보면서 자신의 이야기를 적고 있다. 때로는 간결하게 때로는 차분하게 이야기를 늘어놓는다.

미국에 와서 40년이라는 긴 세월을 무척 열심히 살았다.

아이들을 위해서였나? 남편을 위해서였나? 가족을 위해서였나? 누구를 위해서 살았다는 건 마음속에 사랑이 있었기에 가능하였다고 본다.

이제 곧 날씨가 추워지면서 겨울이 다가올 것이다. 그리고 잎새가 다 떨어져 벌거벗은 앙상한 나뭇가지만 남겨질 것이다. 겨울의 초라한 나무로 변한 모습처럼 40년의 세월이 흐른 후의 지금의 나의 모습도 그러하다. 비록 약해 보이는 나무라도 폭풍우 몰아치는 겨울의 비바람에 쓰러지지 않는다. 따뜻한 봄이 되면 마른 가지에 파릇파릇 새싹을 낼 소망을 품고 모진 추위를 견디고 있듯이 나 또한 40년을 열심히 버티며 지내온 것 같다.

이 대목에서 눈길을 끄는 것이 '마음속의 사랑'이다. 지나간 긴 세월을 사랑의 마음으로 살아왔다는 것을 밝히고 있다. 언제나 다시 찾아올 봄을 기다리면서 살아온 힘든 시간이었다는 것은 누구나 짐작할 수 있는 일이다. 하지만 그 사랑의 마음이 있었기에 김 선생의 글은 다사롭고 향기롭게 느껴진다.

김명수 선생의 글은 작은 하나의 역사다. 어린 시절 자랐던 서울 명륜동 근처의 이야기는 그저 정겹고 약학대학에서 공부하던 대학 생활은 누가 보아도 뿌듯하고 자랑스럽게 여길 만하다. 사람은 누구나 느리지만 성장하면서 변하고, 변하면서 그 생각도 넓어진다. 미국 유학 시절에서부터 전문 약사로 일하게 된 젊은 시절의 이야기는 일과 생활이 조밀하게 연결되어 오히려 밝고 신선하기도 하다.

나는 소중하게 써 내려간 원고를 넘기면서 '아하, 김 선생은 젊은 시절을 이렇게 살아오셨구나.' 하며 감탄한다. 그리고 버클리 문학 모임에서 뵈었던 모습을 떠올리며 짧지만 긴 사연이 담긴 글에서 김 선생의 넉넉하신 인품을 느낀다. 글을 통해 사람의 생각과 느낌이 그대로 표현된다는 것은 결코 과장된 주장이 아니다.

글은 곧 사람의 표현이라고도 할 수 있다.

2

김명수 선생의 글은 그대로 생활이다. 삶의 경험을 느낌대로 적어 놓고 있다. 김 선생의 글쓰기에는 전문적인 문필 수업이란 것이 필수조건이 아니다. 글은 글쓰기의 기술로 만들어지는 것이 아니라 자기 생각이나 느낌을 표현하고자 하는 절실한 마음에 의해 씌어진다. 무엇인가를 쓰고자 하는 의욕이 없이는 글을 쓸 수 없다. 김 선생은 자신이 살아온 삶 특히 40년이 넘는 미국 이민 생활의 이야기를 글로 써 보겠다는 일념으로 글쓰기에 도전하고 있다. 애써 글솜씨를 자랑할 것도 없고 멋을 부릴 필요도 없다. 그저 담담하게 자신의 마음속 깊이 들어앉았던 일들을 풀어내면 그만이다.

김명수 선생의 글쓰기는 자기 자신으로부터 시작된다. 어린 시절 단란하고 행복했던 부모님과의 생활이 아름답게 구석구석 박혀 있다. 그리고 자신이 살아오면서 겪었던 일 가운데 마음속에 남아 있는 경험이 모두 진실하게 그 어린 시절의 기억들과 뒤섞인다. 이 책에 담긴 글들은 모두 다섯 장으로 나뉘어 있다. 첫 장에는 서울에서 살았던 20대까지의 일들 가운데 기억 속에 남은 아름다운 장면들로 채워져 있다. 서울 명륜동에서 자라나던 어린 시절 부모님과 오빠와 여동생이 함께 행복했던 모습이 누가 보아도 정겹다. 일제 말기에 징병에 끌려갔던 아버지 이야기와 어머니의 정성 어린 기도는 그 절절함이 느껴진다. 이와 같은 아름다운 추억이 남아 있기에 한국의 서울은 김 선생의 기억 속에 가장 깊숙이 자리 잡고 있다.

둘째 장은 대학을 마친 후 미국으로 건너와 전문직 약사로 일하면서 자기 삶을 가꾸어 온 과정을 그려 보인다. 약사 자격을 가지고 당당하게 자기 일과 자리를 지켜온 모습이 정말 멋진 인생을 가꾸어 오신 분임을 말해준다. 크고 작은 일들이 생기고 갈등도 겪지만 김 선생은 자신의 능력으로 모든 일을 해결하고 당당하게 처신한다. 물론 그것은 자신에 대한 믿음에서 나온 힘이라고 할 만하다. 자신을 믿고 있었기 때문에 스스로 모든 일을 감당할 수 있었던 것이다.

김명수 선생의 삶의 자세를 그대로 드러내는 부분이 셋째 장이다. 자신이 낳아 키운 자녀들의 이야기를 담고 있다. 자식을 낳아 기른 부모라면 누구나 자기 자식에 대한 사랑의 크기를 과장하지 않는다. 그런데 김 선생의 자녀 교육은 놀랍게도 '민주적'이다. 전혀 자녀에게 요구하지 않고 간섭하지 않고 자유롭게 아이들의 판단에 맡긴다. 그리고 곁에서 조심스럽게 지켜본다. 물론 이런 어머니의 사랑 밑에서 자라난 자녀가 허튼짓을 할 리가 없다. 스스로 자존감을 키우도록 곁에서 지켜본 어머니의 사랑을 자녀가 모두 알아차렸기 때문이다. 그러므로 아들딸이 모두 자기 생각을 따라 좋은 대학에 진학하고 떳떳한 이민 2세로 살아간다. 이러한 이야기는 그대로 김명수 선생이 성공한 미국 생활을 꾸려왔음을 말해 준다. 읽는 이도 가슴 뿌듯하다.

넷째 장을 나는 좀 더 꼼꼼하게 읽었다. 일상에서 느끼는 생활 감정보다 사색과 성찰을 중심으로 하는 글들이기 때문이다. 김 선생은 필요 없는 걱정에 매달려 살기보다는 스스로 즐기면서 모든 일에 최선을 다하고자 하는 태도를 강조한다. 그리고 감사하는 마음가짐과 자기만족을 주문한다. 일에만 매달리다가 결국 자기 자신을 망친다면 그것보다 허망한 일이 없기 때문이다. 김 선생의 자중자애하는 삶은 모두 깊은 신앙심에서 나온다. 신에 대한 믿음으로 하루하루의 삶에 충실한다는 것은 쉬운 일인 것 같지만 그 실천이 그리 간단하지는 않다.

다섯째 장은 자신의 글쓰기에 관한 진솔한 자기표현을 보여준다. 글이란 글 쓰는 이의 생각과 느낌이 중심을 이룬다. 그러나 머릿속에 들어있는 모든 생각과 느낌이 그대로 글이 되는 것은 아니다. 사물에 대한 느낌도 마찬가지다. 일시적인 감흥을 불러일으켰다가 금세 새로운 다른 느낌이 일어나기도 한다. 그러므로 글을 쓰기 위해서는 생각과 느낌을 정리하고 판단하는 사고의 과정이 필요하다. 김 선생의 글은 모두가 일상의 경험을 바탕으로 사물을 깊이 있게 관찰하고 사려 깊게 분별하는 과정에서 이루어진 것들이다. 앞으로 누군가 이와 같은 글쓰기를 욕망한다면 꼭 한번 읽어야 할 필요가 있다는 생각이 든다.

김명수 선생의 글쓰기는 성공한 이민 생활이란 무엇인가를 잘 보여준다. 김 선생은 모든 것을 사랑이라는 말로 묶었지만 글쓰기라는 힘든 작업은 엄청난 노력과 도전이 필요하다. 김 선생의 글을 읽으면서 나는 글쓰기를 위해 공을 들인 김 선생의 노력에 다시 한번 찬사를 보내고 싶다.

사람들은 누구나 어릴 때 말을 배우고 일상생활 속에서 별다른 훈련 없이 그 말을 사용한다. 그러나 자신이 하고 싶은 말을 짤막한 글로 쓰려면 글쓰기가 그리 쉬운 일이 아님을 금방 알게 된다. 글을 쓰는 일은 말하기처럼 그리 간단한 것은 아니다. 글을 잘 쓰기 위해서는 많은 노력이 필요하다. 먼저 좋은 글감을 찾아야 한다. 글의 소재는 우리 주위에 많이 있지만, 그것을 글로 쓰지 않으면 아무 의미가 없다. 마땅한 글감을 제대로 찾아내는 데에는 무엇보다도 경험과 사색의 폭을 넓히는 일이 중요하다. 김 선생은 여행을 즐기고 독서를 일삼고 성경을 공부하면서 글감을 찾아내고 있다. 많은 글을 읽는 것은 글을 쓸 수 있는 가장 쉽고도 중요한 방법이다. 김 선생은 스스로 마음 급한 사람이라고 자신을 평했지만 모든 글 속에 행동적인 것보다는 깊이 생각하는 자세가 담겨 있다. 아무리 넓은 견문을 가졌어도 독자적인 사색이 없이는 독창적인 글이 나올 수 없다. 여러 사람이 동일한 대상을 보더라도, 생각하는 바는 제각기 다르다. 그것은 사람마다 느끼고 생각하는 폭이나 깊이가 다르기 때문이다.

김명수 선생의 책에서 표제가 된 〈감나무 속 저녁노을〉은 아름다운 장면을 감동적으로 그려낸다. 이 글에 다음과 같은 구절이 들어 있다

프랑스 문학가 생트 뵈브는 말했다.

"시간은 흘러 다시 돌아오지 않으나, 추억은 남아 절대 떠나가지 않는다."고-

감 열매와 앙상한 나뭇가지 사이로 아름다운 저녁노을이 어렴풋이 눈으로 다가온다. 저녁노을의 색은 나뭇가지에 매달린 감 열매의 색과 비슷하다. 져가는 저녁노을 풍경을 바라보니 지나온 나의 어렸을 때와 지나간 추억들이 하나씩 떠오르고 있다.

이 정겨운 장면에는 결실의 계절 가을이 배경 속에 숨겨져 있다. 하루의 삶을 마감하는 저녁노을은 한 해의 일이 마감되는 가을의 이미지와 겹친다. 그리고 그 가운데에 감나무 한 그루가 서 있다. 익어가는 감을 매달고 서 있는 감나무는 바로 자신의 삶을 관조하며 서 있는 김명수 선생의 모습과 포개진다. 시간과 공간이 한데 어울리고 자연과 인간이 함께 조화를 이루는 이 장면은 오래 기억할 만하다.

나는 이 장면을 보면서 글의 아름다움은 바로 이런 것을 두고 하는 말이라고 생각한다. 아름다운 꽃을 보고 그 느낌을 적어 둘

수도 있고, 헤어진 친구에 대한 그리움을 글로 쓸 때도 있다. 그런데 여기서 가장 중요한 것은 이 모든 것을 함께 보듬는 사랑의 마음이다. 김명수 선생은 스스로 사랑의 마음을 키웠고 그것을 글쓰기를 통해 보여준다.

김명수 선생의 멋진 글쓰기에 독자의 입장에서 박수를 보낸다.

2021년 봄 권영민